AF304500

Florian Hilleberg veröffentlichte seine ersten Kurzgeschichten als Jugendlicher in der JOHN SINCLAIR-Sammler-Edition. Jahre später folgten Publikationen für diverse Heftromanserien sowie das Taschenbuch *Brandmal*, das er gemeinsam mit Dr. Mark Benecke verfasste. Hilleberg legt bei seinen Geschichten stets viel Wert auf die Charakterisierung seiner Protagonisten. Er lebt mit seiner Katze Krümel in der Nähe von Göttingen.

FLORIAN HILLEBERG

DAS GEHEIMNIS VON KINCAID HALL

Überarbeitete Neuausgabe Oktober 2023

Copyright © 2023 dp Verlag, ein Imprint der
dp DIGITAL PUBLISHERS GmbH
Made in Stuttgart with ♥
Alle Rechte vorbehalten

Das Geheimnis von Kincaid Hall

ISBN 978-3-98778-787-4
E-Book-ISBN 978-3-98778-730-0

Copyright © 2021, dp Verlag, ein Imprint der dp DIGITAL
PUBLISHERS GmbH
Dies ist eine überarbeitete Neuausgabe des bereits 2021 bei dp Verlag, ein Imprint der dp DIGITAL PUBLISHERS GmbH erschienenen Titels Schatten über Kincaid Hall. (ISBN: 978-3-96817-704-5).

Covergestaltung: Larissa Siepmann
Umschlaggestaltung: ARTC.ore Design
Unter Verwendung von Abbildungen von
shutterstock.com: © Evannovostro, © Mario Krpan, © Susanne Leitgeb, © rosesmith, © Le Do
Lektorat: Astrid Rahlfs
Satz: dp DIGITAL PUBLISHERS GmbH
Druck und Bindung: Books on Demand GmbH, Norderstedt

Vorwort

Es ist wirklich bemerkenswert. Nachdem ich mit *Das Erbe von Kincaid Hall* meinen ersten, bodenständigen Familienroman geschrieben hatte, stellte ich etwas Erstaunliches fest. Die Figuren aus meinem Roman wollten mich einfach nicht loslassen. Shona Kincaid und ihre Tochter Cybill, Siobhan McLeary, Rowan, Graham, Kendra, ja sogar Morgan Baxter, sie alle spukten mir im Kopf herum und mit ihnen die Frage, wie es wohl mit den Figuren weitergegangen sein könnte, nachdem sich die Tore von Kincaid Hall geschlossen hatten. Zu meinem Glück war der Roman ein derartiger Erfolg, dass der Verlag grünes Licht für eine Fortsetzung gab. Voller Elan machte ich mich ans Werk. Doch wo ansetzen? Wo weitermachen? Nahtlos an den Vorgänger anknüpfen oder einen kleinen Zeitsprung machen? Letztendlich entschied ich mich dafür, die Handlung fünf Jahre in die Zukunft zu verlegen. Zum einen, weil der erste Band meiner Meinung nach einen runden Abschluss besaß und zum anderen natürlich, um den Figuren noch mehr Entwicklungspotenzial zu geben. Vor allem Shonas Tochter Cybill. Und dabei wurde ich ein weiteres Mal überrascht, denn ursprünglich hatte ich ihr gar nicht so viel Raum geben wollen.
Cybill Kincaid ist für mich ein gutes Beispiel, wie sich Charaktere verselbständigen können. Anfangs ledig-

lich das Kind der Protagonistin Shona, um dieser noch mehr Tiefe zu verleihen, ihr eine Reibungsfläche zu bieten und ihr Konfliktpotenzial auszuschöpfen, entwickelte Cybill im Laufe des Romans derart viel Persönlichkeit, dass ich sie wie eine eigene Tochter lieben lernte. Und wie bei einer solchen, möchte man natürlich dabei sein, wenn sie aufwächst und sich entwickelt.

Die Hauptfiguren des ersten Bandes waren eindeutig Shona Kincaid und ihre Mutter Lady Morag, jetzt im zweiten Band wurde der Staffelstab an die nächste Generation übergeben. Gleichzeitig ist die Familie noch enger zusammengewachsen, hat sich gefunden und bildet eine viel stärkere Einheit, als dies noch im ersten Teil der Fall war. Für mich als Schriftsteller war es daher äußerst reizvoll, dieser Einheit ein paar Steine in den Weg zu legen. Es war ein schönes Gefühl, nach Kincaid Hall zurückzukehren und meinen liebgewonnenen Charakteren erneut zu begegnen. Zu sehen, wie sie die letzten fünf Jahre überstanden und wie sie sich entwickelt hatten. Gleichzeitig musste ich mir die Frage stellen, welche Wünsche und Sehnsüchte sie nach all der langen Zeit antrieb, was sie bewegte und wie sie ihre Leben gestalteten. Und wieder war es Cybill, die für mich am interessantesten war. Dicht gefolgt von Shona Kincaid und ihrer Frau Siobhan, die für ihre Stieftochter mehr wie eine große Schwester ist. Was wiederum Zündstoff für weitere Konflikte mit Shona bietet. Ich bin gespannt, ob Sie, werte Leserinnen und Leser, das ähnlich sehen und ebenso viel Spaß an der Entwicklung der Charaktere haben, wie ich ihn beim Schreiben hatte. Gleichgültig scheinen Sie ihnen ja nicht zu sein, andernfalls würden Sie jetzt nicht dieses Vorwort lesen. Und während ich es schreibe, spüre ich bereits den Wunsch in mir reifen, ein weiteres Mal nach Kincaid Hall zurückzukehren. Vielleicht noch einmal ein paar Jahre später ... Zunächst aber wünsche ich Ihnen viel Freude mit *Das Geheimnis von Kincaid Hall.*

Florian Hilleberg

Kapitel 1

„Shona wird mich umbringen!“

„Warum sollte sie das tun?“

Siobhan erschrak und lenkte den Blick von den saftig grünen Weiden jenseits der kniehohen Bruchsteinmauer ab, hin zu ihrer blutjungen Fahrerin. Verlegen begriff sie, dass sie ihre Gedanken offenbar laut ausgesprochen oder zumindest so deutlich vor sich hingemurmelt hatte, dass Cybill sie hatte hören können.

Ein verkrampftes Lächeln huschte über die Lippen der jungen Frau. „Ich meine ... klar ... Mum kann manchmal echt aus der Haut fahren und wenn sie dieses irre Funkeln in den Augen kriegt, ist sie auch total furchteinflößend, aber ...“

„Hey, dir ist schon klar, dass du gerade von meiner Ehefrau sprichst?“

Cybill grinste frech. „Sorry, du hast natürlich recht. Ich entschuldige mich. Dabei weiß ja jedes Kind, dass die Stiefmütter die Bösen sind.“

„Pass auf, dass dich deine böse Stiefmutter nicht gleich übers Knie legt!“ Siobhan fletschte die Zähne. „Oder dir etwas unters Essen mischt.“

Die junge Frau riss die Augen auf. „Das würdest du tun? Ich bin entsetzt!“ Cybill nahm eine Hand vom Lenkrad und legte sie sich auf die Brust. „Aber mal ehrlich, was ist denn schon dabei?" Sie hob den Arm. „Schon klar, ich weiß, Mum fährt total auf diesen ganzen Verantwortungs-Kram ab. Von wegen auf eigenen Beinen stehen und so. Aber das tue ich doch. Ich ..."

„Wovon zum Teufel sprichst du da eigentlich?"

Cybill blinzelte irritiert. Ihr Blick huschte zwischen der Straße und Siobhan hin und her. „Äh ... davon, dass ich aus dem Studentenwohnheim aus- und bei dir einziehe?"

Siobhan lachte. „Echt? Deshalb machst du dir Sorgen?"

„Du nicht?"

„Wieso sollte ich? Du hast es deiner doch Mutter gesagt. Oder nicht?"

„Was? Na ja, also ... ich meine ... irgendwie schon ... so halb, jedenfalls."

„Warte!" Siobhan setzt sich auf. „Was heißt denn hier so halb? Hast du oder hast du nicht?"

„Ich habe ihr gesagt, dass ich aus dem Wohnheim ausziehe."

„Aber nicht wohin."

„Ich dachte, das würdest du tun. Irgendwie."

„Irgendwie? So war das aber nicht abgesprochen, junge Dame."

„Aber ihr seid verheiratet. Sprecht ihr nicht miteinander?"

„Natürlich." Siobhan grinste schief. „Nur nicht über dich."

„Sehr witzig." Cybill schaute ihre Stiefmutter an und fügte hinzu: „Muuum!"

„Sieh auf die Straße, sonst bist du es, die uns umbringt."

Das war nicht mal übertrieben. Es war Freitagnachmittag und auf der A702, die dicht an den Pentland Hills vorbeiführte, herrschte verhältnismäßig viel Betrieb. Pendler nutzten die Fernverkehrsstraße, um von Edinburgh zur A74 zu gelangen, einer der Hauptverkehrsadern zwischen Schottland und England, welche die Landesgrenze mit Glasgow verband.

Soweit brauchten Cybill und Siobhan zum Glück nicht zu fahren, ihr Ziel lag gerade mal zehn Meilen von Edinburgh entfernt, nahe des Städtchens Penicuik, wo Cybill auch zur Schule gegangen war.

Wahnsinn, dachte Siobhan, was seitdem alles passiert war. Aber an Aufregung hatte es ihrem Leben auch vorher schon nicht gemangelt. Sie erinnerte sich noch gut daran, wie sie Shona Kincaid kennengelernt hatte: in ihrer Galerie in Edinburgh, über der sie eine kleine Wohnung besaß, in die Cybill nun einzuziehen gedachte.

Damals war das Mädchen gerade mal dreizehn Jahre alt gewesen und hatte sich mitten in der Pubertät befunden. Die Wangen rund vom restlichen Babyspeck, im Mund eine Zahnspange und den Kopf voller Pferde.

Und jetzt saß neben ihr eine junge Frau, die Siobhan im wahrsten Sinn des Wortes über den Kopf gewachsen war. Das weizenblonde Haar war ein wenig dunkler geworden, die Zahnspange verschwunden und obwohl sie Pferde noch immer über alles liebte, besonders ihren Araberhengst Devil, so interessierte sie sich mittlerweile auch für andere Dinge – wie zum Beispiel Kunst, Betriebswirtschaftslehre und natürlich Jungs.

Gott, Lady Morag tanzte vermutlich mit den Engeln auf den Tischen. Der Gedanke brachte Siobhan zum

Schmunzeln. Sie hatte Shonas Mutter vor ihrem plötzlichen Tod noch kennengelernt und obwohl die alternde Lady sie augenscheinlich gemocht hatte, war sie über Shonas sexuelle Orientierung alles andere als glücklich gewesen.

Ihrer Liebe zu ihrer Tochter hatte das zwar keinen Abbruch getan, aber Siobhan war sich sicher, dass sie trotzdem erleichtert gewesen wäre, hätte sie gewusst, dass Cybill auf Jungs stand.

„Was?" Der misstrauische Tonfall ihrer Stieftochter verriet Siobhan, dass Cybill ahnte, was ihr durch den Kopf ging.

„Nichts, ich musste nur gerade daran denken, wie erwachsen du bereits geworden bist."

„Oha, jetzt geht das wieder los. Du bist eindeutig zu jung dafür."

„Wofür bin ich zu jung?" Siobhan lächelte.

Cybill wedelte mit der Hand. „Na ja, dafür eben. Für diesen ganzen Du-bist-aber-groß-geworden-Kram." Die nächsten Worte sprach sie mit verstellter Stimme. „Hast du schon einen Freund?"

Siobhan feixte. „Und? Hast du?"

„Du weißt, dass ich einen Freund habe. Er heißt Colin."

„Gott sei Dank. Ich hatte schon Angst, dass du Devil sagst."

„Du hast mich ja nicht ausreden lassen." Cybill setzte den Blinker und verließ den Kreisel gen Süden auf die Mauricwood Road, die geradewegs nach Penicuik führte. Die Pentland Hills, über deren Gipfeln sich düstere Regenwolken ballten, blieben hinter ihnen zurück.

Siobhan seufzte. „Ich habe befürchtet, dass so was kommt. Aber immerhin haben wir ja jetzt etwas, worüber wir bei Tisch sprechen können."

„Du willst mit Mum über Devil sprechen?"

„Du weißt genau, was ich meine, Fräulein. Du wirst ihr erzählen, was du ausgeheckt hast."

„Moment mal, das war doch deine Idee!"

„Was du ausgeheckt hast", wiederholte Siobhan. „Wag es ja nicht, das alles auf mich abzuwälzen."

„Na schön. Früher oder später wird sie es ja ohnehin rauskriegen."

„Eben."

Sie schwiegen, bis Cybill den Wagen erneut abbremste, um in die Allee abzubiegen, an deren Ende das altehrwürdige Kincaid Hall ruhte.

„Wenn es nicht um meinen bevorstehenden Umzug geht, wovor fürchtest du dich denn dann?", fragte Cybill unvermittelt.

Siobhan zuckte zusammen. „Ach, nichts. Das ... passt jetzt nicht hierher."

„Mit anderen Worten, du willst nicht darüber sprechen."

„Du hast es erfasst."

„So schlimm? Vielleicht sollte ich besser erst mal eine Runde mit Devil ausreiten."

„Das tust du doch sowieso."

„Ich meine, ich könnte auch bei Kendra ..."

„Nix da, zum Abendessen bist du wieder zu Hause."

Cybill stöhnte. „Boah, wann hast du eigentlich aufgehört, cool zu sein?"

Siobhan grinste. „Als ich zu deiner Stiefmutter wurde."

Kincaid Hall erinnerte Siobhan bisweilen an die Kulisse eines Gruselschinkens der alten HAMMER-Studios. Beim Eintreten erwartete sie stets von dem jungen Christopher Lee, eingehüllt in einen schwarzen Umhang mit einem künstlichen Vampirgebiss im Mund, begrüßt zu werden.

„Auf solche Ideen können auch nur Schauspielerinnen oder Künstler kommen", hatte Shona dazu gesagt und mit dem Kopf geschüttelt.

Tatsache war jedoch, dass die bleigraue Wolkendecke, die über dem Dach mit seinen spitzen Giebeln und Türmchen hing, perfekt zu der düsteren, efeubewachsenen Fassade passte, die sich hinter dem kiesumsäumten Rondell erhob.

Einzig die bronzene Nixe in der Mitte des Brunnens, die der Betrachterin ihre entblößten Brüste entgegenreckte, wirkte in Siobhans Augen ein wenig deplatziert. Ihrer Meinung nach hätte ein fischmäuliges Ungeheuer besser mit dem morbiden Charme des düsteren Gemäuers harmoniert. Vielleicht noch zwei bronzene Löwen beidseits der Freitreppe, die zum Eingang hinaufführte.

Trotz allem mochte Siobhan McLeary-Kincaid den alten Kasten.

„Ich hasse den alten Kasten", knirschte Cybill und lenkte den Vauxhall am rechten Flügel vorbei auf den Hinterhof. Dort lagen die Garagen, wo sich früher die Stallungen befunden hatten.

„Und stell dir mal vor: Irgendwann wird das alles dir gehören."

„Juhuu", erwiderte das Mädchen lahm, während sie eine Faust in die Höhe reckte. „Ich kann es kaum erwarten ...", sie warf Siobhan einen schelmischen Seitenblick zu, „... den alten Kasten zu verhökern."

„Das ist nicht dein Ernst!"

„Warum nicht?"

„Das ist ein Familienanwesen."

„Du meinst, der Stammsitz meiner Väter?"

„Sehr komisch! Und ich nahm an, du wärst aus der Pubertät heraus."

„Das würde Mum nicht verkraften."

„Also das stimmt ...", Siobhan zögerte, ehe sie hinzufügte: „... vermutlich sogar."

„Vielleicht überrascht uns Onkel Rowie ja mit der Nachricht, dass eine seiner Eroberungen schwanger ist."

„Gott bewahre! Dann würde Shona ihn umbringen und im Gefängnis landen und dann würde alles an uns hängenbleiben. Willst du das?"

Cybill tat so, als müsste sie darüber nachdenken. „Ist das eine Fangfrage?"

Sie stoppte vor einem der vier Garagentore, öffnete es mit der Fernbedienung und fuhr wieder an. Die einzelnen Stellplätze waren nur äußerlich durch die Tore getrennt. Im Inneren parkten die Fahrzeuge alle dicht nebeneinander: Rowans Aston Martin stand direkt neben Shonas Mercedes, den sie vor vier Jahren erstanden hatte. Das Prunkstück des Fuhrparks war jedoch mit Abstand der betagte Rolls Royce von Lady Morag beziehungsweise ihrem Gatten Chester, der von Graham Johnston, dem Butler und Chauffeur des Hauses, liebevoll gehegt und gepflegt wurde.

Selbst jetzt stand er im Schein der Neonbeleuchtung vor der aufgeklappten Motorhaube und säuberte Zündkerzen, wechselte das Öl oder was auch immer an den alten Karossen zu tun war.

Siobhan verstand von Autos ungefähr so viel wie Graham seinerseits von der Malerei. Vielleicht sogar weniger.

Cybill hielt direkt neben dem Oldtimer und schaltete den Motor aus. Siobhan öffnete die Tür und atmete die nach Benzin und Öl riechende Luft ein, in die sich selbst hier drinnen ein Hauch von geschnittenem Gras mischte, den sie so sehr liebte. Um das parkähnliche Grundstück kümmerte sich eine externe Firma für Landschaftspflege aus Penicuik.

„Mylady Siobhan, welch ein Freude, Sie zu sehen!", begrüßte Graham sie. Er hatte sich aufgerichtet und wischte sich die Hände an einem fleckigen Tuch ab. Er trug den gleichen grünen Overall wie die Arbeiter der Brennerei. Er zwinkerte ihr zu. Seit Jahren neckte er sie mit seiner gestelzten Ausdrucksweise.

Trotzdem wollte Siobhan ihn zum gefühlt tausendsten Mal darauf hinweisen, dass er sie nicht Mylady zu nennen brauchte, als ihr Cybill dazwischenfunkte.

„Grandpa!", rief sie, und flog ihm förmlich um den Hals.

„Oh", machte Graham. „Ich … äh … freue mich auch, dich zu sehen, Cybill."

Unbeholfen legte er seine Arme um ihre Schultern. Nach fünf Jahren fiel es ihm immer noch schwer, die Fassade, die er all die Jahre über hatte aufrechterhalten müssen, fallen zu lassen und seine wahren Gefühle zu zeigen. Jedenfalls deutlich schwerer als Cybill.

Aber für sie waren die Bediensteten ohnehin Teil der Familie. Vielleicht hatte sie tief in ihrem Inneren gespürt, dass sie mehr mit diesem Mann verband, als nur das Verhältnis einer jungen Dienstherrin zu ihrem Untergebenen.

„Ich hatte euch nicht so früh erwartet. Du bist doch nicht etwa gerast?"

„Sie ist anständig gefahren", sprang Siobhan ihr bei.

„Wie immer", fügte Cybill hinzu. „Außerdem will ich vor dem Essen noch zu Kendra und eine kleine Runde mit Devil ausreiten."

Graham hob eine Braue. „Dann musst du dich beeilen. Es sieht nach Regen aus."

„Ach, das ist kein Problem. Ich bin ja nicht aus Zucker!", rief Cybill. Sie machte ein flehendes Gesicht. „Bringst du bitte meine Sachen rein? Dann kann ich sofort los."

„Warte mal kurz", mischte sich Siobhan ein. „Hast du gerade deinen siebzigjährigen Großvater gefragt, ob er dein Gepäck ins Haus schleppt?"

Cybill lief rot an. „Wieso? Er ist doch fit wie ein Turnschuh. Und unser Butler. Und ..."

„Du willst nicht mal deiner Mum Hallo sagen?"

„Pfff, die ist ohnehin beschäftigt. Zum Essen bin ich doch wieder da." Sie machte Anstalten, eines der Fahrräder, die neben der Werkbank an der Wand der geräumigen Garage standen, hinauszuschieben.

„Willst du nicht lieber das Auto nehmen?" Siobhan legte die Stirn in Falten. „Ich mein' ja nur ... falls es anfängt zu regnen. Nicht dass du bei Kendra essen musst."

„Oh ja, das wäre ja wirklich bedauerlich!" Cybill grinste.

„Ich kann dich fahren, wenn du willst“, schlug Graham vor. Er schraubte die Zündkerze wieder in den Motor, wischte mit dem Tuch über den Motorblock und verschloss die Haube. „Ich bin sowieso gerade fertig.“

„Eine fabelhafte Idee“, sagte Siobhan.

„Ach ja, und wie komme ich dann wieder zurück?“

„Ich hole dich natürlich auch wieder ab.“

Cybill sah aus, als hätte sie in eine Zitrone gebissen. „Das ist doch Blödsinn. Ich komm schon klar.“

„Papperlapapp!“, sagte Graham. „Es ist mir eine Freude.“ Er führte sie zur Beifahrertür und öffnete sogar den Wagenschlag für sie. „Mylady ...“

Cybill rollte mit den Augen. „Gott, ich hasse diese Familie.“

Siobhan winkte dem Rolls nach, als er vom Hof fuhr.

Danach machte sie sich auf den Weg ins Haus. Im Gegensatz zu Cybill hatte sie kein Gepäck mit hineinzunehmen und ihre Stieftochter durfte ihre Klamotten ruhig selbst tragen.

Dabei konnte sie das Mädchen sogar irgendwie verstehen. Devil war Cybills ganzer Stolz und es hatte wirklich viel Zeit, Nerven und Überzeugungskraft gekostet, ihr auszureden, die Ausbildung und womöglich ihre Zukunft für das Tier aufs Spiel zu setzen.

Sie hatte sich Sorgen gemacht, dass Devil vereinsamen könnte, wenn es niemanden gab, der sich um ihn kümmerte.

Zum Glück hatte die Lösung nähergelegen, als sie in ihrem pubertierenden Trotz hatte wahrhaben wollen. Den Eltern ihrer besten Freundin Kendra gehörte ein Gestüt, das ihre Tochter einst übernehmen sollte. Gab es Schöneres für ein Pferd, als mit Artgenossen auf der Weide zu stehen, regelmäßig gestriegelt und durchmassiert zu werden? Wohl kaum.

Shona und Rowan hatten ohnehin weder die Zeit noch die nötige Affinität für diese edlen Tiere. Und was Graham betraf: Die einzigen Pferdestärken, die ihn interessierten, schlummerten unter der Haube des Rolls.

Siobhan hätte sich möglicherweise noch für Devil erwärmen können. Als Kind hatte sie selbst davon geträumt, ein Pferd zu besitzen. Doch mit achtunddreißig Jahren und einer eigenen Kunstgalerie, die sie mitunter auch am Wochenende auf Trab hielt, fehlte ihr schlicht und ergreifend die Zeit, um sich um solch ein Tier zu kümmern.

Das Lächeln auf ihren Lippen gefror, als sie die Verbindungstür zum Familienanwesen der Kincaids öffnete und den düsteren Flur betrat, der die Garage mit dem Vestibül verband.

Sämtliche Lockerheit fiel mit einem Schlag von ihr ab, ihr Herz fing an zu klopfen.

Reiß dich zusammen, ermahnte sie sich im Geiste. Shona liebt dich, sie wird dir nicht den Kopf abreißen. Und wer weiß, vielleicht findet sie den Gedanken ja sogar ganz reizvoll. Denk positiv. Du schaffst das. Du hast bisher alles geschafft, was du wolltest.

Du hast die Schauspielerei an den Nagel gehängt und dir eine eigene Galerie aufgebaut. Du hast nicht mal aufgegeben, nachdem Shonas Ex sie hatte anzünden lassen. Du hast sie einfach wieder aufgebaut. Und jetzt hast du Schiss vor einem Gespräch mit deiner dich liebenden Ehefrau?

Siobhan atmete tief durch und setzte ihren Weg fort, durch den Flur in die Eingangshalle, an der Treppe vorbei zum Büro, das rechts neben dem Portal lag.

Normalerweise hätte Shona ihre Ankunft bemerken müssen. Es sei denn, sie war so in ihre Arbeit vertieft, dass sie mal wieder keine Zeit gehabt hatte, für ein paar Sekunden aus dem Fenster zu schauen. Daran hatte sich auch in den vergangenen fünf Jahren nichts geändert.

Im Gegenteil, sie war eher noch verbissener geworden.

Shona war ein Workaholic und das machte Siobhan am meisten zu schaffen. Obwohl ihr durchaus klar war, dass sie im Glashaus saß. Nur mit dem Unterschied, dass Shona nicht alleine war, sondern einen Bruder hatte, der sich nach dem Tod seiner Mutter tatsächlich am Riemen riss. Zumindest, was das Geschäftliche betraf.

Vor der Tür blieb Siobhan stehen und klopfte. Sie wartete die Aufforderung einzutreten gar nicht erst ab, sondern öffnete die Tür so leise wie möglich.

Shona telefonierte.

„… habe verstanden. Danke für die Information. Guten Abend."

Anhand der Wortwahl wusste Siobhan bereits, dass dieser Anruf nicht privater Natur gewesen war, doch das waren die Telefonate ihrer Frau ohnehin nur selten. Allerdings schienen die Informationen, für die sich Shona eben noch bedankt hatte, alles andere als erfreulich gewesen zu sein. Siobhan brauchte ihr nur ins Gesicht zu schauen, um zu wissen, dass es nicht bloß um eine stornierte Bestellung oder eine verzögerte

Weizenlieferung ging. In diesem Fall wäre die Miene unter dem schwarzen Kurzhaarschnitt eher gerötet gewesen, nicht bleich wie ein Laken.

Shonas Hand, die den Hörer zurück auf den Festnetzapparat legte, zitterte.

„Mein Gott, Shoni, was ist passiert?"

Siobhans Furcht vor einem möglichen Streit war mit einem Mal wie weggeblasen. Jetzt machte sie sich nur noch Sorgen um ihre Ehefrau, die mit leerem Blick vor sich auf den Bildschirm des aufgeklappten Notebooks starrte. Ihre Lippen hoben sich kaum von der übrigen Gesichtsfarbe ab.

Siobhan eilte um den Schreibtisch herum, beugte sich zu Shona hinunter und legte ihr den Arm um die Schultern, um ihr zu zeigen, dass sie nicht allein war. Ganz gleich, was vorgefallen sein mochte.

Endlich wandte Shona ihr das Gesicht zu. Ihr Mund öffnete sich, die Unterlippe zitterte leicht. In den Augen ihrer Frau flackerte Angst und das erschreckte Siobhan am meisten.

Sie kannte Shona als furchtlose und starke Frau, die so schnell nichts aus der Fassung brachte. Das hatte sie in den sechs Jahren, die sie nun schon zusammen waren, wieder und wieder unter Beweis gestellt.

Siobhans Eingeweide verkrampften sich. Behutsam rüttelte sie an den Schultern ihrer Gattin. „Shona, bitte rede mit mir! Wer war das eben?"

„Das war Mister Borthwick!"

„Dein Anwalt? Was wollte er denn?"

„Es ging um Morgan."

Eine eiskalte Hand schien über Siobhans Rückgrat zu gleiten. Anhand von Shonas Reaktion konnte sie nur

Morgan Baxter, ihren Ex-Mann und Cybills Vater meinen, der nicht nur Siobhans Galerie auf dem Gewissen hatte, sondern darüber hinaus auch Rowans Ex-Freundin Annabelle dazu angestiftet hatte, Shona mit Schlaftabletten zu vergiften. Mit diesem fingierten Selbstmordversuch sollte sie entweder aus dem Weg geräumt oder aber für derart labil erklärt werden, um ihr das Sorgerecht für Cybill zu entziehen und dadurch an das Erbe von Kincaid Hall zu kommen.

Nun, Morgan Baxter war wegen mittelbarer Täterschaft und Anstiftung zu schwerer Körperverletzung in zwei Fällen sowie versuchten Totschlags verurteilt worden und ins Gefängnis gekommen.

„Was ist mit ihm?", krächzte Siobhan. Sie ahnte bereits, was Shona ihr gleich sagen würde, noch ehe sie den Mund aufmachte.

„Er wurde heute Vormittag entlassen!"

Kapitel 2

Beim Essen herrschte eine Stimmung wie auf einer Beerdigung.

Zuerst hatte Cybill gedacht, es läge an ihrem Zuspätkommen oder daran, dass sie Mum nicht vorher begrüßt hatte, bevor sie zu Kendra gefahren war. Aber sie war nun mal keine vierzehn mehr. Und sie hatte auch nicht ungeduscht zum Essen erscheinen wollen.

Möglicherweise hatte sie dabei ein wenig getrödelt, na und?

Manche Dinge änderten sich eben nie, kein Grund wie die Trauerklöße am Tisch zu sitzen.

„Entschuldigung", murmelte sie automatisch auf dem Weg zu ihrem Platz neben Siobhan, die rechts von Graham saß, der wie ein Häuflein Elend am Kopfende kauerte. Was auch geschehen sein mochte, es musste passiert sein, während sie auf ihrem Zimmer gewesen war, um zu duschen und sich umzuziehen.

Auf der Rückfahrt vom Gestüt der Lachlans nach Kincaid Hall hatte sich ihr Großvater jedenfalls nichts anmerken lassen.

Selbst Onkel Rowan, der Cybill gegenübersaß, machte ein Gesicht, als wäre ihm eine hundert Jahre alte Flasche Scotch runtergefallen. Nein, korrigierte sie sich in Gedanken. Vielmehr so, als wäre die gesamte Brennerei in Flammen aufgegangen.

Cybill erschrak.

Sie war zwar nicht so vernarrt in die Destillerie wie ihre Mutter oder Grandma es gewesen war, aber sie war nun mal Teil ihrer Familie und Grundlage ihres Vermögens. Eine solche Nachricht wäre der Stimmung bei Tisch auf jeden Fall angemessen gewesen.

Da sämtliche Familienmitglieder anwesend waren, war zumindest niemand gestorben. Immerhin etwas.

„Ähm ... hab ich was verpasst?"

Ihre Mum atmete tief durch und wechselte einen knappen Blick mit Graham und Siobhan, ehe sie ihre Tochter fixierte. „Morgan ist entlassen worden!"

Die Nachricht traf Cybill vollkommen unvorbereitet, wie ein Fausthieb in den Magen. Ihr wurde speiübel. Der Appetit verflog von einer Sekunde auf die andere. Und mit einem Mal wünschte sie sich, es wäre tatsächlich „nur" ein Feuer in der Brennerei gewesen. Der ohnehin schon düstere Speisesaal mit den hohen holzvertäfelten Wänden, die jegliches Licht aufsaugten wie ein Schwamm, kam ihr plötzlich vor wie ein Sarg.

„Was?", schnappte sie. „Wie ... wie konnte das passieren?"

Ihr Blick streifte ihren Onkel Rowan, der den Kopf senkte und auf seinen Teller starrte, in dem die Suppe längst kalt geworden sein musste. Nein, von ihm hatte sie keine Antwort zu erwarten. Es war auch nicht seine Aufgabe, sondern die ihrer Mutter.

„Nun, wie es aussieht, hat Morgan einen Antrag auf vorzeitige Haftentlassung gestellt ..."

„Und dem wurde stattgegeben? Das Urteil lautete zehn Jahre!“

„Das ist richtig“, erklärte Shona. „Aber unter bestimmten Voraussetzungen kann die Strafe nach der Hälfte der veranschlagten Zeit erlassen werden.“

„Wegen guter Führung, oder was?“ Cybill war fassungslos.

Shona legte ihre Serviette auf den Tisch und strich sie glatt. Auch sie hatte die Vorsuppe nicht einmal angerührt und den Teller zurückgeschoben.

„Das ist die Grundvoraussetzung, mein Schatz. Hinzu kommt, dass dein ...“, sie biss sich auf die Unterlippe, „... dass Morgan als Ersttäter verurteilt wurde und eine günstige Sozialprognose hat.“

Cybill klappte der Unterkiefer herab. Sie wandte den Kopf, um Siobhan anzuschauen, doch selbst diese hielt den Blick unverwandt auf den Teller gerichtet. Kein Wunder, auch ihr hatte Cybills Erzeuger übel mitgespielt. So wie jedem hier am Tisch. Der Einzige, der noch einigermaßen glimpflich davongekommen war, war Graham.

„Ihr verarscht mich!“ Cybill lehnte sich zurück.

Rowan schnaubte. „Ich wünschte, es wäre so.“

„Ist es aber nicht!“, erwiderte Shona scharf. „Morgan ist frei, das ist eine Tatsache, mit der wir uns abfinden müssen.“

„Aber er wollte dich umbringen!“, rief Cybill. „Er hat Siobhan krankenhausreif prügeln lassen und ihre Galerie angezündet.“

„Genau das ist der springende Punkt“, fuhr Shona fort. „Auch wenn Morgan der mittelbaren Täterschaft angeklagt wurde, indem er Annabelle manipulierte, so hat er nicht selbst Hand angelegt. Laut seines *Geständnisses*, war es seine Absicht, mir einen Selbstmordversuch anzuhängen. Die Betonung liegt auf *Versuch*."

„Wobei er deinen Tod billigend in Kauf genommen hätte", mischte sich nun auch Siobhan ein.

Shona zuckte mit den Achseln. „Dafür wurde er aber nicht verurteilt. Genauso wenig wie für Siobhans Verletzungen. Die Schläger sollten lediglich die Galerie verwüsten und in Brand stecken. Davon, Siobhan zu verletzen, war nie die Rede gewesen."

„Das ist doch Bullshit!" Cybill klopfte das Herz bis zum Hals.

„Mag sein, aber so ist es nun mal."

„Können wir nichts dagegen unternehmen?"

„Nicht, solange Morgan die Bewährungsauflagen einhält und sich vom Anwesen, der Brennerei und der Galerie fernhält."

Cybill knirschte mit den Zähnen. Tausend Gedanken wirbelten durch ihren Kopf, doch sie konnte keinen davon fassen, geschweige denn aussprechen. Ihre Augen brannten.

Eine Hand legte sich auf ihren Unterarm. Es war Siobhan. Natürlich war sie es. Sie hatte ein Gespür für Menschen, besonders für ihre Stieftochter. Sie hatten sich von Anfang an gut verstanden. Für Cybill war Siobhan mehr wie eine große Schwester gewesen, nicht die Freundin ihrer Mutter oder deren spätere Ehefrau. Daran hatte sich bis heute nichts geändert, den zahllosen Stiefmutter-Witzen zum Trotz.

Durch die Berührung gelang es Cybill, Ordnung in das Chaos ihrer aufgewühlten Gedanken zu bringen. Die Gefühlskaskade löste sich auf. Die Angst wurde zu

einem dumpfen Druck im Magen, was blieb, war die
Wut, die ihr Herz mit hämmerndem Bass antrieb. Oder
war es nicht viel eher die Scham darüber, was er ihr angetan hatte?

„Er hat mich vergiftet", murmelte sie mit monotoner
Stimme. „Er hat mich abfüllen lassen, um dir das Sorgerecht zu entziehen." Sie zog die Nase hoch. „Es ist … es
ist nicht fair."

Betretenes Schweigen legte sich über den Tisch. Cybill
hielt den Kopf gesenkt. Sie lauerte geradezu auf irgendeine Plattitüde. So nach dem Motto: Das Leben ist niemals fair. Doch niemand sprach ein Wort und das empfand Cybill beinahe als noch bedrückender.

„Entschuldigt mich!" Sie wartete die Antwort gar
nicht erst ab, sie war schließlich kein Kind mehr, das
um Erlaubnis bitten musste. Sie entzog sich Siobhans
Griff, stand auf und verließ den Raum. Niemand hielt
sie auf.

Shona seufzte. Sie betrachtete ihre Hand, die sich fest
um die Serviette gekrampft hatte. Heiße Wut brodelte
in ihr, wie ein Vulkan kurz vor dem Ausbruch.

Cybill war fort, Siobhan sah aus wie ein Häuflein
Elend und die Suppe war kalt. Rowan und Dad starrten
dumpf vor sich hin. Ihrem Vater war nicht ein Wort
über die Lippen gekommen.

Komm runter, Shona. Es ist nicht Graham, auf den du
sauer bist.

Trotzdem brachte sie es zur Weißglut, als er in aller
Seelenruhe damit fortfuhr, seine Suppe zu löffeln.

„Wie kannst du jetzt ans Essen denken?", blaffte sie
ihn an.

Er hob den Kopf, aus seinem Blick sprach ehrliche Verblüffung. „Ich habe Hunger. Und es ändert nun mal nichts an den Begebenheiten. Ich lasse mir von Morgan nicht auch noch den Appetit verderben.“

„Also ich brauche jetzt einen Whisky!“, sagte Rowan und erhob sich. Neben dem Stuhl blieb er stehen. „Noch jemand?“

Siobhan hob die Hand.

„Shona?“, fragte ihr Bruder.

„Wollt ihr euch jetzt besaufen, oder was?“

„Vor allem wollen wir wieder runterkommen“, sagte Siobhan. „Also?“

„Von mir aus ...“

Rowan ging in den Hintergrund des Speiseraums, der saalartige Ausmaße besaß. Natürlich stand auch hier eine kleine Bar, wenngleich nicht annähernd so pompös wie der Globus in Mutters ehemaligem Arbeitszimmer.

Shona hörte ihn mit den Flaschen und Gläsern klimpern. Unvermittelt meldete sich ihr schlechtes Gewissen.

„Ich sollte mit Cybill sprechen.“

„Später“, sagte Siobhan. „Deine Tochter ist kein Kind mehr. Sie ist neunzehn. Wahrscheinlich hat sie gerade Facetime mit Colin. Willst du sie dabei stören?“

„Warum hat sie den Jungen nicht mitgebracht?“, fragte Graham in dem unbeholfenen Versuch, das Thema zu wechseln.

Siobhan hob die Schultern. „Keine Ahnung. Ist wohl mit ein paar Freunden zum Fußball. Und Cybill ist froh, Zeit mit Kendra und Devil zu verbringen.“

„Ich glaube, meine Nichte und ihr Freund sind die einzigen Menschen auf dem Planeten, die eine Werktagsbeziehung statt einer Wochenendbeziehung führen", witzelte Rowan.

Er ging um den Tisch herum und stellte jedem ein Glas Whisky vor die Nase. Graham hatte er gar nicht erst zu fragen brauchen. Der hatte die Suppe mittlerweile restlos ausgelöffelt.

Nachdem alle versorgt waren, hob Rowan sein Glas.

„Auf die Familie! Möge sie auch in Zukunft von sämtlichem Ungemach verschont bleiben."

„Hört, hört", sagte Graham und trank den Whisky zur Hälfte aus.

Shona nippte, während sie ihre Frau über den Rand hinweg musterte. Siobhan saß wie zu Stein erstarrt auf ihrem Stuhl.

„Was ist los?"

„Nichts, ich habe nur auf Blitz und Donner gewartet."

„Du guckst eindeutig zu viele Horrorfilme."

Siobhan zuckte mit den Achseln und trank nun ebenfalls. Shona warf einen Blick über ihre Schulter zum Fenster hinaus. Siobhans Bemerkung mochte ein Witz gewesen sein, vielleicht auch ein Unkenruf, trotzdem konnte sie sich des unguten Gefühls beim Anblick der dichten Wolkendecke nicht erwehren, aus der der Regen jetzt in dicken Fäden hinab zur Erde prasselte.

„Single Malt? Zwölf Jahre? Bourbon-Barrel?", fragte Siobhan.

Rowan grinste. „Fast, Schwägerin. Zwanzig Jahre."

„Viel zu gut für diesen Sausack", murmelte Shona und beobachtete versonnen die goldbraune Flüssigkeit in ihrem Glas.

„Den trinken wir ja auch nicht auf Morgan, sondern auf uns“, erinnerte sie ihr Bruder.

Graham sah aus, als wollte er etwas sagen. Shona hob die Hand. „Wenn du jetzt wieder *hört hört* sagst, schmeiß ich das Glas auf den Boden.“

„Äh, eigentlich wollte ich fragen, ob ich den Hauptgang servieren soll.“

Siobhan erhob sich und klopfte ihm auf die Schulter. „Lass gut sein, ich kümmere mich darum.“ Sie verließ den Raum.

„Trink aus, Schwesterherz“, sagte Rowan, der neben Shona Platz genommen hatte. „Den Whisky nicht zu trinken, wäre eine Verschwendung.“

Shona leerte ihr Glas. Wo er recht hatte …

Verdammt sollte sie sein, wenn es Morgan gelang, ihr auch noch die letzten Freuden des Lebens zu vergällen.

„Dein Dad ist aus dem Knast entlassen worden?“

„Ja, ist das zu fassen? Angeblich wegen guter Führung und mildernder Umstände oder so was. Keine Ahnung. Ich sollte Jura studieren. Dann wüsste ich vielleicht, was man dagegen unternehmen kann.“

Colin Mar schwieg. Selbst über das Display ihres Smartphones konnte Cybill sehen, wie er nach Worten rang. Er sah süß aus mit seinen grünen Augen und den braunen Locken, die sein schmales Gesicht umrahmten. So gar nicht wie Keith, der sie im Auftrag ihres Erzeugers mit Alkohol abgefüllt hatte. „Willst du dir wirklich von deinem Vater vorschreiben lassen, was du studierst?“

„Er ist nicht mein Vater!“, zischte Cybill. „Und niemand schreibt mir etwas vor!“

„Aber wenn du nur wegen deines …" Er zögerte. „Ich meine, wenn du nur wegen Du-weißt-schon-wem das Studienfach wechselst, dann klingt das auch nicht gerade nach freier Entscheidung."

Cybill schmunzelte. „Sprichst du von Lord Voldemort?"

„Du weißt genau, von wem ich spreche. Du hasst Jura!"

„Ich hasse auch BWL."

Colin riss die Augen auf. „Warum studierst du es dann?"

Sie seufzte. „Weil ich es brauche. Ich werde diese Brennerei nun mal irgendwann am Hacken haben. Und selbst wenn nicht, auch für eine Kunstgalerie kann man es gut gebrauchen."

Ein Lächeln huschte über seine Lippen. „Also … ich mag Whisky."

Cybill verspürte einen Stich in der Brust. „Können wir vielleicht über etwas anderes sprechen? Was hast du heute noch vor?"

Er schaute zur Seite und hob die Schultern. „Ich gehe mit den Jungs nur was trinken und danach noch ins *The Hive*. Und du?"

„Kendra und ich fahren später noch nach Penicuik. Ein paar Freunde treffen, quatschen."

„Wollt ihr nicht mitkommen?"

Sie überlegte kurz. „Nee, wir wollen nicht so lange machen. Wir müssen morgen früh raus. Kendra hat am Wochenende immer viel zu tun und ich will ihr ein wenig unter die Arme greifen. Das ist das Mindeste, was ich für sie tun kann, wenn sie sich schon um Devil kümmert."

„Hm, okay. Das verstehe ich.“

Da war sich Cybill nicht so sicher. Colin wirkte bedrückt und sie konnte sich auch denken, woran das lag. Viele seiner Freunde waren Singles und die, die es nicht waren, verbrachten ihre freien Wochenenden mit ihren Partnerinnen. Sie wusste, er würde sofort kommen, wenn sie ihn darum bat, doch genau das brachte sie nicht übers Herz. Noch nicht.

Es klopfte und Cybill erschrak. Früher oder später hatte sie damit rechnen müssen.

„Sorry, Colin. Mein Typ wird verlangt. Mach dir einen schönen Abend.“ Sie überlegte kurz. „Aber nicht zu schön, hörst du?“

„Ich werde mich schrecklich langweilen.“

„Du bist ein schlechter Lügner, aber ich schätze deine Bemühungen. Lieb dich.“

„Ich dich auch.“

Das Display wurde dunkel und Cybill deaktivierte das Smartphone, just als es erneut klopfte.

„Cybill, bist du da drin?“, fragte ihre Mum.

„Jaaa!“, leierte sie. „Wo sollte ich denn sonst sein?“

Ihre Mutter öffnete die Tür. „Zum Beispiel in deinem Zimmer?“

„Wo mich alle zuerst suchen?“

„Das hättest du wohl gerne, wie?“

„Nicht unbedingt, deshalb bin ich ja hier. Aber anscheinend hast du mich ja trotzdem gefunden. Was gibt’s denn?“

„Ich wollte nach dir sehen, ist das verboten?“

„Nein, aber ungewöhnlich.“

„Du bist meine Tochter. Ich mache mir Sorgen. Außerdem … was machst du hier eigentlich?" Shona breitete die Arme aus.

„Ich wollte alleine sein."

„Ausgerechnet hier?"

„Ja, ausgerechnet hier. Seit Grandma tot ist, behandelt ihr diesen Raum wie einen Schrein. Ich war mir relativ sicher, dass ihr mich hier zuletzt … Moment, hat Siobhan gepetzt?"

Shona lächelte schmal. „Sie sagte bloß, dass ich hier zuletzt suchen soll."

„Also ja."

„Sie macht sich ebenfalls Sorgen um dich."

„Das ist wirklich rührend, aber ich bin nun wirklich kein Kind mehr, Mum."

„Aber immer noch meine Tochter." Sie setzte sich in den zweiten Lehnsessel. „Was du wegen Morgan durchmachen musstest, war schlimm. Das hätte jede mitgenommen, egal wie alt sie ist. Er ist dein Vater und das hat er schändlich ausgenutzt. Es ist okay, wenn du traurig oder frustriert bist."

„Das ist nicht unbedingt das, was ich fühle. Ich bin einfach nur … wütend." Ihre Kehle schnürte sich zu.

„Gut so."

Sie schwiegen. Schließlich gelang es Cybill, den Kloß in ihrem Hals herunterzuschlucken. „Hast du Angst?"

Ihre Mum wandte den Kopf. „Vor Morgan?"

Sie nickte.

„Vielleicht … ein wenig. Aber was er auch vorhaben mag, er wird es nicht leicht haben. Nicht nur wegen der einstweiligen Verfügungen. Das, was damals geschehen ist, war für uns alle hart. Und damit meine ich nicht nur das, was dein Vater Siobhan und uns beiden angetan hat, sondern auch Grandmas Tod. Aber es hat uns auch stärker gemacht."

Shona beugte sich zu Seite und griff nach Cybills Unterarm, so, wie Siobhan es vorhin getan hatte. „Was auch passiert, wir halten zusammen."

Cybill senkte den Kopf. „Mum, es ... gibt da noch was, das ich dir sagen wollte."

Ihre Mutter richtete sich auf. „Schieß los."

„Es ist wegen des Studiums. Ich meine, wegen des Wohnheims. Ich habe mit Siobhan gesprochen. Sie wohnt ja sowieso die meiste Zeit hier und die Wohnung über der Galerie steht leer."

„Fabelhafte Idee!"

„Ich weiß, dass du ... warte mal ... was?"

„Ich sagte, ich finde, das ist eine fabelhafte Idee."

Cybill verengte die Augen. „Du hast nichts dagegen, dass ich dort wohne?"

„Nein, warum sollte ich?"

„Na ja, weil du sonst immer so viel Wert darauf gelegt hast, dass ich Verantwortung übernehme und auf eigenen Beinen stehen soll."

„Graham und Emily bleiben hier, du wirst also den Haushalt alleine schmeißen müssen. Außerdem wirst du Siobhan Miete zahlen."

„Das haben wir schon geklärt, ich werde ihr in der Galerie helfen und ..." Sie verstummte abrupt. „Ups."

Shona winkte ab. „War mir klar, dass Siobhan von dem Komplott wusste. Du brauchst sie nicht in Schutz zu nehmen."

Cybill sprang auf und umarmte ihre Mutter. „Danke, Mum!"

„Ich habe doch gar nichts getan.“

„Trotzdem.“ Sie wich zurück. „He, warte mal … deine schnelle Zustimmung hat zufälligerweise nichts mit Morgans Entlassung zu tun?“

Mum lächelte schmal. „Sagen wir einfach, ich bin nicht unglücklich darüber. Immerhin darf er sich der Galerie genauso wenig nähern, wie der Brennerei oder Kincaid Hall.“

Cybill verzog den Mund und löst sich gänzlich aus der Umarmung. „Dann habe ich es also ihm zu verdanken, dass du nichts dagegen hast?“

Darüber schien ihre Mutter tatsächlich nachzudenken. „Schwer zu sagen. Aber es hat mir die Entscheidung auf jeden Fall leichter gemacht. Kannst du damit leben?“

„Glaub schon.“

„Es ist natürlich eine ziemlich große Wohnung …“

„Was willst du damit sagen?“

„Keine Ahnung, hast du vor, mit Colin zusammenzuziehen?“

Cybills riss die Augen auf. „Was? Auf keinen Fall!“

„Okay, das klingt jetzt nicht besonders verliebt. Wann stellst du ihn uns vor?“

Der Türgong erlöste Cybill aus dem Dilemma. „Ein andermal“, rief sie und eilte zur Tür.

„He, wo willst du hin?“

„Das ist Kendra. Wir fahren nach Penicuik. Hab dich lieb, Mum.“

Plötzlich hatte sie es eilig.

Shona blieb allein in der Bibliothek zurück, die Lady Morag bis zu ihrem Tod als Arbeitszimmer gedient hatte. Der alte Sekretär, von dem aus sie einen herrlichen Blick hinaus in den Garten gehabt hatte, stand unverändert vor dem einzigen Fenster. Die Vorhänge waren zugezogen, damit kein Licht hineinfiel.

Shonas Blick wanderte zu einer Stelle vor dem Schreibtisch. Dorthin, wo ihre Mutter zusammengebrochen war. Graham war bei ihr gewesen, als es passierte. Und obwohl der Rettungshubschrauber rasch hier gewesen war, hatte Lady Morag es nicht geschafft. Sie war nicht mal mehr aufgewacht und im Krankenhaus verstorben.

Ein Aneurysma war geplatzt und hatte ihr einen schnellen Tod beschert. Zum Glück, konnte Shona rückblickend nur sagen, denn ihre Mutter hatte außerdem an einem Hirntumor, einem sogenannten Glioblastom gelitten, das sie über kurz oder lang ohnehin umgebracht hätte.

Wer wusste schon, was ihr dadurch erspart geblieben war.

Es war nur ein schwacher Trost, aber zumindest war es einer. Trotzdem betrat sie dieses Zimmer höchst selten. Fast nie. Genauso wenig wie Rowan und Graham.

Cybill hat recht, dachte Shona. Das hier ist ein Schrein. Vielleicht …

Ein zaghaftes Klopfen an den Türrahmen unterbrach ihre Gedankenkette.

„Störe ich?", fragte Siobhan und betrat die Bibliothek.

Shona lächelte und schüttelte den Kopf. „Du störst doch nie. Wie kommst du darauf?"

„Ich habe Cybill aus dem Zimmer stürmen sehen und dachte, ihr hättet euch gestritten."

„Oh nein, ganz im Gegenteil. Wir hatten sogar ein ziemlich gutes Gespräch." Sie trat an Siobhan heran, legte ihr den Arm um die Hüfte und strich ihr eine Strähne aus dem Gesicht. „Aber wir beide werden uns mal in Ruhe unterhalten müssen."

Sie grinste schief. „Hat Cybill es dir also erzählt?"

„Was soll sie mir erzählt haben?", fragte Shona unschuldig. Sie beschloss, Siobhan ein wenig zappeln zu lassen.

„Komm schon, du weißt genau, was ich meine. Sie hat dir erzählt, dass sie in meine alte Wohnung ziehen möchte, nicht wahr?"

„So ist es."

Siobhan runzelte die Stirn. „Und?"

„Was, und? Ich habe gesagt, dass ich das für eine fabelhafte Idee halte."

„Tatsächlich?"

Shona löste sich von ihrer Frau und stemmte die Fäuste in die Hüfte. „Ja, tatsächlich. Sagt mal, was ist eigentlich mit euch allen los? Ihr tut ja gerade so, als wäre ich eine Despotin, die nur Zeter und Mordio schreit."

„So drastisch würde ich das nicht unbedingt formulieren. Du bist eben konservativ. Das ist ja nichts Schlechtes."

Shona nickte. „Ganz genau. Irgendwer muss ja schließlich für Ordnung sorgen."

„Verstehe", erwiderte Siobhan leise. „Du hast nur so schnell eingelenkt, weil Morgan aus dem Knast raus ist und du dich besser fühlst, wenn Cybill in Sicherheit ist."

„Wundert dich das?"

Siobhan schmunzelte. „Auf keinen Fall. Und da sag noch einer, der Kerl wäre zu gar nichts zu gebrauchen."

„Ja, nur dass es den Ärger, den wir mit ihm hatten, nicht wert ist."

„Immerhin hast du ihm Cybill zu verdanken. Mehr oder weniger."

„Das hätte auch jeder andere hinbekommen." Shona verließ das Arbeitszimmer ihrer Mutter. Siobhan folgte ihr.

„Was hältst du eigentlich davon, wenn wir morgen wegfahren? Nur wir zwei? Du und ich?"

Shona grinste. „Dass du Rowan und Graham nicht gemeint hast, war mir klar. Was genau schwebt dir denn vor?"

„Ach, nichts Besonderes. Nur ein wenig Seeluft um die Nase wehen lassen. Auf andere Gedanken kommen, den Alltag abstreifen. Zeit miteinander verbringen."

„Hm, klingt gut."

„Aber?"

„Nichts aber." Shona blieb stehen. „Ich denke einfach, Graham hat recht."

„Womit?"

„Dass wir uns von Morgan nicht den Appetit verderben lassen sollten." Sie küsste Siobhan auf die Lippen. „Egal worauf."

Kapitel 3

Vor dem Frühstück schob Cybill das Fahrrad aus der Garage und schwang sich in den Sattel. Die Sonne kroch gerade über die Wipfel der Bäume am Rand des weitläufigen, parkähnlichen Grundstücks von Kincaid Hall. Auf den Spitzen der Gräser funkelte der Raureif und Bodennebel waberte zwischen den Stämmen.

Die Luft schmeckte kühl und frisch, nach Regen, Weizen und Abenteuer.

Cybill kicherte bei dem Gedanken, dass in Zukunft vielleicht sie die Werbung für den Whisky der Familienbrennerei übernehmen könnte.

Allerdings müsste sie dann mit Mum zusammenarbeiten und ob ihre Nerven dem gewachsen waren, bezweifelte Cybill ernsthaft. Mit Onkel Rowie käme sie schon irgendwie klar, aber Mum war viel zu sehr wie Grandma, als dass sie Geschäft und Familie trennen könnte. Dass sie und Rowan sich bislang noch nicht gegenseitig an die Kehle gegangen waren, lag daran, dass sie ihre Arbeitsbereiche genau abgesteckt hatten, sodass niemand dem anderen ins Gehege kam.

Cybill trat kräftig in die Pedale. Obwohl es tagsüber weiterhin sommerlich warm war, sofern es nicht wieder einmal regnete, herrschte morgens bereits eine empfindliche Kälte. Die ersten Vorboten des nahenden

Herbstes. Sie liebte den September. Wenn nicht mehr diese Bullenhitze herrschte, es aber trotzdem Spaß machte, sich im Freien aufzuhalten, bevor die Natur sich auf den Winterschlaf vorbereitete. Beziehungsweise auf das, was vom Winter übrig geblieben war.

Cybill konnte die Jahre, in denen genug Schnee zum Schlittenfahren gelegen hatte, an einer Hand abzählen. Und selbst dann waren es höchstens ein paar Tage gewesen, bevor sich die weiße Pracht in unansehnlichen Matsch verwandelt hatte.

Aber heute hatte sie keine Lust, sich über den Klimawandel Sorgen zu machen. Heute wollte sie nur einen schönen Tag mit Kendra und Devil verbringen.

Das Gestüt der Lachlans war in den letzten Jahren gewachsen.

Die Ställe waren renoviert und ausgebaut worden, das Geschäft florierte. Immer mehr Touristen wollten die Pentland Hills auf den Rücken von Pferden oder von einer Kutsche aus bewundern.

Das Haus der Lachlans mitsamt des Hofes hatte sich dagegen kaum verändert. Nur der Hofhund Whiskey war in die Jahre gekommen und nicht mehr so verspielt wie früher.

Zwar wedelte er erfreut mit der Rute, als Cybill auf den Hof rollte, doch er hatte es nicht mehr so eilig, zu ihr zu kommen, um sich seine Streicheleinheiten abzuholen. Gemächlich trottete er aus der Hütte neben dem Haus.

Cybill bremste und stieg aus dem Sattel. Sie stellte das Fahrrad am offenen Tor ab und ging in die Hocke. „Heeey, Whiskey, alter Junge.“

Er blieb stehen, schaute sie an und legte sich auf halber Strecke auf den Boden. Cybill runzelte die Stirn und richtete sich auf. „Was ist denn mit dir los? Wirst du alt?"

Sie trat ein paar Schritte auf ihn zu, woraufhin er den Kopf hob und die Rute wieder wie ein Metronom von einer Seite zur anderen schlug.

„Nee, er ist nur klüger geworden", erklang in diesem Augenblick eine Stimme von der Eingangstür her. Kendra stand in der Öffnung und zog sich die Reitstiefel an. „Er weiß genau, dass du zu ihm kommst."

„Das stimmt." Cybill ging vor ihm in die Hocke und kraulte ihn hinter den Ohren. Erst danach begrüßte sie ihre Freundin. Sie umarmten sich und gaben sich einen Kuss.

„Guten Morgen, Kenny."

„Morgen, Billie", erwiderte Kendra und reichte ihr die Reitstiefel. „Gut geschlafen?"

„Geht so", murmelte Cybill, die ihrer besten Freundin noch am gestrigen Abend die „frohe" Botschaft von Morgans Entlassung mitgeteilt hatte. Um das Thema nicht erneut anzuschneiden, sprach sie schnell weiter, während sie mit dem Kinn auf Whiskey deutete. „Aber so schlapp war er doch gestern Abend noch nicht gewesen."

„Die Arthrose", erklärte Kendra. „Morgens nach dem Aufstehen geht's ihm immer etwas schlechter. Aber vielleicht hat sich das ja schon bald erledigt."

Cybill erschrak. „So schlimm?"

„Wie?" Kendra wirkte verwirrt, bis sie begriff, wie ihre Worte angekommen sein mussten. „Quatsch, der überlebt uns wahrscheinlich alle noch. Nein, es gibt da ein neues Medikament. Irgendwas mit monoklonalen Antikörpern. Kommt aus der Schweiz. Soll wohl entzündungshemmend wirken und die Schmerzweiterleitung unterbrechen."

„Aha, und wie wird es verabreicht?"

„Einmal im Monat als Spritze. Dadurch belastet es auch nicht den Magen-Darm-Trakt oder die Nieren."

„Dann hoffen wir mal, dass es wirkt." Cybill tätschelte Whiskey den Kopf. Der Hund hatte offenbar mitbekommen, dass es um ihn ging und ließ sich dazu herab, den Mädchen hinterherzutrotten. Nachdem auch Cybill ihre Schuhe gegen die Reitstiefel getauscht hatte, holten sie die Pferde aus dem Stall. Eine Viertelstunde später ritten sie hinaus in die Pentland Hills.

Whiskey folgte ihnen die ersten fünfzig Yards, bis ihn die Lust verließ und er merkte, dass er mit den Pferden nicht Schritt halten konnte. Er schaute ihnen noch eine Weile hinterher, bis er sich umdrehte und zurück zum Hof trottete.

„Manchmal glaube ich, er sollte mal 'ne Katze werden", kommentierte Kendra sein Verhalten. Sie war in den letzten Jahren noch hübscher geworden, fand Cybill.

Ihr kräftiges braunes Haar fiel in Wellen auf den Rücken hinab. Die engen Reithosen schmiegten sich wie eine zweite Haut an Beine und Gesäß, sodass man deutlich erkennen konnte, wie trainiert ihre Oberschenkelmuskulatur war. Cybill hatte Kendra schon früher für ihre natürliche Schönheit bewundert und daran hatte sich bis heute nichts geändert.

Im Gegensatz zu ihr konnte Kendra auf jegliches Make-up verzichten. Sie selbst behauptete, das läge an der vielen frischen Luft, die Haut und Haar geschmeidig hielte. Hinzu kamen ein gesundes Selbstvertrauen und ein toller Sinn für Humor. Kein Wunder, dass ihr die Kerle zu Füßen lagen.

Sie hatten eben den Wald erreicht, als Kendra unvermittelt ihre Stute Swiftwind zügelte, benannt nach dem gleichnamigen Pferd aus der Serie *SHE-RA*.

„Verrätst du mir, was mit dir los ist, oder soll ich raten?"

Cybill war ehrlich überrascht. „Was meinst du?"

„Komm schon, Billie. Wir kennen uns lange genug. Ich weiß doch, dass dich irgendetwas beschäftigt. Ist es wegen deines Vaters?"

Sie schüttelte den Kopf. „Nein."

Kendra trabte neben sie. „Was denn dann? Streit mit Colin?"

„Auch nicht."

„Hm, dann weiß ich auch nicht weiter."

„Es sind irgendwie alle beide, verstehst du?"

Kendra hob die Brauen. „Um ehrlich zu sein: nein. Das verstehe ich überhaupt nicht. Das musst du mir schon erklären."

„Das ist es ja. Ich kann auch nicht genau sagen, was es ist." Sie überlegte kurz, während sie über den Forstweg tiefer in den Wald hineinritten. Durch die dicht belaubten Kronen fiel nur wenig Sonnenlicht. Der Atem der Pferde kondensierte zu kleinen Wolken.

„Erinnerst du dich an Keith?", erkundigte sich Cybill schließlich.

Kendra schnaubte verächtlich. „Wie könnte ich das Arschloch vergessen?"

Keith Grant war Stallbursche bei den Lachlans gewesen und maßgeblich dafür verantwortlich gewesen, dass Cybill mit einer Alkoholvergiftung im Krankenhaus gelandet war, nachdem er sie dazu angestiftet hatte, Whisky aus der Hausbar zu stehlen. Alles im Auftrag ihres Erzeugers Morgan, wie sich herausgestellt hatte.

„Stopp!", rief Kendra plötzlich. „Willst du etwa behaupten, dass Colin von deinem Vater auf dich angesetzt wurde?"

„Was? Nein, Unsinn. Aber wir haben gestern kurz über Morgan gequatscht und da habe ich gesagt, dass ich Jura studieren sollte, damit solche Drecksäcke nicht vorzeitig entlassen werden."

„Ja und?"

„Colin war der Meinung, dass ich es bereuen würde, wenn ich das nur aus dem Grund täte, weil mein Erzeuger so ein Arschloch ist."

„Damit hat er ja nicht ganz unrecht."

„Ja, kann sein. Aber er sagte auch, dass ich Jura hasse, woraufhin ich sagte, dass ich BWL genauso hasse, es aber nun mal bräuchte. Egal ob ich eine Brennerei oder eine Galerie betreiben wolle. Und dann meinte Colin noch – und jetzt halt dich fest – dass er Whisky mag."

Kendra verengte die Augen. „Ich bin mir nicht sicher, ob ich dir folgen kann."

Cybill drehte sich im Sattel. „Begreifst du nicht? Was, wenn er nur mit mir zusammen ist, weil er an die Brennerei herankommen will?"

Für mehrere Herzschläge lang war das Stampfen der Hufe und das Gezwitscher der Vögel das einzige Geräusch, das die morgendliche Stille durchbrach.

Dann blies Kendra die Wangen auf und ließ die Luft langsam wieder entweichen. „Puh, weißt du was, Billie?"

„Komm, gib's mir. Ich kann es vertragen."

Kendra grinste. „Das wirst du auch müssen. Es tut mir sehr leid, dir das sagen zu müssen, aber als deine beste Freundin erachte ich es als meine heilige Pflicht: Cybill Kincaid, du hast gehörig einen an der Klatsche."

Sie lachte grunzend. „Sag mir was, das ich noch nicht weiß."

„Und? Hab ich zu viel versprochen?"

Shonas Schnurren machte jeder Katze Konkurrenz und sagte mehr als tausend Worte. Siobhan richtete sich auf und küsste ihre Frau in den Nacken, ehe sie sich wieder an ihren Rücken schmiegte und die Augen schloss.

Kurz nach Sonnenaufgang hatten sie sich mit Siobhans Vauxhall auf den Weg gemacht. Zunächst über die 702 Richtung Edinburgh, dann weiter über die Umgehungsstraße gen Osten, wo sie auf die A1 fuhren. Knapp eine Stunde später hatten sie ihr Ziel erreicht: ein idyllisches Fleckchen namens North Berwick.

Dort begann ihr Ausflug zum vier Meilen entfernten Seacliff.

Zunächst waren sie zur Ruine von Tantallon Castle gewandert, dann weiter zu dem herrlichen Sandstrand, von wo aus sie einen ungehinderten Blick hinaus aufs Meer hatten, bis hin zum Bass Rock, der wie der Buckel einer urzeitlichen Riesenschildkröte aus dem Wasser ragte.

Glücklicherweise hatte auch das Wetter ein Einsehen mit ihnen. Es war zwar bewölkt, doch es fiel kein Tropfen Regen. Lediglich ein scharfer Wind wehte von Osten über die Nordsee. Er spielte mit Siobhans Haaren, weshalb sie sie im Nacken zusammenband. Shona hatte es da mit ihrem Pagenschnitt deutlich leichter.

Barfuß und mit hochgekrempelten Hosenbeinen wateten sie hinaus in die Brandung. Die Füße versanken im weichen Sand. Winzige Steine, Kiesel und Muschelschalen wurden von ihrem Gewicht zur Seite gedrückt. Kalte Wellen umspülten die Waden, stiegen bis zu den Knien und tränkten die Hosensäume, ehe sie sich gurgelnd ins Meer zurückzogen, wo sie wieder zu einem Teil des Ozeans wurden.

Die Blutgefäße zogen sich in der Kälte schmerzhaft zusammen. Erst als sie es kaum noch aushielten, marschierten sie zurück auf den Strand und genossen die Entspannung und den Wind, der sich mit einem Mal gar nicht mehr so kühl anfühlte, sondern angenehm mild, ja beinahe warm. Die Luft schmeckte nach Salz und Algen.

Später tranken sie Kaffee aus der Thermoskanne, aßen Sandwiches und beobachteten die Wellen. Das Rauschen der Brandung und das Kreischen der Möwen waren die einzigen Geräusche um sie herum. Zumindest die einzigen, die sie bewusst wahrnahmen.

Seacliff mochte zwar nicht zu den großen Sehenswürdigkeiten Schottlands gehören, war aber auch kein Geheimtipp. Trotzdem gab es genug abgeschiedene Ecken, wo sie unter sich sein konnten. Zumal die Hauptsaison längst vorüber war.

Nachdem sie den Kaffee ausgetrunken und ihre Sandwiches verspeist hatten, machten sie sich langsam, Hand in Hand, auf den Rückweg.

Es tat gut, die Seele baumeln zu lassen. Auch Siobhan musste sich das immer wieder bewusst machen. Eine Kunstgalerie zu leiten, war nicht weniger kräftezehrend als das Betreiben einer Whisky-Brennerei. Unter den Künstlerinnen und Künstlern gab es immer wieder schwarze Schafe, die der Meinung waren, als Galeristin wäre es ihre Pflicht, rund um die Uhr an sieben Tagen die Woche Gewehr bei Fuß zu stehen. Und bei einigen Exemplaren dauerte der Lernprozess mitunter ziemlich lange. Doch um ihrer geistigen Gesundheit willen hatte Siobhan schon früh gelernt, wenigstens an einem Tag in der Woche Kopf und Handy komplett auszuschalten, so schwer es manches Mal auch fallen mochte.

Trotzdem gab es etwas, das seit geraumer Zeit ihre Gedanken beherrschte und auf ihrer Seele lastete. Zunächst war es nicht mehr als ein Flüstern gewesen, ein vages Verlangen, das nur in den seltenen Phasen der Ruhe und Erholung aufflackerte. Doch im Laufe der Jahre war die Stimme in ihrem Herzen lauter geworden. So laut, dass sie sich ihr nicht länger hatte verschließen können. Und es auch gar nicht wollte. Aber sie würde diesen Weg nicht ohne Shona gehen.

Bislang hatte sie das Gespräch mit ihr vermieden, was ihr nicht besonders schwergefallen war. Ihre Berufe waren enorm kräfte- und zeitraubend. Und genau das war einer der Aspekte, der Siobhan immer wieder geholfen hatte, ihren Wunsch zurückzustellen und sich einzureden, dass dies nur eine Phase sei. Doch irgendwann war der Zeitpunkt gekommen, wo sie ihre Bedürfnisse selbst während der Arbeit in der Galerie nicht länger ignorieren konnte.

Es führte kein Weg daran vorbei, sie würde mit Shona darüber sprechen müssen, ehe das Verlangen sie auffraß. Die Ironie daran war, dass sie insgeheim dieselben Befürchtungen gehegt hatte wie Cybill in Bezug auf die Wohnung über der Galerie. Sie glaubte, bereits im Vorfeld zu wissen, wie Shona darüber dachte und was sie erwidern würde.

Das war wohl auch der Grund, weshalb sie immer wieder Ausreden gefunden hatte, um das Gespräch zu vermeiden. Gleichzeitig war ihr jedoch klar gewesen, dass sie es bereuen würde, wenn sie es nicht tat. Und so war der Plan des gemeinsamen Ausflugs in ihr gereift. Lange vor der Nachricht, dass Morgan Baxter entlassen worden war.

Sie war von der Botschaft mindestens ebenso aus der Bahn geworfen worden wie der Rest der Familie, Graham ausgenommen. Und im ersten Affekt hatte sie sich wieder in ihr Schneckenhaus zurückziehen wollen, um den Ausflug und das Gespräch irgendwann nachzuholen, sobald sich die Aufregung gelegt hatte. So in ein oder zwei Monaten.

Erst nachdem sie erfahren hatte, dass Shona die Idee von Cybills Umzug befürwortete, hatte sie sich den entscheidenden Ruck geben können. Der Wunsch nach der eigenen Katharsis mochte dabei ebenfalls eine Rolle gespielt haben. Auch Siobhan wollte sich ihr Leben nicht von der latenten Bedrohung durch Morgan Baxter beeinträchtigen lassen. Und bislang war dieser Plan ganz gut aufgegangen. Ein wenig zu gut, wenn sie bedachte, dass sie wieder drauf und dran war, zu vermeiden.

Warum den Tag nicht einfach genauso schön ausklingen lassen, wie er begonnen hatte? Es würden sich bestimmt noch zahllose weitere Gelegenheiten ergeben, um über die ernsten Dinge des Lebens zu sprechen. Immerhin hatte auch Shona bislang kein Wort über ihren Ex-Mann oder die Brennerei verloren und Siobhan wollte ungern die Spielverderberin mimen.

„Was bedrückt dich, Siobhan?“

Ein Lächeln huschte über ihre Lippen. Seit sie sich kannten, sprach Shona sie mit ihrem vollen Namen an. Sie hielt nicht viel von Kosenamen oder Verniedlichungen.

Siobhan tauchte aus der Tiefe ihres Gedankenmeeres an die Oberfläche und erblickte Shona, die sie besorgt anlächelte. Sofort meldete sich ihr schlechtes Gewissen zu Wort.

„Ach, es ist nichts. Ich … war nur in Gedanken.“

„Du bist eine miserable Lügnerin, Siobhan. Warst du schon immer. Also, heraus damit. Machst du dir Sorgen wegen Morgan?“

Die Versuchung die goldene Brücke, die ihr Shona unbeabsichtigt gebaut hatte, zu betreten, war verlockend. Im letzten Moment biss sich Siobhan auf die Unterlippe.

Nein, es reichte. Sie durfte die Angelegenheit nicht weiter auf die lange Bank schieben.

„Das ist es nicht. Ich meine … klar mache ich mir Sorgen, aber ich werde nicht zulassen, dass uns dein Ex den Tag versaut.“

„Was ist es dann?“

Da war er. Der Moment der Wahrheit. Jetzt oder nie, dachte sie sich. Gab es denn einen besseren Ort, um darüber zu reden, als hier, am Strand von Seacliff? Mit dem von lärmenden Möwen umschwärmten Bass Rock im Hintergrund?

Ein Blick in Shonas graue Augen genügte, um sich daran zu erinnern, was sie ihr vor fünf Jahren geschworen hatte. Nein, sie durfte sich ihr nicht länger verschließen. Und dennoch fiel es ihr so unsagbar schwer. Das Herz klopfte ihr bis zum Hals, ihre Hand fühlte sich kalt und klamm an. Unwillkürlich verstärkte sie den Druck um Shonas Finger. Dann stellte sie den Picknickkorb in den Sand, ergriff auch die andere Hand und sah ihrer Frau fest in die Augen.

„Ich möchte ein Baby!"

Shona antwortete nicht. Stumm erwiderte sie ihren Blick, während Siobhan verzweifelt nach einer Reaktion in ihrer Miene suchte. *Verdammt, rede mit mir,* schoss es ihr durch den Kopf.

„Warum sagst du nichts?" Es klang beinahe flehend.

Endlich kam Bewegung in Shonas Miene. Ihr Mund öffnete sich, die Lider zuckten. Siobhan konnte förmlich dabei zusehen, wie sie die Information verarbeitete und gleichzeitig versuchte, ihre Gefühle nicht zu zeigen. Nur war sie im Gegensatz zu Siobhan keine ausgebildete Schauspielerin.

Die Ablehnung stand ihr offen ins Gesicht geschrieben und traf Siobhan wie ein Stich ins Herz.

„Ein Kind? Du willst ein Baby?"

„Ja, das sagte ich gerade."

Shona zuckte zurück. Für einen Augenblick schien sie sich ihrer Frau entziehen zu wollen. Im letzten

Moment besann sie sich eines Besseren. Stattdessen senkte sie das Haupt und schaute auf Siobhans Hände.

„Warum?" Sie schloss die Augen und schüttelte den Kopf. „Ich meine ... warum jetzt?"

Siobhan hob die Schultern. „Das kann ich dir auch nicht sagen. Ich spüre den Wunsch schon seit längerem, aber erst in den letzten Wochen wurde er immer konkreter."

Ärger funkelte in Shonas Augen. „Wochen? Warum hast du mir nichts davon erzählt?"

„Aber das tue ich doch gerade."

„Nachdem du diese Gedanken wochenlang mit dir herumgeschleppt hast?"

„Ja", erwiderte Siobhan heftig. „Weil ich mir nicht sicher war, ob es eine Phase ist. Eine Reaktion auf die viele Arbeit. Aber das ist es nicht. Und als es mir bewusst wurde, hatte ich einfach Angst, kannst du das nicht begreifen?"

„Angst? Wovor?"

„Vor dir. Vor deiner Reaktion."

„Jetzt geht das schon wieder los! Ich bin doch kein Monster."

„Nein, aber dominant. Und mitunter ein wenig harsch."

Shonas Kiefer mahlten. Sie presste die Lippen aufeinander, sodass sie einen dünnen Strich bildeten.

„Habe ich denn so unrecht?"

Shona schloss die Augen. „Woran ... ich meine ... wie kommst du darauf?"

„Wie gesagt, ich habe keine Ahnung. Ich habe nur gemerkt, wie mich der Anblick junger Mütter oder schwangerer Frauen in der Stadt oder auch in der

Galerie berührt hat. Ich spürte plötzlich ... ich weiß nicht ... so eine Leere. Nein, vielmehr eine Sehnsucht. Ich wurde sogar regelrecht neidisch, wenn ich andere Frauen mit dicken Babybäuchen sah. Wie gesagt, zunächst hielt ich es bloß für eine Phase, eine fixe Idee, aber der Wunsch blieb."

Shona atmete schnaufend aus. „Du hast doch schon ein Kind adoptiert."

„Cybill ist neunzehn. Sie mag ja offiziell meine Stieftochter sein, aber sie ist mehr wie eine kleine Schwester. Und das weißt du auch. Als wir uns kennenlernten, war sie dreizehn." Siobhan trat dicht an Shona heran. „Ich bin jetzt achtunddreißig und die letzten fünf Jahre waren die schönsten meines Lebens, Shona. Ich habe das Gefühl, angekommen zu sein. Wahrscheinlich war das der Auslöser."

„Soll das heißen, dass du schon immer Kinder wolltest?"

„Shona, darum geht es doch gar nicht. Ich möchte von dir eigentlich nur wissen, ob du diesen Weg mit mir zusammen gehen möchtest. Denn ich will das nicht ohne dich tun."

„Aber wie hast du dir das denn vorgestellt? Ich meine, wir sind beide selbstständig." Sie zog ihre Hand aus Siobhans Griff und strich sich über die Stirn. „Weißt du, wie viel Stress so ein Kind bedeutet? Ich bin froh, dass Cybill gerade aus dem Gröbsten raus ist."

„Genau der richtige Zeitpunkt, findest du nicht?"

Shona starrte sie an, als wüsste sie nicht, ob Siobhan einen Scherz gemacht hatte.

„Ich bin siebenundvierzig. Sobald das Kind auf die Welt gekommen ist, werde ich achtundvierzig sein.

Vielleicht sogar älter. Es ist ja nicht so, als könnten wir einfach loslegen und in ein paar Tagen wärst du schwanger. Hast du dir eigentlich Gedanken darüber gemacht, wie das funktionieren soll?“

Siobhan spürte, wie sie wütend wurde. „Selbstverständlich! Stell dir vor, ich weiß sogar, dass Kinder nicht in Kohlköpfen heranwachsen.“

„Da bin ich beruhigt, aber das meine ich nicht.“

„Ist mir klar. Ich weiß auch, dass wir vermutlich jede Menge Formulare ausfüllen müssen.“

„Ja, und es wird Zeit kosten. Und selbst wenn es wider Erwarten schnell gehen sollte … wenn das Kind in die Pubertät kommt, werde ich so alt sein wie Mum, als sie starb.“

„Moment, glaubst du wirklich, dass dir dasselbe widerfahren könnte?“

„Ist das so abwegig?“

Siobhan musterte ihre Frau bedrückt. Sie wurde von ihren Gefühlen förmlich überrollt. Sie hatte damit gerechnet, dass es nicht einfach werden würde, mit Shona über das Thema Kinder zu sprechen, aber das hier hatte sie nicht erwartet.

Shonas Argumente mochten nachvollziehbar sein, trotzdem kam sie sich überrumpelt vor. Die Erwähnung von Lady Morag klang fast so, als hätte Shona sie nur vorgeschoben, um die Diskussion abzukürzen. Und das verletzte sie nur noch mehr. Was sollte sie dazu schon sagen?

„Lass uns nach Hause fahren“, schlug Shona vor.

„Gute Idee.“

Kapitel 4

Vier Wochen später, zu Beginn des Semesters, fand die Einweihungsfeier von Cybills neuer Wohnung statt. Und sie freute sich riesig darüber, dass sie Kendra dazu hatte überreden können, zu kommen.

Sie erschien zusammen mit Siobhan und ihrer Mum, würde im Gegensatz zu ihnen aber bei Cybill übernachten. Selbst Rowan hatte es sich nicht nehmen lassen, vorbeizuschauen.

„Ich will schließlich sehen, wie feudal meine Lieblingsnichte wohnt."

„Ich bin deine einzige Nichte, Onkel Rowie", erinnerte Cybill ihn, während sie sein Geschenk auswickelte.

„Das kannst du nicht wissen", erwiderte er und zwinkerte ihr zu.

„Rowan", ermahnte ihn Shona, die wohl fürchtete, ihr Bruder könne die komplizierten Verwandtschafts- und Familienverhältnisse des Kincaid Clans offenlegen. Bis vor fünf Jahren waren sie selbst noch davon ausgegangen, dass Chester Kincaid, Lady Morags verstorbener Mann, ihr Vater gewesen sei und Graham Johnson eben nur ein Bediensteter.

„Was denn? Man kann schließlich nie wissen, ob nicht irgendwo doch verschollene Halbgeschwister umhergeistern."

Ehe ihre Mum und Onkel Rowan das Thema vertiefen konnten, hatte Cybill ihr Geschenk aus der aufwändigen Verpackung befreit. Unter dem Papier kam eine hölzerne Box zum Vorschein, gefüllt mit Holzwolle, in der etwas Dunkles eingebettet lag. Dass es ordentlich Gewicht auf die Waage brachte, hatte Cybill bereits im Vorfeld gemerkt, als Onkel Rowan ihr das Präsent mit dem Hinweis überreicht hatte, dass sie vorsichtig damit umgehen solle, da es zerbrechlich sei.

„Bestimmt eine Flasche fünfzig Jahre alten Whiskys", hatte Shona gemurmelt, aber daran glaubte Cybill nicht. So stoffelig war selbst Onkel Rowan nicht.

Tatsächlich sah das Ding überhaupt nicht wie eine Whisky-Flasche aus. Eher wie ein ...

Cybills Gedanken stockten. Behutsam griff sie mit beiden Händen hinein und holte eine Skulptur hervor, die aus Bronze zu bestehen schien.

„Wow!", machte Kendra neben ihr. „Das ist Devil!"

Selbst Shona klappte der Unterkiefer herunter. Die anderen Gäste kamen ebenfalls näher, um die Statuette zu bewundern. Wer auch immer sie angefertigt hatte, musste ein Meister seines Fachs sein. Für einen unbeteiligten Beobachter mochte es wie ein normales Pferd aussehen, Kendra und Cybill erkannten Devil jedoch sofort.

„Onkel Rowie, das ist ... das ist ... der Wahnsinn!" Cybill reichte die Skulptur ihrer besten Freundin, ehe sie Rowan um den Hals fiel. „Danke, danke, danke!"

Shona nahm Kendra das Pferd ab und wog es in den Händen. „Du bist verrückt", ächzte sie. „Das muss ein Vermögen gekostet haben."

„Ich habe keine Kosten und Mühen gescheut", zitierte Rowan grinsend, den Arm um Cybills Schultern gelegt. „Nur das Beste für meine Lieblingsnichte."

Shona kniff ein Auge zu. „Ich muss zugeben, das habe ich nicht kommen sehen. Da bist du doch nicht von alleine drauf gekommen."

Er wiegte den Kopf. „Ich hatte ein wenig Hilfe, ja. Siobhan hat mich auf die Idee gebracht."

„Was?" Shona fuhr zu ihrer Frau herum, die eben von ihrem Prosecco nippte und sich prompt verschluckte.

„Wie bitte?", krächzte sie, nachdem sie mit Husten fertig war und sich Nase und Mund mit einem Taschentuch abgewischt hatte. „Ich habe nie gesagt, dass du Devil in Bronze gießen sollst."

„Nicht direkt", gab Rowan zu. „Aber du meintest, dass Cybill sich bestimmt über etwas freuen würde, dass sie während des Studiums an ihn erinnert."

„Da dachte ich eher an ein gerahmtes Bild, ein Hufeisen oder so was."

„Die hat ihr Kendra schon geschenkt", sagte Rowan und deutete auf zwei Eisen über der Tür."

„Aber nicht irgendwelche, sondern die, die wir ihm abnahmen, als er zu uns kam."

„Darüber habe ich mich auch sehr gefreut. Und die Skulptur ist einfach ... fantastisch! Vielen, vielen Dank. Es ist so schön, dass ihr alle hier seid!", jubelte Cybill und strahlte über das ganze Gesicht.

„Und das ist schließlich die Hauptsache", rief Siobhan und hob ihr Glas. „Auf dich, Cybill. Du bist jetzt nicht nur erwachsen, für dich beginnt auch die schönste Zeit deines Lebens, genieße sie."

„Mum, Siobhan? Darf ich euch Colin vorstellen?"

Das wurde aber auch Zeit, dachte Shona. Sie musste beim Anblick des schüchternen jungen Mannes innerlich schmunzeln. Sie entspannte sich ein wenig, denn insgeheim hatte sie schon befürchtet, Cybill könnte ihr eine jüngere Version von Morgan Baxter präsentieren. Charmant, gut aussehend und aalglatt.

Offenbar war ihre Tochter in dieser Hinsicht jedoch eindeutig klüger als sie.

Colin Mar machte einen sympathischen, vielleicht ein wenig linkischen Eindruck. Aber das gehörte wohl dazu, wenn man den Eltern seiner Freundin vorgestellt wurde.

„Guten Tag, Mrs Kincaid", sagte er schüchtern. „Ich freue mich sehr, Sie endlich kennenzulernen."

„Wir freuen uns auch, Colin."

„Wurde ja auch langsam Zeit, nicht wahr?", konnte sich Siobhan die kleine Spitze nicht verkneifen.

Cybill errötete. „Es war ein wenig stressig in letzter Zeit."

„Hm, schon klar. Und Colin? Was machen Sie denn so? Wie wir hörten, studieren Sie ebenfalls BWL."

„Ja, ich glaube, damit kann ich später am meisten anfangen."

„Wie vorausschauend", lobte Siobhan. Sie nickte Cybill zu, die mit den Augen rollte, ohne dass Colin es mitbekam. „Nicht wahr, Shona?"

„Auf jeden Fall. Zumindest ein Studienfach mit Perspektive."

„Mum!", protestierte Cybill, die genau wusste, worauf Shona anspielte, da ihre Tochter es sich fest in den Kopf gesetzt hatte, neben BWL auch noch Kunst zu studieren.

„Wo habt ihr euch denn kennengelernt?", fragte sie schnell weiter.

Colin warf Cybill einen Hast-du-ihnen-denn-gar-nichts-erzählt-Blick zu, ehe er leicht errötend antwortete: „In der Schule, aber zusammen sind wir erst seit der Abschlussfeier."

„Nein, wie romantisch", rief Siobhan. „Hast du das gehört, Shoni?"

„Natürlich habe ich das gehört. Wo waren wir da eigentlich?"

„Ihr wart nicht eingeladen", antwortete Cybill.

„Was sehr schade gewesen ist", entgegnete Shona.

„Finde ich auch", schlug Colin in dieselbe Kerbe.

„Okay, das reicht." Cybill ergriff seinen Arm und zog ihn hinter sich her zu Kendra, die von drei jungen Männern förmlich belagert wurde. „Komm mit, du kannst dich später noch bei meinen Eltern einschleimen."

Die beiden Frauen schauten ihnen nach. Langsam drehte sich Siobhan zu ihrer Gattin um. „Sag mal, was sollte das denn gerade?"

Shona tat unschuldig. „Keine Ahnung, was du meinst."

„Ein Studienfach mit Perspektive?"

Sie zuckte mit den Achseln. „Ist es doch auch, oder nicht?"

„Im Gegensatz zu Kunst?"

„Das habe ich nicht gesagt."

„Aber gemeint."

„Du interpretierst da zu viel rein, Siobhan."

„Tue ich das? Was ist, wenn Cybill sich entscheidet, in der Galerie zu arbeiten?"

„Ich denke, das tut sie sowieso?"

„Ja, als Aushilfe. Ich meine fest, als Teilhaberin. Wirst du dann auch so verständnisvoll sein?"

„Cybill wird das Richtige tun."

„Fragte sich nur, für wen."

„Hey, was macht ihr denn für Trauermienen?" Rowan erschienen neben seiner Schwester, in der Hand ein Glas mit einer dunklen Flüssigkeit, die verdächtig nach Cola aussah.

„Was trinkst du denn da?", erkundigte sich Siobhan.

„Cuba Libre, was dagegen?"

„Schon ein wenig dekadent für jemanden, der einer der renommiertesten Brennereien der Lowlands vorsteht, meinst du nicht?", erwiderte Siobhan spitz, schaute dabei allerdings nicht ihn, sondern Shona an. Dann ließ sie die Geschwister stehen.

Rowan runzelte die Stirn. „Was ist denn in die gefahren?"

Shona seufzte. „Frag mich was Leichteres."

Colin erwachte durch stampfende Schritte auf dem Parkett. Eine Tür knallte, Geschirr klapperte. Gedämpfte Stimmen waren zu hören. Verschlafen öffnete er die Lider. Stiche zuckten vom Nacken ausgehend durch seinen Kopf und explodierten hinter der Stirn.

Er hätte sich von Rowan Kincaid nicht dazu überreden lassen sollen, nach dem Bier noch Cuba Libre mit ihm zu trinken.

Durch das halb heruntergezogene Rollo fiel grelles Licht in das Schlafzimmer. Die Sonne hatte eine Lücke zwischen den Giebeln des gegenüberliegenden Hauses gefunden, durch die sie ihre Strahlen hindurchschicken konnte, die erst auf Cybills Futon endeten. Staubkörner tanzten darin.

Unwillkürlich tastete Colin neben sich, doch die Stelle, an der seine Freundin hätte liegen müssen, war leer. Natürlich, schließlich war sie deutlich hinter der Tür zu hören, wo sie sich leise mit Kendra unterhielt. Er konnte zwar nicht verstehen, was sie sagten, doch der Klang ihrer Stimmen war unverkennbar.

Dabei fiel ihm ein, dass Cybill mit Kendra heute noch nach Penicuik fahren wollte. Hastig schlug er die Decke zur Seite und schwang die Beine aus dem Bett, wobei er die Wasserflasche umwarf, die daneben auf dem Boden stand. Zum Glück war sie zugeschraubt. Hastig hob er sie auf. Beim Anblick der halb vollen Flasche wurde er sich des brennenden Durstes bewusst. Die Zunge klebte trocken und pelzig am Gaumen. Rasch schraubte er die Flasche auf, setzte sich die Öffnung an die Lippen und trank in gierigen Schlucken. Noch während er das tat, öffnete sich die Zimmertür.

„Habe ich doch richtig gehört." Cybill rutschte auf Strümpfen auf ihn zu und ging vor ihm in die Hocke. Sie trug bereits Reiterhosen und einen viel zu weiten Hoodie, dessen Bündchen sie über die Hände gezogen hatte, mit denen sie sich jetzt auf seinen Knien abstützte. „Hast du gut geschlafen?"

Er setzte die Flasche ab und nickte. „Hm, nur etwas Kopfweh."

„Oh, du Ärmster." Sie richtete sich auf und drückte ihm einen Kuss auf die Stirn. „Besser?"

„Nein."

„Soll ich dir eine Kopfschmerztablette holen?“

„Das wäre nett.“ Ächzend erhob er sich. „Hast du denn überhaupt keinen Schädel?“

„Nö, aber ich hab ja auch nicht mit Onkel Rowie eine Flasche Havanna-Club geleert.“

„Eine Flasche? Musste er nicht fahren?“

„Quatsch, der ist doch mit Mum und Siobhan gekommen.“ Cybill verließ das Zimmer und kehrte kurz darauf mit einer Tablette und einem Glas Leitungswasser zurück.

Nachdem er sie geschluckt und das Glas geleert hatte, trat er ganz dicht an sie heran und legte ihr die Arme um die Hüften. Bis auf die Boxershorts war er nackt. Müde legte er sein Gesicht in ihre Halsbeuge und murmelte etwas.

Cybill kicherte. „Ich versteh kein Wort. Außerdem kitzelt das.“

Er hob den Kopf. „Ich fragte, ob du nicht bleiben willst. Wir könnten es uns im Bett gemütlich machen.“

Sie legte ihm die Arme auf die Schultern. „Morgen haben wir abgemacht.“

„Bleibt es denn bei heute Abend?“

„Ja, hab ich doch gesagt.“

Er grinste. „Und? Krieg ich noch einen Kuss?“

„Erst nachdem du dir die Zähne geputzt hast.“ Sie entwand sich ihm und hüpfte aus dem Zimmer.

Colin seufzte, suchte seine Klamotten zusammen und zog sich an. Anschließend putzte er sich die Zähne und schlurfte in die Küche, wo Cybill und Kendra dabei waren, aufzuräumen. Es duftete nach frisch gekochtem Kaffee.

„He, seid ihr schon fertig mit Frühstück?“

„Wenn du so rumtrödelst", erwiderte seine Freundin und deutete auf den Kühlschrank. Siobhan hatte das meiste von ihren Möbeln hiergelassen, darunter auch den Eisschrank im amerikanischen Vintage-Stil. „Da drin sind Eier, Speck, Marmelade und Käse. Du wirst bestimmt nicht verhungern."

„Lass dich nicht ärgern, Colin", sagte Kendra. „So lange sind wir noch gar nicht auf den Beinen. Wir haben selbst noch gar nichts gegessen."

„Wollt ihr dann nicht noch bleiben?"

„Keine Zeit", rief Cybill. „Devil und Swiftwind warten schon auf uns."

„Mein Gott, ich wünschte, ich wär ein Pferd."

Cybill schlang die Arme um seine Hüften und küsste ihn auf den Mund. „Ich auch, mein Schatz. Ich auch."

„Also ich glaube kaum, dass Colin sich an dich herangemacht hat, weil er sich die Brennerei unter den Nagel reißen oder ein paar Flaschen Whisky abstauben will", sagte Kendra auf der Fahrt nach Penicuik.

Sie saß neben ihrer Freundin auf dem Beifahrersitz des Mini-Cabriolets, das Cybill von Siobhan zu ihrem achtzehnten Geburtstag geschenkt bekommen hatte. Mittlerweile zählte es zehn Jahre, schnurrte aber immer noch wie ein Kätzchen. Außerdem war der Wagen für die Innenstadt deutlich geeigneter als Mums sperriger Vauxhall, den Siobhan jetzt fuhr.

„Vermutlich nicht", stimmte Cybill zu. „Da sollte er sich eher an Onkel Rowie heranmachen."

„Zumindest scheinen sie sich gut verstanden zu haben." Kendra grinste.

„Onkel Rowie versteht sich mit allen gut. Das ist seine Superkraft. Oder sein Talent. Sein einziges, wie Mum mal behauptet hat. Abgesehen vielleicht noch von seiner Trinkfestigkeit.“

„Apropos deine Mum. Ist zwischen ihr und Siobhan alles in Ordnung?“

Cybill blickte ihre Freundin überrascht an. „Klar, was sollte denn nicht Ordnung sein?“

„Keine Ahnung, deshalb frage ich ja. Sie wirkten irgendwie ... distanziert.“

„Ach was.“ Cybill winkte ab. „Das ist normal. Ich glaube, Mum war einfach nur angespannt. Die ist immer so komisch, wenn es um Familienfeiern geht, bei denen ihre Tochter dem Suff erliegen könnte.“

„Wenn du meinst.“

„Und wie ist es mit dir? Derek und Ashton sind dir ja kaum von der Seite gewichen.“

„Hör bloß auf. Das war echt anstrengend.“

Cybill hob die Schultern. „Derek ist doch eigentlich ganz nett.“

„Du kannst ihn gerne haben.“

„Nein, danke. Einer genügt mir.“

„Ich meine, falls du die Nase voll hast von Colin.“

„Hast du etwa ein Auge auf meinen Freund geworfen?“

„Quatsch. Du bist doch diejenige, die Angst hat, dass er sich dein Erbe unter den Nagel reißen will.“

„Die Angst hätte ich dann aber vermutlich auch bei Derek.“

„Tja, sieh es ein, Kincaid: Du hast nicht nur einen an der Klatsche, du bist auch eine gute Partie.“

„Sagt die Frau mit dem Pferdegestüt.“

„Aber ich wittere nicht an jeder Ecke Erbschleicher. Außerdem sind die meisten schon abgeschreckt, nachdem sie das erste Mal einen Stall ausgemistet haben. Whiskytrinken macht eindeutig mehr Spaß.“

„Hm, vielleicht sollte ich ihn mitnehmen, wenn wir das nächste Mal Draff verladen.“ Damit waren die Rückstände der Maische nach der Zucker-Extraktion gemeint, der als wertvolles Kraftfutter für Tiere weiterverkauft wurde und eine zusätzliche Einnahmequelle der Destillerie darstellte.

„Bist du sicher, dass du ihn wirklich magst?“, fragte Kendra unter hochgezogenen Brauen.

„Natürlich mag ich ihn.“

„Ich meine ja nur. Immerhin verbringst du am Wochenende tatsächlich mehr Zeit mit Devil als mit ihm.“

„Dafür hat er mich die ganze Woche über. Außerdem stimmt das nicht. Heute Abend gehen wir ins *The Hive* und morgen verbringen wir auch den kompletten Tag miteinander.“

Kendra lächelte. „Und wie viele Formulare musste er dafür ausfüllen?“

Cybill schwieg.

Kaum waren Kendra und seine Freundin verschwunden, legte sich Colin wieder ins Bett und schlief praktisch sofort ein. Als er erwachte, war es bereits Mittag. Ein Blick auf das Smartphone – keine Nachricht von Cybill. Auf dem Weg unter die Dusche seufzte er schwer. Klammern konnte man ihr nun wirklich nicht vorwerfen. Eher das Gegenteil. Manchmal hatte er das Gefühl, bloß ein Anhängsel zu sein. Ein geduldeter Gast oder ein besserer Bediensteter, der zur Verfügung zu stehen hatte, sobald seine Herrin nach ihm verlangte.

Er mochte Cybill sehr. Ja, wirklich. Nicht nur, weil sie die Erbin der Kincaid-Destillerie war. Natürlich hatte er das gewusst, als sie sich kennen und lieben lernten, aber das war nicht der Grund, weshalb er mit ihr zusammen sein wollte. Sie war klug und witzig und ... ja, sie sah auch gut aus.

Es war die Art, wie sie lachte, wie sie ihr Haar trug und sich bewegte, die seine Aufmerksamkeit geweckt hatten, obwohl sie nicht so schlank und durchtrainiert war wie Kendra.

Sofort meldete sich sein schlechtes Gewissen, als er an Cybills beste Freundin dachte. In der Schule hatte es wohl kaum einen Jungen gegeben, der nicht heimlich für sie geschwärmt hatte. Zumindest diejenigen, die auf Frauen standen. Aber Kendra hatte schon damals den Ruf der unnahbaren Pferdenärrin genossen.

Und letzte Nacht hatte sie nur eine Tür weiter geschlafen, während er neben Cybill gelegen hatte, die ihm sanft, aber bestimmt zu verstehen gegeben hatte, dass sie keinen Sex haben wollte, solange ihre beste Freundin nebenan übernachtete.

Colin beeilte sich mit dem Duschen und ging in die Küche, um sich ein verspätetes Frühstück zu machen und auf andere Gedanken zu kommen. Nach dem Essen wollte er noch einmal rüber ins Wohnheim fahren und ein paar Klamotten holen.

Nachdem er die Küche aufgeräumt und das Geschirr in die Spülmaschine gestellt hatte, schnappte er sich den Wohnungsschlüssel und eilte die Treppe hinab, vorbei an der vergitterten Tür, hinter der die Galerie lag. Auf dem Weg durch den schmalen Gang auf die Straße hinaus wäre er fast mit einem hochgewachsenen, kräftigen Mann zusammengeprallt.

Er hatte grau meliertes Haar und sein Antlitz zierte ein sorgfältig gestutzter Vollbart, in dem ein freundliches Lächeln erschien. „Oh Verzeihung. Ich wollte Ihnen nicht im Weg stehen.“

„Ähm … die Galerie ist heute geschlossen.“

„Das sehe ich, aber ich bin nicht wegen der Galerie hier, sondern wegen der jungen Dame, die hier wohnt.“

Misstrauisch verengte Colin die Augen. „Wer sind Sie?“

„Pardon, wie unhöflich von mir.“ Der Fremde reichte ihm die Hand. „Mein Name ist Baxter, Morgan Baxter.“

Kapitel 5

Immer wenn Shona einem Konflikt aus dem Weg ging, vergrub sie sich in Arbeit. Zu tun gab es stets etwas, selbst am Wochenende. Es war Samstagvormittag und während Rowan eine Besuchergruppe durch die Destillerie führte, wollte sie sich um die Buchhaltung kümmern. Nur fiel es ihr schwer, sich auf die Zahlen zu konzentrieren, ihre Gedanken schweiften immer wieder zu Siobhan ab.

Unter der Woche hatte sie damit keine Probleme, vermutlich weil sie sich dann ohnehin im Arbeitsmodus befand und es ihr leichterfiel, Privates und Berufliches zu trennen. Doch die Wochenenden gehörten eigentlich ihnen beiden – zumindest ab Samstagmittag. Bis dahin hatte Siobhan ohnehin meistens in der Galerie zu tun und Shona hatte die Freitagnachmittage und die Samstagvormittage schon immer gerne genutzt, um die liegengebliebene Büroarbeit zu erledigen. Zu diesen Zeiten wurde sie am seltensten durch unerwünschte Anrufer gestört. Nur wenn Siobhan die Galerie am Samstag zumachte, so wie heute, gönnte sich Shona gerne ein langes Wochenende. Momentan vermied sie es jedoch, zu viel Zeit mit ihrer Frau alleine zu verbringen, aus Angst, Siobhan könnte das Gespräch erneut auf ihren Kinderwunsch lenken.

Wenn sie ehrlich zu sich selbst war, war sie schon damals mit Cybill überfordert gewesen. Wollte sie sich das wirklich noch einmal antun? Aber sie konnte Siobhan auch nicht ewig in der Luft hängen lassen. Es half alles nichts, sie würden erneut miteinander reden müssen.

Vorab wollte sie sich jedoch einen unabhängigen Rat einholen. Normalerweise war Siobhan diejenige, mit der sie über ihre Probleme sprach, doch da das in diesem Fall nicht möglich war, kam eigentlich nur eine Person infrage.

Shona seufzte und klappte den Laptop zu. Es hatte keinen Zweck. Heute würde sie ohnehin nichts mehr geregelt bekommen. Sie stand auf, um das Büro zu verlassen, als sich das Festnetztelefon auf dem Schreibtisch meldete.

Sie hielt inne und runzelte die Stirn. Ein Blick auf das Display – der unbekannte Anrufer hatte seine Nummer unterdrückt. Unvermittelt zogen sich Shonas Eingeweide zusammen, ihre Nackenhärchen richteten sich auf.

Die letzten Wochen hatte sie nur wenige Gedanken an Morgan verschwendet. Der anfängliche Schock über seine vorzeitige Entlassung hatte sich nach den ersten Tagen, als nichts passiert war, rasch wieder verflüchtigt. Jetzt kehrte die Furcht mit einem Schlag zurück. Kurz überlegte sie, das Gespräch überhaupt nicht anzunehmen, doch dann siegte ihre Neugier. Und ihre Wut. Sollte Morgan es tatsächlich wagen, sie telefonisch zu belästigen, würde sie das sofort melden. Das verstieß eindeutig gegen seine Bewährungsauflagen. Ein grimmiges Lächeln legte sich auf ihre Lippen. Fast wünschte sie sich, er würde sich zu einer solchen Torheit hinreißen lassen. Shonas Hand schnappte den Hörer wie eine zustoßende Klapperschlange.

„Kincaid Hall, Shona Kincaid am Apparat!"

Sie hörte noch ein leises Atmen, dann das charakteristische Klicken, mit dem die Verbindung unterbrochen wurde. Sekundenlang blieb Shona unbeweglich stehen, ihre Finger umklammerten den Hörer, als wollten sie ihn zerbrechen. Ihr Herz hämmerte schmerzhaft gegen die Rippen.

„Hallo?"

Die Frage war überflüssig, das wusste sie. Langsam ließ sie den Arm sinken, legte den Hörer wieder auf den Apparat. Ein dünner Schweißfilm blieb auf dem mattschwarzen Kunststoff zurück.

„Bastard", keuchte Shona, und verließ das Büro.

Sie fand Graham vor dem Fernseher sitzend. Er hatte die Beine hochgelegt und schnarchte leise.

Obwohl sie die Tatsache akzeptiert hatte, dass der Mann, den sie von Kindesbeinen an als Butler, Chauffeur und Vertrauten ihrer Mutter kannte, ihr leiblicher Vater war, fiel es ihr schwer, ihn Dad zu nennen. Selbst wenn es nur in Gedanken war.

Dabei war er für sie schon immer eine feste Bezugsperson gewesen, so, als hätte ein Teil von ihr instinktiv gespürt, dass zwischen ihnen ein unsichtbares Band existierte. Chester dagegen, den Mann, den ihre Mutter ein Leben lang als ihren Vater ausgegeben hatte, hatten Shona und Rowan kaum gekannt.

Trotzdem war es für sie ein Schock gewesen, als sie erfahren hatte, dass Lady Morag ihn schlussendlich umgebracht hatte, um sich und die Familie vor einem Skandal zu beschützen. Als sie mit Shona und Rowan schwanger gewesen war, hatte für den zeugungsunfähigen Chester Kincaid einwandfrei festgestanden, dass die Kinder unmöglich von ihm stammen konnten.

Daraufhin hatte er gedroht, sie vor aller Welt bloßzustellen. Lady Morag war in Panik geraten und hatte seine Herzmedikamente ausgetauscht. Um ihre Familie zu beschützen hatte sie sogar ihren eigenen Ehemann umgebracht.

Nun ja, die große Liebe war es ohnehin nie gewesen, die hatte schon immer einem anderen Mann gegolten.

Beim Anblick des schlafenden Graham musste Shona unwillkürlich lächeln. Wie fast alle Menschen, die im Sitzen schliefen, so wirkte auch ihr Vater deutlich älter, als er in Wirklichkeit war. Das lag zum einen an der erschlafften Gesichtsmuskulatur, zum anderen an dem halb offenen Mund, aus dem das Schnarchen drang.

Im Fernseher lief irgendein alter Western mit John Wayne, den er vermutlich schon hundert Mal gesehen hatte. In den letzten Jahren, nach dem Tod von Lady Morag, war es eine lieb gewordene Tradition von ihm geworden, sich nach dem Lunch für zwei Stunden zurückzuziehen, die Beine hochzulegen und ein Mittagsschläfchen vor dem Fernseher zu halten.

Shonas Meinung nach hatte er sich das redlich verdient. Schon allein deshalb, weil er längst das Rentenalter erreicht hatte und stramm auf die Siebzig zuging. An einen Nachfolger dachte niemand aus der Familie. Sowohl Shona als auch ihr Bruder Rowan benötigten keinen Chauffeur oder Butler.

Shona griff nach der Fernbedienung und schaltete den Fernseher aus. Graham bemerkte es nicht einmal. Erst als sie ihm die Hand auf die Schulter legte und ansprach, schreckte er hoch.

„Shona, was … was ist passiert?“ Er blickte sich irritiert um.

Sie schmunzelte. „Gar nichts ist passiert. Noch nicht zumindest. Ich wollte nur mit dir reden.“

Ruckartig setzte er sich auf und rieb sich mit beiden Händen durch das Gesicht. „Ja natürlich“, beeilte er sich zu sagen. „Ich … ich muss nur erst richtig wach werden.“

„Soll ich dir einen Kaffee holen?“

„Das würdest du tun?“

Shona tätschelte ihm den Unterarm. „Selbstverständlich.“

Sie erhob sich und ging in die Küche, wo Emily damit beschäftigt war, aufzuräumen. Der Duft des Essens hing noch in der Luft.

Die siebenundsechzigjährige Haushälterin war neben Graham die letzte Bedienstete, die ihr gesamtes Berufsleben bei den Kincaids verbracht hatte. Sie weigerte sich ebenfalls vehement, in den Ruhestand zu gehen. Dann könne sie sich genauso gut zum Sterben niederlegen, pflegte sie auf entsprechende Fragen hin zu antworten.

„Emily“, sprach Shona die Köchin an. „Sie sind noch hier?“

„Ich werde doch nicht gehen, ohne mich von Ihnen zu verabschieden, Shona.“ Emily lächelte. Ihre ehemals dunkelblonden Locken waren im Laufe der Zeit ergraut. Um die Augen und Mundwinkel hatten sich tiefe

Falten in die Haut gegraben, nur ihre Wangen besaßen noch dieselbe gesunde Röte wie früher.

„Ich weiß, ich war mir nur nicht sicher, ob ich es vielleicht überhört habe, ich war … beschäftigt."

„Das sind Sie doch immer, wenn mir die Bemerkung gestattet ist."

„Seltsam", murmelte Shona. „Und ich dachte, ich hätte mich in den letzten Jahren gebessert."

„Geringfügig." Emily musterte ihre Dienstherrin neugierig. „Kann ich noch etwas für Sie tun?"

Shona schüttelte den Kopf. „Nein, ich wollte nur gerade einen Kaffee aufsetzen." Sie ging auf die Maschine zu, doch Emily versperrte ihr den Weg.

„Lassen Sie mich das ruhig machen."

„Kommt gar nicht infrage", widersprach Shona. „Sie haben Feierabend. Einen Kaffee zu kochen, kriege ich gerade noch hin. Glauben Sie mir." Sanft aber bestimmt schob sie die ältere Frau zur Seite. Dabei bemerkte sie ein verräterisches Glitzern in ihren Augen.

Shona rieselte es kalt über den Rücken. So lange sie sich zurückerinnern konnte, hatte sie Emily nur ein einziges Mal weinen sehen. Und zwar auf der Beerdigung von Lady Morag Kincaid. Der Anblick traf sie bis ins Mark.

„Mein Gott, Emily. Ist alles in Ordnung?"

Da konnte die ältere Köchin nicht mehr an sich halten. „Ach, Shona", schluchzte sie. „Es … es tut mir so leid." Sie sackte zusammen, musste sich an der Kante der Arbeitsplatte festhalten.

Shona machte Anstalten, sie zu stützen, da schlang Emily ihre Arme um sie. „Ich wollte es Ihnen längst gesagt haben, aber ich habe es nicht übers Herz gebracht. Es tut mir leid.“

„Ist schon gut.“ Ein wenig unbeholfen strich sie ihrer Haushälterin über den Rücken. Verdammt, wo steckte Siobhan, wenn man sie brauchte? „Setzen Sie sich und erzählen Sie in Ruhe.“

Shona schob Emily auf einen Schemel zu und drückte sie sanft auf die Sitzfläche. Danach holte sie eine Flasche Sherry aus dem Küchenschrank und schenkte ihrer Haushälterin ein Glas ein.

„Ach, Shona. Sie machen es mir nicht gerade leicht.“

Die Art, wie sie die Worte aussprach, schnürte Shona die Kehle zu. Sie wollte etwas sagen, brachte aber keinen Ton über die Lippen.

Emily blickte sie erwartungsvoll an und da erst begriff Shona, dass sie nicht eher trinken und mit der Sprache herausrücken würde, ehe sie nicht mit ihr angestoßen hatte. Und so goss sie sich ebenfalls ein Glas voll ein.

Ihre Hand zitterte schon wieder. Unwillkürlich musste sie daran denken, dass Emily in demselben Alter war wie Lady Morag, als diese die Diagnose vom Hirntumor bekommen hatte.

Hastig trank sie den Sherry aus. Am liebsten hätte sie Emily geschüttelt, doch sie wollte die ältere Frau nicht bedrängen. Es fiel dieser ohnehin schwer genug, das war ihr deutlich anzusehen. Und dann gab sie sich einen Ruck und schüttete Shona ihr Herz aus.

Das Tablett mit den Kaffeetassen und dem Sherry schien Zentner zu wiegen. Ein wenig wunderte sich Shona schon, dass Graham nicht nachgeschaut hatte, wo sie so lange geblieben war. Sie war gerade dabei, die Klinke mit dem Ellenbogen herunterzudrücken und die Tür zum Salon aufzuschieben, als Siobhan um die Ecke bog.

„Shona, was ist passiert? Eben hat sich Emily verabschiedet. Sie sah aus, als hätte sie geweint."

Bevor sie dazu kam, eine Antwort zu geben, fiel Shonas Blick auf Graham, der prompt wieder eingeschlafen war. Zumindest dieses Rätsel hatte sich gelüftet. Sie stellte das Tablett auf den niedrigen Glastisch und drehte sich zu Siobhan um, die in der Tür stehen geblieben war.

Shona fühlte sich wie ein Ballon, aus dem schlagartig sämtliche Luft entwich. Eigentlich hatte sie mit Graham über Siobhans Kinderwunsch beziehungsweise ihre eigenen diesbezüglichen Sorgen sprechen wollen, doch das musste sie wohl oder übel vertagen. Sie konnte ihre Frau jetzt nicht wegschicken. Sie hatte ebenso ein Recht, von Emilys Entschluss zu erfahren wie Graham.

„Ich glaube, es ist besser, du holst dir auch eine Tasse und ein Glas."

Siobhan schüttelte den Kopf. „Nein danke. Ich möchte bloß wissen, was vorgefallen ist."

„Also gut." Sie deutete auf das Sofa. „Setz dich." Shona beugte sich über den Sessel und weckte Graham.

„Oha, da bin ich ja noch mal eingeschlafen."

„Offenkundig."

„Du liebe Güte, ist was passiert?"

„So kann man es auch ausdrücken." Shona reichte ihm einen Sherry. „Vielleicht solltest du damit anfangen."

„Jetzt mach es nicht so spannend", forderte Siobhan mit angespannter Stimme.

Shona schluckte den Kloß in ihrem Hals herunter. Obwohl ihre schlimmsten Befürchtungen nicht eingetroffen waren, fiel es ihr schwer, darüber zu sprechen. Weil sie insgeheim hoffte, es würde sich bloß um einen bösen Traum handeln, der erst Wirklichkeit würde, sobald sie ihn in Worte kleidete.

„Emily wird uns verlassen."

Die Antwort bestand aus einem betretenen Schweigen, das Shona beinahe mehr zu schaffen machte als Emilys Tränen.

Siobhan war es schließlich, die sich ein Herz fasste. „Warum?"

„Es ist wegen ihrer Mutter. Sie ist sehr krank und kann das Bett nicht mehr verlassen. Emily möchte für sie da sein und sie pflegen."

„Und ich habe mich schon gefragt, wann sie es dir erzählt", murmelte Graham.

Shona fuhr herum. „Du hast davon gewusst?"

Er zuckte mit den Achseln. „Ich wusste, dass ihre Mutter krank ist. Vergiss nicht, dass Emily und ich uns bereits ein Leben lang kennen."

„Wie schön, dass wir auch schon davon erfahren."

Graham verzog die Lippen. „Es war ihre Entscheidung, Shona. Und glaub mir, sie wird sie sich nicht einfach gemacht haben."

„Weiß Gott nicht", murmelte Shona. „Ich kann gar nicht sagen, wie oft sie sich bei mir dafür entschuldigt hat. Als müsste sie ihre Entscheidung vor mir rechtfertigen oder meine Erlaubnis einholen."

„Denk daran, dass sie schon für deine Großeltern gearbeitet hat. Emily gehörte praktisch ebenso zur Familie wie ich.“

Shona lachte leise und senkte den Kopf. „Sie ist sogar auf dem Familienfoto mit drauf.“

Plötzlich verschwamm die Umgebung vor ihren Augen, als diese sich mit Tränen füllten. Siobhans Hand erschien in ihrem Sichtfeld, legte sich auf ihre, die sie im Schoß zusammengefaltet hatte. Shona wandte den Kopf und lächelte ihre Frau an.

„War es das, worüber du mit mir sprechen wolltest?“, fragte Graham.

Ohne den Blick von Siobhan abzuwenden, antwortete sie: „Ja, das war es.“

Kapitel 6

„Das Stillhouse wurde von meinem Urgroßvater James Fitzgerald Kincaid im Jahre 1878 erbaut. Ein Jahr später wurden die kupfernen Brennblasen aufgestellt und 1884 wurden schließlich die ersten Flaschen Kincaid-Malt abgefüllt."

Rowan ließ den Blick über die Besuchergruppe schweifen und setzte sein verbindlichstes Lächeln auf, als er sah, dass die Hälfte der Gäste weiblichen Geschlechts war. Whisky wurde längst nicht mehr nur von Männern getrunken, wie seine Mutter einst behauptet hatte.

In dieser Hinsicht war sie ein echter Dinosaurier gewesen. Nein, nicht nur in dieser Hinsicht, berichtigte sich Rowan im Geiste.

Lady Morag Kincaid war konservativer gewesen als der Papst. Wenn auch nicht ganz so keusch, wie sie es ihrer Umwelt hatte weismachen wollen. Noch bis heute glaubte die Öffentlichkeit, dass er, Rowan, und seine Zwillingsschwester Shona die Kinder von Chester Kincaid waren. Lady Morags Cousin, mit dem ihr Vater Horace sie verheiratet hatte, weil sie sein einziges Kind gewesen war und er bereits die Meinung vertreten hatte, eine Whisky-Destillerie müsse von einem Mann geführt werden. Eine Einstellung, die er an seine

Tochter weitervererbt hatte. Zu Rowans Vorteil, denn so war er der offizielle Besitzer und Geschäftsführer der Kincaid-Destillerie, auch wenn er nicht die alleinige Entscheidungsgewalt innehatte. Außerdem wusste er, dass er ohne Shona aufgeschmissen war.

Er verstand zwar eine Menge von Whisky und Public Relations, aber nur sehr wenig davon, wie man ein Geschäft führte. Daher ergänzten sich die Geschwister prächtig. Zumal Shona ohnehin kein allzu großes Bedürfnis verspürte, im Licht der Öffentlichkeit zu stehen. Und die schätzte es außerdem sehr, wenn sich der Geschäftsführer dazu herabließ, die einmal im Monat stattfindenden Führungen durch die Destillerie persönlich zu leiten. Shona und er bewirtschafteten sie nun schon in vierter Generation. Ob es eine fünfte geben würde, vermochte er nicht zu sagen. Cybill hatte nie großes Interesse für das Familienunternehmen gezeigt und Shona hatte es leider versäumt, ihre Tochter früher mit in die Destillerie zu nehmen. Zumindest in diesem Punkt hatte Morgan Baxter recht gehabt: Shona hatte es an der nötigen Strenge und Disziplin mangeln lassen. Vermutlich als Folge ihres schlechten Gewissens, dass sie sich hatte scheiden lassen und ihrer Tochter damit den Vater genommen und zu einem Leben zwischen den Stühlen gezwungen hatte.

Rowan schüttelte die Gedanken ab und vollführte eine einladende Geste in Richtung der Brennerei. Sie war in einem lang gestreckten Gebäudekomplex untergebracht, der von außen einen eher unscheinbaren Eindruck machte, von seiner Größe einmal abgesehen. Doch die grau verputzte Fassade und das dunkle Wellblechdach ließen kaum erahnen, dass hinter den

Mauern einer der beliebtesten Whiskys der Lowlands produziert wurde.

„Einer der Gründe, weshalb schottischer Whisky so begehrt ist und in aller Welt getrunken wird, ist die hohe Qualität unseres Wassers", fuhr er fort, während er sich rückwärtsgehend auf den Eingang zubewegte. „In Schottland gibt es keinen Kalkstein, sodass das Wasser sehr weich und mild ist. Es fließt von den Bergen hinab über heidebewachsene Hänge oder durch torfige Wiesen in die Ebenen und Täler. Dadurch bekommt jeder Whisky sein unvergleichliches Bouquet."

Ihm fiel eine junge Frau auf, die einen dreiviertellangen dunklen Damenmantel und ein buntes Kopftuch trug. Die Augen lagen hinter einer Sonnenbrille mit übergroßen runden Gläsern verborgen.

Es war jedoch weniger ihre Erscheinung, die seine Aufmerksamkeit erregte, als vielmehr die Tatsache, dass sie alleine war und sich ziemlich weit im Hintergrund hielt. Rowan beschloss, sie im Auge zu behalten, obwohl ihr Gebaren darauf schließen ließ, dass sie gerade das vermeiden wollte. Er betrat die Halle und fuhr mit seinem Vortrag fort.

„Die Whisky-Herstellung ist ein langwieriger Prozess, der sehr viel Sorgfalt und Geduld erfordert. Zunächst muss das Korn ausgebreitet und mit Wasser benetzt werden, damit es reifen kann. Sobald es keimt, entsteht Zucker, ohne den es keinen Alkohol geben kann. Der Vorgang dauert ungefähr fünf Tage, in denen die keimfähige Gerste mehrmals gewendet werden muss."

Er durchquerte die Halle, nickte einigen Mitarbeitern wohlwollend zu und blieb vor der Tür zu einem verhältnismäßig kleinen Raum stehen, in dem eine

Bullenhitze herrschte, die von einem hohen Steinofen abgegeben wurde.

„Anschließend kommt das gekeimte Grünmalz in den Darrofen, wo es über Kohle oder Torf getrocknet wird. Das verleiht dem Whisky eine zusätzliche rauchige, beziehungsweise torfige Note, die ihn unverwechselbar macht."

Er wartete, bis die Besucher nacheinander einen Blick in den dahinterliegenden Raum geworfen hatten. Viel gab es dort nicht zu sehen, trotzdem waren immer wieder ein paar Experten unter den Gästen, die so taten, als müssten sie sich alles ganz genau ansehen. Rowan beachtete die Leute kaum, er konzentrierte sich auf die verhüllte Frau. Sie traf keine Anstalten, näherzukommen und machte stattdessen einen Bogen um die Traube aus Menschen. Offenbar interessierte sie sich nicht für Darröfen.

Oder sie weicht mir aus, überlegte Rowan.

„Wie heiß sind denn diese Öfen?", lenkte ihn ein älterer Mann von seinen Betrachtungen ab.

Rowan musste den Blick förmlich von der Unbekannten losreißen, um dem interessierten Besucher eine Antwort zu geben. „Nicht heißer als Ihr Ofen zu Hause. Sogar noch ein wenig kühler, wir wollen das Malz schließlich nur trocknen, nicht backen."

Er grinste und erntete höfliches Gelächter.

Rowan verschloss die Tür wieder und schritt mit ausgestrecktem Arm auf ein hohes Schiebetor zu, das stets geöffnet war. Hier standen mehrere Bottiche, in denen eine helle, sämige Flüssigkeit schwappte, die an Porridge erinnerte.

„Nachdem das trockene Gerstenmalz in der Getreidemühle zu Malzmehl, dem sogenannten Grist, zermahlen wurde, wird es im Mash Tun, dem Maischebottich, mit heißem Wasser vermengt. Dieser Vorgang wird zweimal wiederholt, ehe die dabei entstehende zuckerreiche Flüssigkeit in den Gärbottichen auf 20 Grad abgekühlt wird. Erst dann wird die Hefe hinzugefügt, die den gärfähigen Zucker in Alkohol umwandelt."

Die Frau im Mantel verschwand jenseits der Bottiche und versteckte sich anschließend hinter einem rotgesichtigen Mann, der seinen gewölbten Bauch wie eine Trophäe vor sich herschob.

Rowan machte mit dem Arm eine kreisende Bewegung, als wollte er die in den Maischebottichen schwimmende Masse umrühren.

„Die Suppe, die nach zwei bis vier Tagen dabei herauskommt, wird Wash genannt und im Stillhouse weiterverarbeitet. Dort finden Sie das, was das Herz einer jeden Destillerie darstellt: die aus Kupfer bestehenden Brennblasen beziehungsweise Pot Stills."

Rowan tat so, als vergewisserte er sich, dass alle seine Schäfchen noch beisammen waren, doch von der Frau im schwarzen Mantel fehlte jede Spur. Er versuchte, sich seine Verunsicherung nicht anmerken zu lassen und marschierte weiter in Richtung Stillhouse. Es wurde von sechs birnenförmigen Kupferkesseln beherrscht, die bis an die Decke reichten. Noch in der Bewegung drehte er sich um und ließ den Blick über die Köpfe der Anwesenden schweifen.

„Der Alkohol verdampft und kondensiert oben in der Brennblase, von wo er in den nächsten Still fließt. Wir benutzen in den Lowlands zweimal drei Pot Stills.

Dadurch entsteht ein reinerer Alkohol mit einem Gehalt von über fünfundsiebzig Prozent."

Auf dem Weg zum Spiritsafe, wo der alte Ben sein Reich hatte, sah er die geheimnisvolle Frau wieder. Sie wirkte auf eigentümliche Weise vertraut. Rowan konnte den Blick gar nicht von ihr abwenden, als er nach der Schulter des stattlichen alten Mannes tastete.

„Das hier ist unser Stillman, Ben Thompson. Er wacht über die Qualität unseres Whiskys. Allein mit seinem geschulten Auge und der ständigen Überprüfung der Temperatur." Rowan deutete an den Brennblasen hinauf zu den Rohren, die an der Decke entlang und durch die Wand hindurch in den Nebenraum führten.

„Der Whisky fließt in den Spiritsafe und von dort weiter in den Spirit Receiver, ehe er schließlich abgefüllt wird. Per Gesetz muss der Whisky mindestens drei Jahre und einen Tag reifen, bevor er veräußert werden darf. Bei Single Malts dauert die Reifung deutlich länger: Minimum zehn Jahre. Zu diesem Zweck werden die Fässer in das dunkle Warehouse gebracht. Manche Großbrennereien nutzen statt hölzernen Balken häufig Gestelle aus Stahl oder Paletten. Wir aber schwören auf die gute alte schottische Eiche."

Und damit führte er die Gruppe in den Lagerraum der Destillerie, an deren Wänden schwarzer Schimmel wucherte.

„Ein Unternehmen muss wirtschaftlich arbeiten. Trotzdem darf Profit nie über Qualität und Tradition triumphieren. Nur dadurch ist der schottische Whisky das geworden, was er heute ist. Ich bedanke mich für Ihre Aufmerksamkeit und lade Sie abschließend zu einer Verkostung unseres Whiskys ein. Sollte er Ihnen munden, woran ich keinen Zweifel habe, dürfen Sie ihn selbstverständlich auch käuflich erwerben." Rowan lächelte und sonnte sich im Applaus.

Auf dem Weg in den Verkaufsraum, wo auf mehreren Fässern bereits die Flaschen mit den edlen Tropfen standen, trat ihm die Fremde im schwarzen Mantel entgegen.

„Entschuldigen Sie, Miss. Kennen wir uns?"

Das war der Augenblick, in dem die Unbekannte die Sonnenbrille abnahm, das Kopftuch von den Haaren zog und ihm ihr Gesicht präsentierte.

Es dauerte einige Sekunden, ehe Rowan Kincaid begriff, wer da vor ihm stand. Doch dann traf ihn die Erkenntnis mit der Wucht eines Fausthiebes. Das Blut wich ihm aus dem Kopf, Schwindel erfasste ihn.

„Du ...?", ächzte er.

Kapitel 7

„Sag mal, ist alles in Ordnung?", fragte Cybill ihren Freund noch am selben Abend.

Seit sie zurückgekehrt war, verhielt sich Colin irgendwie seltsam. Er schien nachdenklicher, in sich gekehrter zu sein. Gleichzeitig erweckte er den Eindruck, als wolle er ihr etwas beichten, brachte es aber nicht übers Herz. Mit anderen Worten: Er führte sich auf wie das fleischgewordene schlechte Gewissen.

Aufgefallen war es ihr jedoch erst, seit sie *The Hive* betreten hatten und in die hämmernden Bässe des Techno-Dancefloors eingetaucht waren. Das Top hatte Cybill schon nach einer Stunde am Körper geklebt. So ganz konnte sie Colins Vorliebe für diesen Schuppen nicht nachvollziehen, aber sie hatte ihm nun mal versprochen, mit ihm hierherzukommen, auch wenn sie so ziemlich jeder Inch an Kendras Scheunenparty vor fünf Jahren erinnerte, als Keith Grant sie abgefüllt hatte.

Der Abend hatte für sie ein abruptes Ende auf der Intensivstation eines Krankenhauses genommen. Seitdem war sie, was lärmende Partys und exzessiven Alkoholkonsum betraf, geläutert. Nicht dass sie Abstinenzlerin geworden wäre, sie trank schon mal gerne ein Glas Sekt oder Wein, aber von den härteren Sachen ließ sie die Finger. Vor allem vom Whisky ...

Auch heute hielt sie sich lieber an alkoholfreie Cocktails, von denen in den drei Bars zwischen den zwei Dancefloors reichlich zur Auswahl standen.

Nachdem sie bemerkt hatte, wie sich Colin immer wieder umgeschaut hatte, als würde er nach jemandem Ausschau halten, hatte sie die Nase voll gehabt und ihn kurzerhand mit der Begründung, sie habe Durst, von der Tanzfläche gezogen. Derek und Ashton waren zurückgeblieben, worüber Cybill nicht eben unglücklich war. Die beiden waren sicherlich nett, aber auch recht oberflächlich, wie sie nicht zum ersten Mal feststellen musste. Ihr dringlichstes Anliegen an diesem Abend schien es zu sein, in kürzester Zeit so viel Alkohol wie möglich zu konsumieren, wobei sie nicht müde wurden, ihrem Bedauern Ausdruck zu verleihen, dass Kendra nicht mitgekommen war.

Erst als Cybill ihnen versprochen hatte, ihre Freundin darüber in Kenntnis zu setzen, hatten sie Ruhe gegeben und sich in den ewig wiederholenden Rhythmen der Technobeats, die aus den Lautsprechern der mannshohen Boxen auf den Dancefloor prasselten, verloren.

Cybill zog Colin über den klebrigen Boden in die Cocktailbar. Dabei passierten sie die Nische, hinter der eine Treppe hinauf zum Eingang führte. Ein kühler Luftstrom strich über Cybills erhitzte Haut und wirbelte die muffige, verbrauchte Luft durcheinander.

Der Techno-Lärm blieb zurück und vermischte sich mit den Klängen des Indie-Rocks, die von der zweiten Tanzfläche aus in die Bar strömten. Den eigentlichen Krach verursachten jedoch die zahllosen Gäste, die sich vor der Bar tummelten. Neben der urigen Kelleratmosphäre waren es vor allen Dingen die günstigen

Preise, die *The Hive* bei Studenten und jungen Leuten so beliebt machten.

Es glich einem kleinen Wunder, dass Colin es bis zur Theke schaffte, wo er zwei Drinks ergatterte. Sex on the Beach für ihn und eine alkoholfreie Piña colada für sie. Anschließend zogen sie sich auf eine Bank unter einer halbrunden Gewölbedecke zurück, wo Cybill ihren Freund endlich zur Rede stellte, der natürlich so tat, als hätte er sie nicht verstanden.

„Was?"

Cybill rollte mit den Augen. „Ich fragte, ob alles in Ordnung ist."

„Klar, was soll denn nicht in Ordnung sein?"

„Das frage ich dich! Seit wir den Schuppen betreten haben, schaust du dich um, als würdest du jemanden suchen." Sie zögerte kurz, während sie sein Profil betrachtete. Selbst jetzt wirkte er abwesend. „Oder als hättest du Angst, entdeckt zu werden."

Sein Kopf ruckte herum. „Was? Das ist doch Unsinn! Es ist nur ..." Er trank hastig einen Schluck von seinem Cocktail. Einen ziemlich großen, wie sie fand.

„He, mach langsam, wir haben den ganzen Abend Zeit und ich hab keine Lust, heute Nacht schon wieder neben 'ner Schnapsleiche zu liegen."

Colin starrte in das Cocktailglas, als würde ihm erst jetzt bewusst, dass er es in einem Zug praktisch zur Hälfte geleert hatte. „Sorry, Billie."

„Du brauchst dich nicht zu entschuldigen. Ich will nur wissen, was mit dir los ist."

„Nichts", rief er, doch seine Stimme klang schrill.

„Na schön, wenn du es mir nicht sagen willst, dann sitzen wir eben hier rum und schweigen." Cybill schlug die Beine übereinander, setzte sich gerade hin und drehte sich leicht von ihm weg. Zu sehen gab es schließlich genug. Von zwei Seiten strömten die Menschen in die Bar, genau genommen sogar von drei, wenn sie die Toiletten mitzählte. Und das Publikum im *The Hive* war nicht nur jung, sondern auch oftmals ziemlich schrill gekleidet.

Nein, Kendra würde sich hier genauso wenig wohlfühlen wie sie selbst. Im Gegensatz zu Onkel Rowan. Cybill beschloss, ihn bei nächster Gelegenheit mal zu fragen, ob er schon mal hier gewesen war. Oder Siobhan.

„Wie war es bei Kendra?", fragte Colin.

„Gut", erwiderte Cybill einsilbig. Sie konnte förmlich spüren, wie unwohl er sich neben ihr fühlte. Plötzlich spürte sie einen Stich in der Körpermitte. Sein distanziertes Verhalten verletzte sie, raffte er das nicht?

Sie wollte ihn gerade fragen, ob er wirklich mit ihr hier sitzen und Smalltalk halten wollte, als hätten sie sich eben erst beim Tanzen kennengelernt, als er ihr sein Glas in die Hand drückte.

„Hältst du mal bitte? Ich muss mal auf Toilette."

Er wartete ihre Antwort nicht ab. Beinahe fluchtartig sprang er auf und ließ Cybill sprachlos zurück. Sie hatte kein Problem damit, alleine auf ihn zu warten, aber es sah doch ein Blinder mit dem Krückstock, dass er nur nach einer Ausrede gesucht hatte, um sich vor der Antwort zu drücken.

Verwirrt beobachtete sie, wie er sich zwischen den anderen Besuchern hindurchdrängelte und in der Nische verschwand, hinter der sich die Toiletten verbargen. Zum wiederholten Male fragte sich Cybill, was sie hier eigentlich tat. Das war doch gar nicht ihre Welt. Sie dachte an seine Bemerkung von heute Morgen, dass sie sich wünschte, er wäre ein Pferd. Tatsächlich hatte ihr der Tag mit Kendra, Devil und Swiftwind eindeutig mehr Spaß gemacht, als das Gedränge verschwitzter Körper in einem stickigen Kellerverlies, in dem man kaum sein eigenes Wort verstand.

„Cybill?"

Die unerwartete Ansprache erschreckte sie und riss sie unsanft aus ihren Grübeleien. Fast hätte sie noch etwas von ihrer Piña colada verschüttet, an der sie bislang bloß genippt hatte.

Sie wandte den Kopf, neugierig, wer sie da beim Namen nannte. Die Stimme klang deutlich kräftiger als die von Derek und Ashton und irgendwie auch ... vertrauter.

Der Mann, der sie angesprochen hatte, stand leicht gebückt über ihr, sich mit einer Hand am verputzten Mauerwerk abstützend. Cybill musste den Kopf in den Nacken legen, um ihm ins Gesicht zu schauen. Sie erstarrte.

„Dad!", krächzte sie. Und ließ Colins Glas fallen.

Vielstimmiges Gegröle war die Reaktion auf das Scheppern, mit dem das dickwandige Cocktail-Glas zu Bruch ging und seinen restlichen Inhalt über den Boden ergoss.

All das bekam Cybill nur am Rande mit, sie hatte nur Augen für ihren Vater, dessen Lächeln beim Anblick ihres kleinen Malheurs schlagartig erlosch und einer besorgte Miene Platz machte.

„Oh Gott, Cybill. Es tut mir leid, ich wollte dich nicht erschrecken." Er streckte die Hände aus, als wollte er sie berühren, zuckte jedoch im letzten Moment zurück.

Das gab ihr genügend Raum, um aufzuspringen. Das Blut schoss ihr in den Kopf, ihr Puls raste. Wut und Angst rangen um die Vorherrschaft. Die Wut gewann. „Was willst du hier?"

„Ich wollte dich doch bloß einmal sehen."

„Du weißt ..." Sie verstummte abrupt. Glitzerten da tatsächlich Tränen in seinen Augen? Cybill war vollkommen perplex.

„Darf ich mal?" Die fremde Frauenstimme klang mürrisch. Ein feuchter Lappen klatschte vor Cybill auf den Boden. Eine kräftige junge Frau im Tanktop, deren nackte Arme über und über tätowiert waren, schob sich in ihr Blickfeld. Das dichte dunkelbraune Haar hatte sie mit einem Tuch zurückgebunden. Schwarzer Lidschatten machte ihren Blick noch finsterer, als er ohnehin schon war. In der Nase steckte ein Ring.

Sie hatte mit dem Barkeeper, der Colin bedient hatte, hinter der Theke gestanden und bereits den ganzen Abend über einen genervten Eindruck gemacht. Den verschütteten Drink einer ungeschickten Tussi wegzuwischen, war für sie vermutlich die absolute Krönung.

„Sie müssen schon zur Seite gehen, damit ich hier saubermachen kann", blaffte sie Cybill an, die immer noch verdutzt ihren Vater anstarrte.

„Tut mir leid, ich ..."

„Ja, ja, davon wird das Glas auch nicht heil", knurrte die Barkeeperin und bückte sich, um die größten Scherben aus der Pfütze zu klauben, doch Morgan Baxter kam ihr zuvor.

„Bitte, es ist meine Schuld. Ich habe die junge Dame erschreckt. Es tut mir schrecklich leid, bitte lassen Sie mich helfen.“

Cybill konnte förmlich dabei zusehen, wie die Schroffheit der Barkeeperin, die sie wie einen Panzer trug, von ihr abfiel. Sie rang sich sogar ein Lächeln ab und nickte. Fassungslos stand Cybill daneben, unfähig, ein Wort zu sagen.

Erst als sie die Bewegung aus dem Augenwinkel wahrnahm, löste sich der Bann. Sie drehte den Kopf und erblickte Colin. Er sah aus, als würde er jeden Moment auf dem Absatz kehrtmachen und die Flucht ergreifen.

Schlagartig kehrte Cybills Wut zurück. Sie fuhr herum, rammte die Piña colada auf die Theke und ließ die Barkeeperin mit ihrem Vater alleine. Entschlossen stapfte sie auf Colin zu. Am liebsten hätte sie ihm eine gescheuert, stattdessen ergriff sie seine Hand und zerrte ihn hinter sich her auf die Treppe zu. Plötzlich ergab sein sonderbares Verhalten für sie sogar einen Sinn.

Auf den Stufen ins Freie fand er die Sprache wieder. „He, Billie, warte doch mal.“

Sie antwortete nicht.

„Wir müssen uns doch wenigstens noch von Derek und Ashton verabschieden.“

War das sein Ernst?

„Schick ’ne WhatsApp!“, entgegnete sie knapp.

Cybill drückte sich an dem stählernen Handlauf, dessen Farbe von abertausenden verschwitzten Händen im Laufe der Jahre abgerieben worden war, vorbei. Auf der anderen Seite warteten schon die nächsten Gäste.

Einheimische und Touristen, die unbedingt ein wenig Edinburgh'sche Nachtluft schnuppern wollten.

Cybills Schritte polterten über die verzinkte Rampe ins Freie. Unwillkürlich atmete sie auf und sog die kühle Luft in ihre Lungen. Sie beachtete weder die Neuankömmlinge noch die Türsteher, sie wollte einfach nur die schmale Gasse verlassen und so schnell wie möglich nach Hause.

„Hey, nun warte doch mal!"

Dieses Mal war es Colin, der nach ihrem Arm griff. Allerdings nicht, um sie hinter sich herzuziehen, sondern vielmehr, um sie festzuhalten. Das war zu viel. Sie fuhr herum.

„Du hast es gewusst, nicht wahr? Du hast gewusst, dass mein Vater hier aufkreuzt."

Colin druckste herum.

„Wag es ja nicht, es abzustreiten!", schnappte sie.

Ihr Freund schluckte. „Er stand heute Mittag vor der Wohnung. Ich wusste zuerst gar nicht, dass es dein Vater war."

„Und was hat er dann vor meiner Wohnung zu suchen gehabt?"

„Ich dachte, er wollte in die Galerie. Wir unterhielten uns. Und dann ... dann ..."

„Cybill!"

Die Stimme ihres Vaters hallte durch die enge Gasse. Einige der Türsteher, die eben noch feixend den Beziehungskrach verfolgt hatten, hoben interessiert die Köpfe.

Cybill schaute über Colins Schulter hinweg auf Morgan Baxter, der auf sie zukam. „Keinen Schritt weiter!", schrie sie.

Er blieb stehen und hob beide Hände. „E... Es tut mir leid, Cybill. Ich ... ich wollte dir keine Angst einjagen. Ich hab dich gesehen und wollte nur ...“

„Was? Guten Tag sagen? Dich dafür entschuldigen, dass du mich fast umgebracht hättest?“

„Cybill, bitte. Lass es mich erklären.“

Zufrieden beobachtete sie, wie die Türsteher sich ansahen und hinter ihrem Vater Aufstellung bezogen. Eine falsche Bewegung und sie würden ihm die Scheiße aus dem Leib prügeln. Verdient hätte der Dreckskerl es allemal, nach dem, was er ihr, Mum und Siobhan angetan hatte. „Ich verzichte auf deine Erklärungen.“

„Cybill“, mischte sich Colin ein. „Er will sich doch bloß ...“

„Halt du dich da raus!“, schrie sie. „Was fällt dir ein, dich auf seine Seite zu stellen?“

„Das tue ich doch gar nicht. Ich ...“

„Ist schon in Ordnung. Ich gehe“, rief Morgan. „Ich sehe ein, dass es ein Fehler war. Tut mir leid, Cybill, ich wollte mich nur entschuldigen.“

„Darauf verzichte ich!“, zischte sie. „Wenn ich dich auch nur einmal in der Nähe meiner Wohnung sehe, rufe ich die Polizei.“

Sie wirbelte herum und lief davon. Es war ihr egal, ob Colin ihr folgte. Wenn nur ihre Knie nicht so gezittert hätten.

Doch er ließ sich nicht abschütteln. Schon nach wenigen Schritten holte er sie ein. Wieder griff er nach ihrem Arm und dieses Mal konnte sie sich nicht mehr zurückhalten. Ihre flache Hand klatschte ihm ins Gesicht.

Erschrocken starrte er sie an, doch Cybill war nicht minder entsetzt über ihre Kurzschlusshandlung. Noch nie in ihrem Leben hatte sie jemanden geschlagen. Es war allein die Wut über Colins Verhalten und die Dreistigkeit ihres Vaters, die sie verleitet hatten.

Der Schlag fungierte wie ein Ventil. Ihr Zorn verpuffte und schuf Platz für die grenzenlose Enttäuschung. Tränen brannten in ihren Augen. „Wie konntest du das tun?", wisperte sie tonlos.

Auch in Colins Blick schimmerte es feucht. „Bitte, Cybill. Darf ich … darf ich es dir erklären?"

„Scheiße, was gibt es da zu erklären?"

„Wenn du mich lässt, versuche ich es."

Cybill presste die Kiefer aufeinander, bis ihre Zähne knirschten. Mit der rechten Hand machte sie eine auffordernde Geste. „Bitteschön."

„Ähm … hier?"

„Wo denn sonst?"

„Vielleicht, wo es wärmer und etwas gemütlicher ist?"

„Am besten im Bett, oder wie?"

„Cybill!"

„Na schön. Lass uns ins Wohnheim gehen."

Sollte er enttäuscht darüber sein, dass sie nicht vorschlug, zu ihr nach Hause zu fahren, so ließ er es sich zumindest nicht anmerken.

Auf dem Weg ins Studentenwohnheim herrschte eisiges Schweigen. Nachdem sie sein Zimmer betreten hatten, setzte sich Cybill auf den Schreibtischstuhl, sodass ihm nur die Bettkante blieb.

Fahrig wischte er die Hände an den Hosenbeinen ab. „Äh … willst du was trinken?"

„Reinen Wein, wenn möglich."

Er nickte. „Gut. Wie gesagt, ich habe ihn vor der Galerie getroffen. Ich wusste wirklich nicht, dass er dein

Vater war. Aber es kam mir natürlich komisch vor, als er sagte, dass er wegen dir gekommen wäre."

„Moment. Du sagtest doch eben, er wollte zur Galerie."

„Das nahm ich zuerst an. Aber als ich ihn drauf hingewiesen habe, dass sie geschlossen ist, da sagte er, dass er deinetwegen gekommen sei."

„Und da hat es bei dir nicht Klick gemacht?"

„Doch, aber was hätte ich denn tun sollen?"

„Ihm sagen, dass er dort nichts zu suchen hat und er sich bitteschön verpissen soll."

„D... Das wollte ich ja." Er verzog das Gesicht. „Aber plötzlich ... ich weiß auch nicht. Er wirkte verzweifelt, Cybill. Glaub mir, er bereut es wirklich, was damals passiert ist."

„Er hätte uns fast umgebracht!", schrie sie. „Das kann man doch nicht mit einem Achselzucken und einer Entschuldigung aus der Welt räumen! Er hat Siobhan zusammenschlagen und die Galerie anzünden lassen!"

„Er sagte, dass er nie die Absicht gehabt habe, einem von euch zu schaden." Colin beugte sich vor. „Cybill, ich glaube wirklich, dass es ihm leidtut. Und schließlich hat er seine Strafe abgesessen. Hat nicht jeder Mensch eine zweite Chance verdient?"

Cybill konnte nicht fassen, was sie da hörte.

„Ein zweite Chance? Hast du mir gerade nicht zugehört?"

„Er ist dein Vater", beharrte Colin. „Er empfindet Reue. Ist das wirklich so abwegig? Du bist seine einzige Tochter und er hatte reichlich Zeit, darüber nachzudenken, ob es das wirklich wert gewesen ist."

„Und deshalb verrätst du ihm, wo er mich finden kann, um rein zufällig aufzutauchen, weil er schließlich nicht wissen konnte, dass ich heute Abend im *The Hive* sein würde. Also verstößt er nicht gegen die einstweilige Verfügung, oder was?“

„Herrgott, ich hatte mich verplappert. Er hat mich gefragt, wie es dir so geht, was du machst. Er hat die letzten fünf Jahre praktisch nichts über dich erfahren.“

Sie nickte und stand auf. „Und das ist auch gut so.“ Sie ging auf die Tür zu.

„Wo willst du hin?“

„Nach Hause, oder glaubst du, wir kuscheln uns jetzt in deinem Bett zusammen?“

„Cybill, bitte ...“

Sie blieb stehen und überlegte kurz. Dann drehte sie sich um und ging zurück zu ihrem Freund, der erleichtert lächelte. Dicht vor ihm hielt sie inne und streckte die Hand aus. Colin blickte sie irritiert an.

„Was?“

„Meinen Wohnungsschlüssel! Nicht dass du auf die Idee kommst, ihm noch eine Rundführung zu geben und ihm zu zeigen, wie seine einzige Tochter jetzt wohnt.“

Kapitel 8

„Und er hat dich nicht mal vorgewarnt?“

Kendra spähte an Swiftwind vorbei auf ihre beste Freundin, die gerade dabei war, Devil das Zaumzeug anzulegen.

Cybill schüttelte den Kopf. „Nope, das ist es ja, was mich so wütend macht. Colin wusste, was ich durchgemacht habe. Er hätte doch einfach mit mir vorab drüber sprechen können.“

„Müssen!“, korrigierte Kendra sie. „Hast du es deiner Mum erzählt?“

Cybills Augen weiteten sich. „Bist du verrückt? Die bringt es fertig und engagiert einen Bodyguard.“

„Hm“, machte Kendra und lächelte. „Vielleicht nicht die schlechteste Idee.“

„Kenny!“

„Schon gut, aber ich würde es trotzdem melden.“

„Und dann?“

„Würde er wieder in den Knast gehen.“ Kendra strich ihrem Pferd über den Widerrist, die Gurtlage und das weiche Fell hinter den Ellenbogen, um sicherzustellen, dass sich kein Sand oder Dreck darin abgelagert hatte, der beim Reiten scheuerte.

„Weil er mich im *The Hive* angequatscht hat?“

„Er war doch auch bei der Galerie, was er nicht darf, oder irre ich mich?"

„Das müsstest du ihm erst mal beweisen. Ich selbst hab ihn dort ja nicht gesehen."

„Aber Colin."

„Ja, schon. Aber es ist ja nichts passiert."

„Das wäre ja noch schöner." Kendra legte die Satteldecke auf den Rücken ihres Pferdes und griff nach dem englischen Sattel. Sein mattschwarzes Leder harmonierte perfekt mit Swiftwinds schneeweißem Fell. „Und was willst du jetzt tun?"

„Keine Ahnung." Cybill stöhnte und nestelte das Handy aus der Jackentasche. „Colin bombardiert mich schon den ganzen Tag mit irgendwelchen WhatsApp-Nachrichten."

„Dann schreib ihm, dass er das lassen soll."

Cybill tippte den Text einhändig.

„Und? Was hast du ihm geschrieben?"

„Dass wir später reden."

Kendra schnaubte und befestigte den Gurt im ersten Loch. Anschließend ging sie um Swiftwind herum und kontrollierte Satteldecke und Filzkeil. Erst danach zog sie den Riemen fester.

„Was?", fragte Cybill, als ihre Freundin nicht antwortete.

„Nichts. Aber ich würde es ihm nicht zu einfach machen."

„Einfach? Ich hab ihm dem Schlüssel zu meiner Wohnung abgenommen."

„Ja, und deshalb bin ich auch stolz auf dich. Die Frage ist doch, wie es jetzt weitergeht."

Cybill hatte Devil mittlerweile ebenfalls gesattelt. „Wie meinst du das denn?“

„So, wie ich es gesagt habe. Kannst du Colin noch vertrauen?“ Kendra griff nach den Zügeln und führte Swiftwind aus dem Stall ins Freie. Wolken trieben in Fetzen über den Himmel und ließen immer wieder vereinzelt ein paar Sonnenstrahlen hindurch. Zumindest war nicht mit Regen zu rechnen.

Hinter ihr traten Cybill und Devil ins Freie. „Du kannst Fragen stellen. Keine Ahnung. Er meinte, ich solle meinem Vater noch eine Chance geben. Er würde seine Taten bereuen und so weiter.“

Kendra hob das Bein und stellte den rechten Fuß in den Steigbügel. „Aha“, machte sie nur, hielt sich mit beiden Händen am Reithorn fest und schwang sich in den Sattel. „Und woher weiß Colin das so genau?“

Cybill zuckte mit den Achseln. Auch sie saß bereits im Sattel. „Wahrscheinlich, weil Morgan es ihm gesagt hat?“

„Und was ist deine Meinung dazu?“

„Das ist es ja. Ich weiß es nicht.“

Kendra schnalzte mit der Zunge und dirigierte Swiftwind dicht an Devil heran. Die Stute schnaubte und warf den Kopf in den Nacken, ehe sie ihre Stirn am Hals des Hengstes rieb.

„Tja, das ist nicht einfach und ich will auch nicht in deiner Haut stecken, Kincaid. Aber als eine derjenigen, die dabei gewesen sind, als du dir die Seele aus dem Leib gereihert und am ganzen Körper gezittert hast, kann ich nur sagen, dass es ziemlich link ist, die eigene Tochter zu vergiften, nur um seiner Ex eins reinzuwürgen. Es gibt sicherlich viele Dinge, die man bereuen kann, aber manche sind vielleicht auch bloß Ausdruck eines schlechten Charakters.“

„Das heißt, du glaubst nicht, dass Morgan es bereut?“

„Billie, ich möchte nur, dass du vorsichtig bist. Ich will dich nicht noch einmal im Krankenhaus besuchen müssen.“

„Und Colin?“

Kendra schnaubte. „Colin ist ein Idiot!“ Sie drückte die Fersen in Swiftwinds Flanken, schnalzte abermals mit der Zunge und ritt an. Es dauerte nicht lange, bis Cybill sie eingeholt hatte. Schweigend trabte sie neben ihrer Freundin her.

„Und?“, fragte Kendra.

„Und was?“

„Kein Widerspruch?“

Cybill wirkte irritiert. „Wogegen?“

„Ich habe deinen Freund gerade einen Idioten genannt und du hast nicht mal protestiert. Das sagt doch schon alles, oder?“

Unvermittelt gingen Kendra und Swiftwind in den Galopp über.

„Emily schlägt Belinda als ihre Nachfolgerin vor.“

Shona hatte die Nachricht von der Kündigung ihrer Haushälterin beim Abendessen verkündet. Bis auf Rowan und Cybill wussten bereits alle davon. Und so sehr sie die Botschaft auch zu schocken schien, irgendwie wirkten beide relativ unbeteiligt.

Aber vielleicht sperrten sie sich gedanklich auch bloß gegen die Vorstellung, man könnte Emily einfach so ersetzen wie eine defekte Glühbirne.

„Ich finde, das ist eine fabelhafte Idee“, sagte Graham schließlich und erntete zumindest von Siobhan ein zustimmendes Nicken.

„Wunderbar!“, erwiderte Shona gereizt. „Haben Rowan und Cybill dazu auch was zu sagen?“

Ihr Bruder zuckte mit den Achseln und trank einen Schluck von seinem Wasser. „Belinda hat viel von Emily gelernt. Nur ihr Irish Stew lässt zu wünschen übrig.“

Cybill grunzte. „Tolle Wurst. Hauptsache sie kann kochen, oder was?“

„Hör zu, mir tut es auch leid, dass Emily uns verlässt. Aber es ist ihre Entscheidung und wir brauchen nun mal eine Haushälterin.“

„Vor allem brauchen wir jemanden, dem wir vertrauen können“, sprang Shona ihrem Bruder bei. „Egal, ob sie gutes Irish Stew macht oder nicht.“

„Was sagt denn Belinda dazu?“, fragte Siobhan.

„Ich werde sie morgen fragen.“

„Vielleicht solltest du das Emily überlassen“, schlug Graham vor. „Sie kann sich doch selbst um ihre Nachfolge bemühen. Sollte Belinda ablehnen, können wir immer noch annoncieren.“

„Gute Idee“, knurrte Cybill. „Dann können wir sie zum Probekochen einladen.“

„Cybill, es reicht jetzt“, sagte Shona.

„Hm, finde ich auch.“ Sie erhob sich. „Ich fahre zurück nach Edinburgh.“

„Willst du denn gar keinen Nachtisch?“, fragte Graham.

„Keinen Appetit. Du kannst meine Portion gerne haben.“ Cybill verließ fluchtartig den Speiseraum.

„Was ist denn in die gefahren?", murmelte Rowan. „Hat sie ihre Tage?"

„Womit du dich ja besonders gut auskennst, nicht wahr?", zischte Siobhan.

„Verzeihung." Die übertriebene Betonung strafte seine Antwort Lügen.

Doch es war das Rollen der Augen, das Siobhan auf die Palme brachte. „Manchmal ist es besser, den Mund zu halten, wenn *Mann* keine Ahnung hat." Siobhan wandte sich demonstrativ von ihm ab und Shona zu. „Ich spreche morgen mal mit ihr."

„Meine Güte, jetzt verhätschelt das Mädchen doch nicht", rief Rowan mit erhobener Stimme.

„Hey", blaffte Shona ihn an. „Wenn du eigene Kinder hast, kannst du tun und lassen, was du willst, aber wie wir unsere Tochter erziehen, ist immer noch unsere Sache."

Siobhan presste die Lippen aufeinander. Sie sah aus, als wollte sie protestieren. Sie hielt sich nur zurück, um sie nicht zu verletzen, das spürte Shona sehr wohl.

„Eure erwachsene Tochter", erinnerte Rowan sie.

„Sie ist immer noch ein Teenager", widersprach Siobhan.

„Auch Teenager dürfen Verantwortung übernehmen und müssen nicht rund um die Uhr betüddelt werden. Schon gar nicht Cybill."

„Was willst du denn damit sagen?", erkundigte sich seine Schwägerin.

Rowan stöhnte. „Lieber Himmel, ich will gar nichts sagen. Aber wenn ihr ständig hinter ihr hereiert, dann wird sie nie selbstständig."

„Wer eiert ihr denn hinterher?“, rief Siobhan und deutete zur Tür. „Ich habe lediglich gesagt, dass ich mit ihr sprechen werde.“

„Ja, schon gut. Reg dich ab.“

„Ich hab mich noch gar nicht aufgeregt.“

„Eigentlich schade, dass ihr euch erst so spät kennengelernt habt“, sagte Rowan. „Dann wäre Cybill vieles erspart geblieben. Ihr solltet über ein gemeinsames Kind nachdenken.“

Sprachlos starrte Siobhan ihren Schwager an.

Es war Graham, der das eisige Schweigen, das sich über den Raum senkte, nicht länger aushielt. „Äh ... wer möchte Nachtisch?“

Kapitel 9

„Hast du geweint?", fragte Siobhan einen Tag später.

Es war Montagnachmittag und mit Cybill war verabredet, dass sie ihr nach den Vorlesungen ein wenig zur Hand ging. Als diese jedoch die Galerie betrat, bestand Siobhans erster Impuls darin, sie mit einer Wärmflasche ins Bett zu schicken.

Ihre Haut war blass und unter den geröteten Augen lagen tiefe Ringe, so, als hätte sie mindestens zwei, drei Nächte nicht richtig durchgeschlafen.

Siobhan hatte gerade im Kundengespräch gesessen und durch die verglaste Tür ihres Büros hindurch die wenigen Besucher beobachtet, denen Cybill natürlich auch aufgefallen war. Daraufhin hatte sie sich beeilt, das Geschäft zum Abschluss zu bringen. Der Künstlerin konnte sie die frohe Botschaft über den Verkauf und einen Erlös von fünftausend Pfund auch später noch mitteilen. Cybill war zunächst wichtiger.

Wie ein Häuflein Elend saß sie ihr gegenüber. Ihre Unterlippe zitterte. Siobhan machte sich Sorgen.

Schließlich rückte sie mit der Sprache heraus. „Ich habe mit Colin Schluss gemacht."

Obwohl Siobhan die Nachricht betrübte, war sie auch eine Spur erleichtert. Sie hatte schon gedacht, es sei etwas wirklich Dramatisches passiert. Nun, für Cybill mochte sich das gewiss so anfühlen, doch die Wahrheit war, dass es vermutlich nicht ihre letzte Beziehung sein würde, die in die Brüche ging. Tatsächlich hoffte Siobhan das sogar. So nett Colin auch sein mochte. Natürlich würde Siobhan ihr das nicht sagen, jedenfalls nicht so deutlich. Was Cybill jetzt brauchte, war etwas Fürsorge und Verständnis. Deshalb erhob sie sich und ging um den Schreibtisch mit der ebenfalls verglasten Platte herum. Hinter Cybill blieb sie stehen, beugte sich vor und legte die Arme um sie.

„Ach, Süße. Das tut mir so leid. Ist etwas vorgefallen?"

„Colin ist ein Idiot!"

Siobhan richtete sich auf und fing an, Cybills verspannte Schultern zu massieren. „Wie kommst du zu dieser Einschätzung?"

Cybill suchte nach den richtigen Worten. Bevor sie diese jedoch fand, klingelte das Telefon.

„Sorry, Süße." Siobhan drückte ihr einen Kuss auf das Haar. „Ich versuch es kurz zu machen."

Leider erwies sich das Telefonat als wichtiger Rückruf einer Versicherung. „Warten Sie bitte einen Moment?", bat Siobhan. Sie hielt das Mikrofon zu und wandte sich an ihre Stieftochter. „Sorry, Billie. Ich muss hier kurz was klären. Können wir später reden?"

„Klar", murmelte Cybill enttäuscht.

Sie tat Siobhan leid, aber andererseits war das Mädchen auch keine vierzehn mehr. Es würde sie gewiss nicht umbringen, noch ein oder zwei Stündchen zu warten. Dann würde sie die Galerie ohnehin schließen.

„Ich komm nachher auf einen Kaffee hoch, okay?"

Cybill nickte und verließ das Büro. Sie fühlte sich um Jahrzehnte gealtert. Jeder Schritt wurde zur Qual. Sie hatte sich die Entscheidung gewiss nicht leicht gemacht, aber nachdem sie fast den gesamten Sonntag damit zugebracht hatte, Colins WhatsApp-Nachrichten zu ignorieren und mit Kendra zu quatschen, hatte sie den Entschluss gefasst, dass der Vertrauensbruch einfach zu groß gewesen war. Nach den Vorlesungen hatte sie ihn um ein Gespräch gebeten und ihm klargemacht, dass sie erst einmal Zeit für sich bräuchte und ihnen der Abstand guttun würde. Er war klug genug, um die unterschwellige Botschaft zu verstehen, auch wenn er sie nicht allzu gut aufgenommen hatte. Und das machte es ihr nur noch schwerer. Sie mochte Colin und das Letzte, was sie wollte, war ihm wehzutun. Aber die Wahrheit war nun mal nicht immer angenehm. Mitunter schmerzte sie viel mehr als eine Lüge. In diesem Fall bedeutete das, dass sie ihm nicht die Gefühle entgegenbrachte, die für eine stabile Beziehung notwendig waren. Zumindest das war ihr durch das Gespräch mit Kendra klar geworden. Vielleicht hatte das, was geschehen war, sogar etwas Gutes. Andernfalls hätte sie die Beziehung nur unnötig in die Länge gezogen und Freundschaft oder Zuneigung mit Liebe verwechselt.

Abgesehen davon war sie noch immer wütend. Was fiel dem Kerl ein, darüber zu urteilen, was gut für sie war und was nicht? Es war allein ihre Entscheidung, wann sie Kontakt mit ihrem Erzeuger aufnehmen wollte und ob das überhaupt jemals der Fall sein würde.

Obwohl es ja nicht nur schlechte Erinnerungen gab. Sie erinnerte sich an gemeinsame Ausflüge in Streichelzoos, in Freizeitparks und an den Strand. Morgan war einer der Ersten gewesen, der mit ihr zum

Pferderennen gefahren war. Heute lehnte Cybill solche Veranstaltungen ab, als Kind hingegen war sie davon total fasziniert gewesen.

Sie betrat die Wohnung, warf den Rucksack in die Ecke und streifte die Schuhe ab. Müde schlurfte sie ins Schlafzimmer, zog die Klamotten aus und schlüpfte in etwas Bequemeres: Schlafanzughose und Hoodie. Gammelkleidung, wie sie es nannte.

Sie warf sich auf das Bett und starrte an die Decke, schaffte es jedoch nicht, das Karussell ihrer Gedanken zu stoppen. Hinzu kamen die Gefühle, die wie ein Trommelfeuer auf sie einprasselten. Enttäuschung, Wut, aber eben auch eine tiefe Traurigkeit. Eine innere Leere, die ihr fast körperliche Schmerzen bereitete. Als hätte sie sich mit bloßen Händen das Herz aus dem Leib gerissen und es Colin vor die Füße geworfen. Doch war es wirklich nur das?

Sie begriff, dass sie weit weniger um die Beziehung trauerte, als sie es erwartet hatte und mit einem Mal fühlte sie sich schuldig. Hatte sie nicht genug dafür getan? Hätte sie mehr mit Colin unternehmen sollen? Vielleicht wäre er dann gar nicht auf die Idee gekommen, Morgan auf den Leim zu gehen.

Ehe sie sich versah, drifteten ihre Gedanken zu ihrem Vater ab. Wieder erschienen vor ihrem geistigen Auge Bilder aus ihrer Kindheit. Machtvoll drängten sie sich in ihr Bewusstsein, schoben sich vor die weiß getünchte Decke, wo sie hinter einem Schleier aus Tränen verschwammen. Mit dem Ärmel ihres Kapuzenpullovers wischte sie sie ab.

Ohne es bewusst zu steuern, wälzte sie sich auf den Bauch und angelte unter das Bett, wo mehrere bunt beklebte Schuhkartons standen, in denen sie ihre Fotos aufbewahrte.

Den ersten Kasten schob sie wieder zurück, den zweiten ebenfalls. Beim dritten Versuch hatte sie Glück und erwischte den richtigen. Die Box war mit Pferdemotiven und einem Familienfoto beklebt, das auf dem Deckel prangte. Cybill hob den Karton aufs Bett und setzte sich im Schneidersitz davor.

Sie hob den Deckel ab und blickte auf ein Sammelsurium aus Fotos, unter denen mehrere längliche Ringbücher lagen, in die sie die schönsten Bilder eingeklebt hatte.

Sie nahm einige der obersten Fotografien heraus. Der Anblick ihrer Grandma, die vor fünf Jahren gestorben war, versetzte Cybill einen Stich. Auf einem davon stand sie direkt vor ihrer Oma, die ihre Hände auf die Schultern ihrer damals neun Jahre alten Enkelin gelegt hatte. Cybill hatte gerade ihre Zahnspange bekommen und war todunglücklich gewesen. Lady Morag war es gelungen, sie aufzumuntern. Cybill konnte nicht mehr genau sagen, wie es die alte Dame angestellt hatte, ihre Enkelin zum Lachen zu bringen, aber sie hatte es geschafft.

Ein verlorenes Lächeln spielte um Cybills Lippen. Sie legte das Foto in den Deckel des Kartons und holte die nächsten Bilder hervor. Die meisten zeigten sie als Kind, alleine oder mit Familienangehörigen. Auf einem davon war auch ihr Vater zu sehen. Er hatte ihr gerade das erste Paar Reitstiefel geschenkt, kurz nachdem sie bei den Lachlans zum ersten Mal auf einem Shetlandpony geritten war. Auch dieses Foto wanderte zu den anderen in den Deckel.

Das erste Ringbuch folgte. Ihre Einschulung. Selbst da war Dad dabei gewesen. Cybill fiel auf, dass er sich die meiste Zeit in Onkel Rowans Nähe aufgehalten hatte. Mum hatte ihm schon damals nicht mehr viel zu sagen gehabt.

Das nächste Album handelte von den Sommerferien. Cybill war mit Dad in den Highlands Campen gewesen. Sie hatte unbedingt das Ungeheuer von Loch Ness sehen wollen. Nun, zu Gesicht bekommen hatte sie nur eine alberne aufblasbare Gummipuppe und eine hölzerne Attrappe, die für die Touristen über die Wellen gejagt wurden. Dafür hatte sie es gehört. Mitten in der Nacht, ganz dicht am Ufer. Wo es gesungen hatte. Zumindest hatte Dad das behauptet. Rückblickend musste Cybill zugeben, dass das Ungeheuer verdächtig nach einem Didgeridoo geklungen hatte.

Auf einem der Fotos saß sie auf den Schultern ihres Vaters, damit sie an Nessies Schnauze herankam. Auch dabei hatte es sich um eine hölzerne Figur gehandelt. Bunt angemalt, mit riesigen Kulleraugen. Das Foto hatte eine von Dads Freundinnen gemacht, deren Name sie längst vergessen hatte.

Wasser tropfte auf das Bild. Es waren Tränen, die, von Cybill unbemerkt, an ihrer Nase entlanggeronnen waren, um von der Spitze aus in die Tiefe zu fallen. Wieder wischte sie sie mit dem Ärmel ab.

Als Kind hatte Cybill nicht so richtig verstanden, warum Mum und Dad nicht so zusammenleben konnten oder wollten wie Kendras Eltern. Aber sie hatte es nun mal nicht anders kennengelernt und deshalb war es für sie normal gewesen. So wie ein von Geburt an blindes Kind, dass seine Umgebung nur schemenhaft wahrnahm und sich nichts dabei dachte, dass es nicht richtig sehen konnte. Erst jetzt wurde ihr bewusst, was ihr möglicherweise entgangen war.

Und da brachen bei Cybill sämtliche Dämme. Sie ließ das Album fallen, stützte die Ellenbogen auf die angewinkelten Beine und presst die Hände gegen die Augen. Ihr Körper wurde von heftigen Krämpfen geschüttelt. Ein gequältes Schluchzen drang aus ihrem Mund.

Cybill hatte nicht den blassesten Schimmer wie lange sie so dagesessen und geweint hatte, als es an der Tür klingelte. Sie schreckte hoch und wischte sich noch einmal die Augen ab. Dann legte sie die Ringbücher in den Karton, stülpte den Deckel mit den losen Fotografien darüber und schob die Schachtel zurück unter das Bett.

In diesem Moment klingelte es erneut. Cybill huschte durch den Flur und öffnete. „Siobhan", ächzte sie.

„Ich hab doch gesagt, dass ich noch mal bei dir vorbeischaue. Himmel, Cybill. Du siehst ja schrecklich aus."

Sie schniefte. „Danke, genau das habe ich gebraucht."

„Ach komm. Du weißt, wie ich das meine." Siobhan nahm ihre Stieftochter in den Arm und schob die Tür mit dem Fuß ins Schloss. „Hast du überhaupt schon was gegessen?"

„Ich habe keinen Hunger."

„Auch nicht, wenn ich uns Pizza bestelle?"

Cybill überlegte und blickte Siobhan voller Dankbarkeit an. „Bleibst du dann ein bisschen hier?"

„Na klar. Oder glaubst du, ich will Belindas Irish Stew probieren?"

„Verrätst du mir jetzt, warum Colin so ein Arsch ist?“, fragte Siobhan später.

Cybill kauerte mit angezogenen Beinen auf dem Küchenstuhl neben dem Kühlschrank. Vor ihr auf dem Tisch stand ein riesiger Pizzakarton, aus dem sich die beiden Frauen abwechselnd bedienten. Obwohl sie angeblich keinen Hunger hatte, hatte sie immerhin schon vier Stücke verdrückt, während Siobhan immer noch an ihrem ersten herumknabberte.

Plötzlich war sie sich gar nicht mehr so sicher, dass sie mit Siobhan über Morgan Baxter sprechen wollte. Daher zuckte sie nur mit den Achseln. „Ach, ich glaube, er ist einfach nicht der Richtige für mich.“

Siobhan hob die Brauen. „Okay“, dehnte sie. „Und wie kommst du darauf?“

„Wir haben kaum Gemeinsamkeiten. Ich mag Pferde und Kunst, er mag Party und *The Hive*…“

„Zu einer Beziehung gehört mehr als nur dieselben Interessen“, erinnerte sie Siobhan.

„Zum Beispiel?“

„Gegenseitiges Vertrauen, Zusammenhalt, Akzeptanz.“

„Davon war jetzt auch nicht viel zu merken. Ich bin sogar extra mit ihm in diesen Club gegangen. Und er … ach, vergiss es.“

„Da ist noch mehr gewesen, nicht wahr?“, vermutete Siobhan.

Cybill spürte, wie ihr das Blut in den Kopf schoss. „Ich … will nicht so gerne drüber sprechen.“

„Hat er dich vergewaltigt?“

Sie fuhr zusammen. „Was? Nein! Wie kommst du denn darauf?“

Siobhan hob die Schultern. „Die meisten Vergewaltigungen finden in Partnerschaften oder zwischen vertrauten Personen statt." Sie musterte Cybill besorgt. „Du würdest es mir doch erzählen, wenn so etwas passiert wäre, oder?"

Cybill nestelte an den Bündchen ihrer Ärmel. „Glaub schon. Auf jeden Fall eher dir als Mum."

„Ich weiß nicht, ob mich das beruhigen soll", erwiderte Siobhan. „Aber ich möchte, dass du weißt, dass du mit mir über alles sprechen kannst. Ich bin für dich da."

„Danke!" Cybill griff nach dem nächsten Stück Pizza. „Vielleicht bin ich einfach nicht geschaffen für so 'ne Art Beziehung."

Siobhan verschluckte sich fast an ihrem Bissen. „Wie meinst du das denn?"

„Na ja, du weißt schon. Händchen halten, Dates, Pärchenabende."

„Was denn für Pärchenabende? Derek und Ashton haben doch gar keine Freundinnen."

„Nee, aber sie haben sich. Das ist fast dasselbe."
Siobhan musste lachen.

„Meinst du, das hängt mit Dad zusammen? Ich meine, dass ich irgendwie nicht mit Jungs kann."

„Cybill, du bist neunzehn. Du hast noch dein ganzes Leben vor dir und du wirst vermutlich noch einer Menge Jungs und Männern das Herz brechen."

„Da wär ich mir nicht so sicher."

„Na schön, dann brich eben einigen Frauen die Herzen oder wem auch immer. Wichtig ist doch nur, dass du glücklich bist."

„Kommt jetzt ein elterlicher Rat?"

Siobhan verdrückte den letzten Bissen und wischte sich die Finger an einem Stück Küchenrolle ab. „Nein, hier kommt ein Rat deiner zweitbesten Freundin. Zum Thema, den Richtigen oder die Richtige zu finden. Bleib dir selbst treu. Tu nichts ihr oder ihm zuliebe. Nicht, wenn du dich damit unwohl fühlst. Wenn er oder sie dich liebt, dann wird er oder sie das akzeptieren."

„Siobhan?"

„Ja, Cybill?"

„Du kannst ruhig beim Er bleiben."

„Oh, na gut. Bist du sicher?"

„Natürlich bin ich sicher. Was soll das denn jetzt?"

„Ich meine ja nur. Hatte Kenny eigentlich schon mal einen Freund?"

„Was? Natürlich, ich meine ... ich glaub schon. Also ... sie hing da mal mit jemandem ab, mit dem sie auch ... na ja, du weißt schon ..."

Siobhan schmunzelte. „Und jetzt?"

„Sie hat viel zu tun. Das Gestüt ..."

„Gehört ihren Eltern. Gibt es eigentlich ein Wochenende, das ihr nicht zusammen verbracht habt?"

„So etwas nennt man Freundschaft, Siobhan."

„Hm, kann schon sein."

Kapitel 10

„Mrs Kincaid?"

Shona hob den Blick und sah Belinda in der offenen Tür stehen. Die junge Haushälterin hatte die Arme vor dem Schoß zusammengelegt und wartete darauf, dass ihr ihre Dienstherrin Aufmerksamkeit schenkte.

„Belinda, kann ich was für Sie tun?"

„Ja, Ma'am, ich würde gerne mit Ihnen sprechen."

Shona deutete auf den freien Stuhl vor dem Schreibtisch. „Selbstverständlich. Bitte nehmen Sie Platz."

„Und ich störe wirklich nicht?"

„Nein, absolut nicht." Shona schmunzelte.

Belinda machte auf sie stets den Eindruck eines verschreckten Rehs im Scheinwerferlicht. Sie war fleißig, hatte aber ein schwach ausgeprägtes Selbstwertgefühl. Was wohl auch der Grund dafür war, weshalb sie sich vehement weigerte, Shona oder Rowan beim Vornamen zu nennen. Egal wie oft sie es ihr anboten. Sie sagte dann zwar immer Ja und Amen, nur um sie bei nächster Gelegenheit doch wieder Ma'am oder Sir, beziehungsweise Mister oder Mistress Kincaid zu nennen. Nur bei Siobhan machte sie eine Ausnahme. Aber Shona erinnerte sich auch nicht daran, dass überhaupt jemand sie mit Mrs McLeary-Kincaid ansprach. Wahrscheinlich war das noch ein Relikt aus ihrer Zeit als

Schauspielerin. Dort gehörte die Distanzlosigkeit zum guten Ton. Shona würde sich jedoch hüten, das ihrer Frau gegenüber zu erwähnen. Dann hieße es nur wieder, sie sei konservativ.

Shona lenkte ihre Gedanken zurück ins Hier und Jetzt. Belinda hatte es in der Zwischenzeit geschafft, die Tür hinter sich zu schließen und Platz zu nehmen. Mit der weißen Schürze über dem geblümten Kleid wirkte sie fast wie die Darstellerin einer historischen Fernsehserie. Dabei schrieben ihr weder Shona noch Rowan vor, dass sie diese Kluft tragen sollte. Möglicherweise war diese ein übriggebliebenes Dekret ihrer Mutter. Oder von Emily, die Zeit ihres Lebens die traditionelle Kleidung des Dienstpersonals getragen hatte.

Shona fiel es wie Schuppen von den Augen. Plötzlich wusste sie, weshalb Belinda um dieses Gespräch gebeten hatte. Unwillkürlich klopfte ihr Herz schneller.

Um dem Dienstmädchen zu signalisieren, dass sie nicht störte und ihre volle Aufmerksamkeit genoss, klappte Shona den Laptop zu und setzte sich aufrecht hin. Doch erst als Belinda unruhig auf ihrem Stuhl herumrutschte, fiel Shona auf, dass sie die junge Frau, die aussah, als hätte sie einen Ladestock verschluckt, unbewusst nachahmte. Augenblicklich entspannte sie sich wieder.

„Worum geht es, Belinda?"

Nervös verknotete sie die Finger ineinander. „Ma'am, ich habe heute mit Emily gesprochen."

Shona nickte. „Sie hat dir also erzählt, dass sie uns verlassen wird?"

„Ja, Ma'am. E... Es tut mir sehr leid."

„Dazu besteht keine Veranlassung. Sie sind für Emilys Entscheidung ebenso wenig verantwortlich wie für ihre familiären Angelegenheiten.“

„Das stimmt natürlich, aber Emily fragte mich auch, ob ich ihren Posten übernehmen könnte. Wie Sie wissen, arbeite ich ja nur halbtags hier.“

„Wirklich?“, erwiderte Shona mit gespielter Verwunderung. „Ist mir gar nicht aufgefallen.“

Ein verkrampftes Lächeln erschien auf Belindas Gesicht. Was es auch war, das sie bedrückte, es musste schwer auf ihrer Seele lasten.

„Belinda, ich hoffe doch, dass Sie zugesagt haben.“

Die Augen der jungen Bediensteten füllten sich mit Tränen. „Oh Ma’am, es wäre mir eine Freude. Aber es geht nicht, wirklich nicht. Ich bin untröstlich und schäme mich dafür, ausgerechnet jetzt damit herauszukommen.“ Plötzlich sprudelten die Worte nur so aus ihr hervor. „Ich wollte es Ihnen längst gesagt haben, doch dann kam Emily mit der Nachricht von ihrer kranken Mutter und ich … ich habe mich nicht mehr getraut.“ Ihre Stimme versagte. Belinda senkte den Kopf und weinte leise vor sich hin.

Shona holte eine Packung Taschentücher hervor, stand auf und ging um den Schreibtisch herum auf ihre Angestellte zu. Sie griff behutsam nach ihrem Arm und reichte ihr eines der Tücher. Mit dem Kinn deutete sie auf die lederne Couch unter dem Fenster.

„Lassen Sie uns dort rübergehen. Da redet es sich leichter.“

Belinda nickte hastig, bevor sie sich schnäuzte.

Shona versuchte sich ihre Ungeduld und Enttäuschung nicht allzu sehr anmerken zu lassen, aber Belinda traute sich ohnehin nicht, den Blick zu heben.

„Darf ich fragen, warum Sie nicht bei uns bleiben wollen?", fragte sie schließlich, als sie nebeneinander Platz genommen hatten. „Liegt es an den Arbeitszeiten oder haben wir Sie auf irgendeine Weise brüskiert?"

Abrupt richtete sich Belinda auf. „Oh Gott, Ma'am, nein! Auf keinen Fall! Sie wissen, dass ich immer gerne hier gearbeitet habe."

Shona schmunzelte. „Das hoffe ich. Ich glaube, in all den Jahren waren Sie nicht ein einziges Mal krank. Sie waren Emily und uns stets eine große Hilfe. Besonders damals, als Lady Morag von uns ging und ich ins Krankenhaus musste. Dabei waren Sie selbst gerade mal so alt wie Cybill heute."

Belinda nickte. „Glauben Sie mir, Mrs Kincaid. Es zerreißt mir das Herz, aber ich kann es Ihnen nicht zumuten."

Shona hielt die Zeit für gekommen, Belinda aus der Reserve zu locken. „Na schön, wenn Sie es mir nicht sagen möchten, muss ich akzeptieren ..."

„Ich bin schwanger!"

Durch Shonas Gehirn tobten tausend Gedanken, die jedoch alle von ihren Gefühlen überwältigt wurden. „Aber ... das ist doch wunderbar."

Belinda neigte den Kopf und lachte unter Tränen. „Ja, das ist es. Aber ..."

Ehe sie sich versah, beugte sich Shona vor und nahm die jüngere Frau in den Arm. Sie konnte spüren, wie sich deren Muskeln spannten. Shona hatte das Gefühl, eine Schaufensterpuppe zu umarmen. Rasch rückte sie von ihr ab. „Stimmt etwas nicht?"

„Sie machen es mir nicht einfach, Ma'am." Belinda tupfte sich die Tränen aus den Augen. „Aber ich kann unmöglich hier weiter arbeiten."

„Falls Sie sich Sorgen über die Belastung machen ..."

„Nein, das ist es nicht. Es wäre einfach nicht fair, verstehen Sie? Ich werde in wenigen Monaten ausfallen und dann stünden Sie wieder ohne Haushälterin da."

Shona starrte Belinda entgeistert an. „Deshalb machen Sie sich Sorgen?"

Die junge Frau nickte.

„Ich bitte Sie." Das Lachen brach sich wie von selbst Bahn. „Entschuldigen Sie, Belinda. Aber ich hatte wirklich angenommen, dass Sie sich der Aufgabe nicht gewachsen fühlen und Angst vor der eigenen Courage haben. Oder dass wir irgendetwas getan hätten ..."

„Nein, Ma'am. Im Gegenteil, ich habe mich immer wohl gefühlt. Ich weiß selbst, dass ich sehr still bin, aber das hat niemanden hier gestört. Ich hatte sogar das Gefühl, dass es Ihnen sehr willkommen war. Ihre Mutter ..." Sie verstummte und entschuldigte sich.

Shona lächelte und legte Belinda die Hand auf den Oberarm. „Meine Mutter hat Sie geliebt, Belinda. Sie waren fast wie eine zweite Enkelin für sie. Und nichts würde mich mehr freuen, wenn Sie bei uns blieben und Emily beerben würden. Für die Zeit der Schwangerschaft und der Niederkunft werden wir eine Lösung finden. Auch für die Zeit danach, wenn Sie Erziehungsurlaub nehmen möchten. Aber bitte bleiben Sie bei uns."

„Ach, Mrs Kincaid." Dieses Mal war es Belinda, die sich überwand und ihre Dienstherrin umarmte. „Ich kann gar nicht sagen, wie glücklich ich bin."

„Es gibt da natürlich eine Bedingung", fuhr Shona fort.

Unvermittelt versteifte sich Belinda wieder und richtete sich auf. „Eine Bedingung?"

Shona grinste. „Ab sofort müssen Sie mich Shona nennen. Kein Ma'am, keine Mrs Kincaid. Nur Shona. Versprechen Sie mir das?"

Belinda lachte. „Ja, Mrs Kincaid."

„Eigentlich müssten wir jetzt mit einem Whisky anstoßen, aber ich glaube, das wäre unter diesen Umständen nicht angemessen."

„Ich würde furchtbar gerne mit Ihnen einen Tee trinken."

„Fabelhafte Idee."

„Ich setze sofort einen auf." Belinda sprang förmlich von der Couch auf und eilte aus dem Büro. Shona blickte ihr versonnen nach. Als sie eingestellt worden war, war sie gerade achtzehn geworden. Ein scheues, junges Ding, das einem nicht in die Augen schauen konnte. Lady Morag hatte sie sofort in ihr Herz geschlossen. Ein Wunder, dass Cybill, damals dreizehn Jahre alt, nicht vor Eifersucht ausgerastet war, aber zu diesem Zeitpunkt hatte sie bereits nur Devil im Kopf gehabt. Wann hatte Belinda überhaupt Zeit gehabt, eine Familie zu gründen?

Shona spürte, wie ihr das Blut in den Kopf stieg. Sechs Jahre war die junge Frau nun schon bei ihnen oder waren es bereits sieben? Aber über ihr privates Umfeld wusste sie so gut wie nichts. Siobhan hatte mal einen

Freund namens Frederick erwähnt. Shona erinnerte sich noch genau daran, wie verblüfft sie gewesen war.

Der Gedanke an ihre Frau weckte jedoch neue Sorgen in Shona.

Wie würde Siobhan auf diese Nachricht reagieren? Oder wusste sie längst von Belindas anderen Umständen? Waren sie es gar, die sie auf die Idee gebracht hatten, dass die Zeit reif war für ein eigenes Kind?

Ein Blick auf die Uhr verriet ihr, dass Siobhan jeden Moment nach Hause kommen würde, dann würde sie die frohe Botschaft ohnehin aus erster Hand erfahren. Oder auch nicht, dachte Shona, als sie die Nachricht sah, die Siobhan ihr während des Gesprächs mit Belinda geschickt hatte.

Sorry, wird später. Drama bei Cybill. Wartet nicht mit dem Essen. Hdl.

Obwohl sich Shona Sorgen um ihre Tochter machte, fiel ein Teil ihrer Anspannung ab. Auf diese Weise würde sie nachher mit Siobhan in Ruhe darüber sprechen können. Und was Cybill betraf, so wusste sie sie bei ihrer Frau in den besten Händen. Wäre es etwas Ernstes gewesen, hätte Siobhan sie angerufen.

Fünf Minuten später kehrte Belinda zurück. In den Händen ein Tablett, auf dem nicht nur zwei Tassen, eine Teekanne und der Honig standen, sondern auch ein Teller mit Keksen.

„Die habe ich selbst gebacken", erklärte sie schüchtern.

Shona wusste, dass Belinda eine hervorragende Bäckerin war. Sie konnte vielleicht kein so exzellentes Irish Stew zubereiten wie Emily, aber was das Backen anging, so vermochte ihr wirklich niemand das Wasser zu reichen.

„Sie sind fantastisch", sagte Shona.

„Danke. Ich hoffe, dass Mister Kincaid ..."

„Rowan."

„Verzeihung ... Rowan. Ich hoffe, dass er nicht allzu traurig darüber ist, dass er in Zukunft auf Emilys Irish Stew verzichten muss. Ich werde mich bemühen ..."

Shona schnitt ihr mit einer raschen Geste das Wort ab, während sie das erste Plätzchen probierte. „Spätestens nach diesen Keksen wird er kein Wort mehr über Irish Stew verlieren, das verspreche ich dir."

In den folgenden Minuten sprachen sie ausschließlich über die Schwangerschaft und wie sehr sich Belinda auf das Kind freute. Sie war in der neunten Woche und noch war nichts zu erkennen, doch das würde sich schon bald ändern.

Shona erzählte ihr von ihrer eigenen Schwangerschaft mit Cybill und wie sehr diese bereits im Mutterleib gezappelt und getreten hatte. „Als wollte sie schon damals klarmachen, dass sie einmal reiten wollte."

„Ich würde mich auch sehr über ein Mädchen freuen", sagte Belinda. „Frederick hätte gerne einen Jungen, aber was es auch letztendlich werden mag, wir werden das Kind lieben."

„Daran hege ich keinen Zweifel, Belinda. Und bitte keine falschen Hemmungen. Wenn du etwas auf dem Herzen hast, kannst du jederzeit zu uns kommen."

„Danke, Mrs ... Shona." Ihre Hände zitterten leicht, als sie die Tassen zurück aufs Tablett stellte. „Mit deiner Erlaubnis werde ich jetzt Feierabend machen."

„Natürlich, Belinda."

Shona öffnete ihr die Tür, damit das Mädchen das Tablett nicht abzustellen brauchte. Sie wollte die Tür eben hinter der jungen Frau schließen, um sich wieder ihrer Arbeit zu widmen, als es an der Haustür klingelte.

Belinda traf Anstalten, das Tablett auf einem runden Tisch in der Eingangshalle abzustellen, als Shona sich meldete. „Geh ruhig, ich kümmere mich darum."

Die Haushälterin lächelte und machte einen Knicks, ehe sie verschwand.

Shona lächelte, zog die Tür auf und legte die Stirn in Falten. Die fremde Frau, die auf dem oberen Treppenabsatz stand, kam ihr vage bekannt vor. Sie trug ausgeblichene Jeans, eine roten Wollpullover sowie einen abgewetzten Mantel, der offen stand. Das ungepflegte Haar hing offen auf die Schultern herab, die Lippen waren zu grell geschminkt. Sie trug ein paar Pfund zu viel mit sich herum, was ihre birnenförmige Figur noch mehr betonte.

„Ja bitte? Was kann ich für Sie tun?"

Die Mundwinkel der Fremden zuckten verächtlich. „Erkennen Sie mich denn gar nicht wieder, Mrs Kincaid?"

Diese Stimme! Shona lief es kalt über den Rücken. Fieberhaft fahndete sie nach der Lösung, was ihrem Gegenüber wohl zu lange dauerte.

„Nun ja, es ist ja auch schon eine Weile her. Ziemlich genau neun Jahre. Da kann man schon mal das eine oder andere vergessen. Vor allem, wenn es um den gewöhnlichen Pöbel geht. Nicht wahr, Mrs Kincaid?"

Langsam reichte es Shona. Diese Person kam ungefragt an ihre Haustür und belästigte sie auf geradezu impertinente Art und Weise. Das brauchte sie sich nun wirklich nicht gefallen zu lassen. „Hören Sie, entweder Sie verraten mir jetzt, wer Sie sind oder Sie verlassen auf der Stelle mein Grundstück.“

„Ihr Grundstück? Ach ja, ich vergaß. Die alte Lady ist gestorben. Wirklich bedauerlich, sie war eine so robuste Frau. Aber ich will Sie nicht länger im Unklaren lassen, mein Name ist Cumming. Fia Cumming.“

Shona starrte die Frau stumm an. Plötzlich fiel es ihr wie Schuppen von den Augen. Ja, es war lange her, trotzdem ärgerte es sie, dass ihr nicht schon eher eingefallen war, woher sie die Frau, mit der die Zeit so schlecht umgegangen war, kannte.

„Wie ich sehe, hat es Klick gemacht.“

„Was wollen Sie hier?“

„Das würde ich ungern zwischen Tür und Angel besprechen.“ Sie streckte den linken Arm aus. „Ich nehme an, das Büro liegt noch immer neben der Treppe?“

Shonas Gedanken überschlugen sich. Eine innere Stimme warnte sie davor, Fia Cumming hereinzulassen, doch letztendlich siegte ihre Neugier. Fia hätte sich nicht die Mühe gemacht, zu kommen, wenn es kein dringendes Anliegen gegeben hätte. Die Frage war nur, warum hatte sie sich damit so viel Zeit gelassen?

Die Hausherrin trat zurück und gab den Weg frei. „Bitte.“

Fia Cumming putzte sich die Schuhe ab und ging an Shona vorbei in die Eingangshalle. „Vielen Dank, Mrs Kincaid.“ Die letzten beiden Worte sprach sie mit einem spöttischen Unterton aus.

Auf dem Weg ins Büro zog sie den Mantel aus und legte ihn sich über den Unterarm. Shona warf einen Blick in den Flur, der zur Küche führte.

Belinda eilte auf sie zu und schlang sich den Gürtel ihrer dreiviertellangen Jacke um die Taille. Shona lächelte ihr verkrampft zu und winkte zum Abschied, dann folgte sie ihrer Besucherin, die vor dem Büro stehen geblieben war.

„Ist das meine Nachfolgerin?"

„Eine davon, ja. Belinda hat unsere Erwartungen bei weitem übertroffen."

„Im Gegensatz zu mir, nicht wahr?", zischte Fia, als Shona sich an ihr vorbeischob.

„Das haben *Sie* gesagt." Auf dem Weg zu ihrem Platz hinter dem Schreibtisch deutete sie auf den Besucherstuhl.

Fia sah sich aufmerksam im Büro um. Viel hatte sich in den letzten Jahren nicht verändert, doch selbst, als sie noch hier gearbeitet hatte, hatte sie dieses Zimmer nur selten betreten.

„Ich denke, Sie haben Verständnis, dass ich Ihnen keinen Drink anbiete."

Aus dem spöttischen Lächeln wurde ein süffisantes Grinsen. „Das ist wirklich schade, wo wir doch eine Familie sind."

Shona schnaubte. „Kommen Sie zur Sache."

„Na gut, dann werde ich es kurz machen. Sie schulden mir etwas! Beziehungsweise Ihr Bruder."

„Das ich nicht lache. Wenn ich mich recht erinnere, wurde die Anklage wegen versuchter Vergewaltigung fallengelassen."

„Ja, aus Mangel an Beweisen und weil Aussage gegen Aussage stand. Aber die Sachlage hat sich geändert."

„Ach, tatsächlich? Und inwiefern, wenn ich fragen darf?"

„Sie dürfen, Shona." Fia Cumming legte eine kurze
Pause ein, machte es spannend. „Ich habe ein Kind.
Und dreimal dürfen Sie raten, wer der Vater ist."

Kapitel 11

Shona Kincaid wähnte sich im falschen Film. Diese Frau war offenkundig verrückt. Vor knapp zehn Jahren hatte sie, kaum dass sie eingestellt worden war, Rowan der Vergewaltigung bezichtigt. Dass er eine Schwäche für junge Frauen hatte, war bekannt, doch dass er eine gegen ihren Willen zum Geschlechtsverkehr gezwungen haben sollte, war für Shona und Lady Morag undenkbar gewesen.

Der Fall hatte damals hohe Wellen geschlagen, doch da Rowan keine Anwendung von Gewalt bewiesen werden konnte und Aussage gegen Aussage stand, war Fia Cumming nichts anderes übriggeblieben, als die Anzeige zurückzunehmen. Selbstverständlich war an eine Fortsetzung des Dienstverhältnisses nicht mehr zu denken gewesen und so hatten die Kincaids ihr die Kündigung überreicht. Mit einer stattlichen Abfindung.

Dabei hätten sie das Übel kommen sehen müssen und Fia Cumming niemals einstellen dürfen. Von Anfang an war sie schon auffällig gewesen. Unpünktlich, vorlaut und schlampig. Der Verdacht, dass sie den Beruf nur gewählt hatte, um möglichst schnell an einen möglichst wohlhabenden Mann heranzukommen, hatte sich förmlich aufgedrängt.

„Hat es Ihnen die Sprache verschlagen, Shona?“

Fias Stimme drang dumpf, wie durch Watte gefiltert, an Shonas Ohren. Tief atmete sie ein, zwang sich zur Ruhe. Sie hatte sich die Unverschämtheiten dieser Person jetzt lange genug angehört. „Zum einen würde ich es vorziehen, wenn Sie mich mit dem gebührenden Respekt ansprechen würden. Für Sie bin ich Mrs Kincaid.“

„Oh Verzeihung, Euer Durchlaucht!“

„Zum anderen sehe ich keinen Grund, mir Ihre Lügengeschichten noch länger anzuhören. Bitte verlassen Sie jetzt mein Büro und das Grundstück. Sofort!“

„Wenn es Ihr Wunsch ist, dass ich lieber mit der Presse spreche, tue ich das mit Freuden.“ Fia Cumming traf Anstalten, aufzustehen.

Shona war lange genug im Geschäft, um sich von derlei Drohungen nicht einschüchtern zu lassen. Deshalb hielt sie die junge Frau auch nicht auf.

An der Tür blieb Fia stehen. „Bitte richten Sie Rowan aus, dass er einen neunjährigen Sohn hat. Sein Name ist Jonathan.“

„Warum haben Sie nicht mit ihm persönlich Kontakt aufgenommen?“

Fia Cumming lächelte herablassend. „Es spielt keine Rolle. Außerdem mag er als Geschäftsinhaber eingetragen sein, doch die Fäden halten Sie in der Hand. Aber ich will nicht unfair sein, ich gebe Ihnen eine Woche Zeit, mit Ihrem Bruder zu sprechen.“

„Und was erwarten Sie von ihm?“

„Ist das nicht offensichtlich?“ Sie breitete die Arme aus. „Ein Dach über dem Kopf. Unterhalt.“

„Auf einmal? Da stellt sich mir doch die Frage, warum Sie erst jetzt damit herausrücken. Ihnen ist doch wohl klar, dass wir einen Vaterschaftstest machen werden."

„Selbstverständlich", erwiderte Fia. Dann neigte sie den Kopf. „Guten Tag, Mrs Kincaid." Sie machte auf dem Absatz kehrt und verließ das Büro.

Shona sprang auf und eilte ihr hinterher. Sie erreichte die Eingangshalle in dem Augenblick, als die Tür hinter Fia Cumming ins Schloss fiel. Shona riss sie auf und sah dabei zu, wie ihr ehemaliges Dienstmädchen in das Taxi stieg, das offenbar auf sie gewartet hatte. Für einen kurzen Augenblick hatte sie befürchtet, Morgan Baxter würde auf Fia warten. Doch der ältere Fahrer hatte keinerlei Ähnlichkeit mit ihrem Ex-Mann. Beinahe sanft fuhr er an. Kies knirschte unter den Reifen. Shona erhaschte einen letzten Blick auf Fias pausbäckiges Gesicht. Diese winkte ihr zu.

Shona schloss zähneknirschend die Tür und stapfte zurück ins Büro, wo sie sich sofort das Handy krallte und Rowans Kontakt aufrief. Fia Cummings Selbstsicherheit bei der Erwähnung des Vaterschaftstests gab Shona zu denken.

„Warte, Bürschchen", murmelte sie an Rowans Adresse gewandt. „Sollte etwas an der Sache dran sein, reiß ich dir den Kopf ab."

„Das ist doch lächerlich!", brauste Rowan auf, als er eine Stunde später bei seiner Schwester im Büro stand. Unruhig schritt er vor dem Schreibtisch auf und ab, wie ein Tiger im Käfig. In der Hand das unvermeidliche Glas Whisky, das er jetzt in einem Zug leerte.

„Ist es das?", fragte Shona herausfordernd.

Rowan blieb stehen und schaute seine Schwester entgeistert an. „Natürlich!" Er schwenkte den Arm, in dessen Hand er das Glas hielt. „Du hast sie mir doch beschrieben. Fia ist verrückt. Oder auf Droge. Oder beides."

„Sie klang sehr selbstsicher."

„Und warum ist sie dann nicht direkt zu mir gekommen?"

Shona zuckte mit den Achseln. „Das habe ich sie auch gefragt. Sie war der Meinung, es spiele keine Rolle und dass ich ohnehin mehr zu sagen hätte."

„Tja, hast du aber nicht." Er ging zum Tisch, um sich nachzuschenken.

„Wenn das alles aus der Luft gegriffen ist, warum bist du dann so nervös?"

„Weil wir uns keine Skandale leisten können", blaffte er sie an. „Du weißt doch selbst, wie rückläufig unsere Verkäufe sind. Die großen Destillerien graben uns das Wasser ab. Im wahrsten Sinn des Wortes."

„Was denn für Skandale? Du tust ja gerade so, als ob wir ständig in den Schlagzeilen stünden. Keine Sau interessiert sich für uns."

Rowan starrte sie finster an und kippte den Whisky wie Wasser.

„Hör auf zu saufen", brauste Shona auf. „Verrate mir lieber, ob an ihren Worten was dran sein könnte."

„Dass dieser ... dieser Jonathan mein Sohn ist?" Er rammte das leere Glas auf die Schreibtischplatte und stützte sich mit den Armen darauf ab. „Ich frage noch einmal, warum kommt sie damit erst jetzt heraus?"

„Diese Frage wird nur sie uns beantworten können. Was viel wichtiger ist ... könnte es wahr sein? Hast du mit ihr geschlafen?"

„Das weißt du doch!", rief er.

„Nein, ich weiß lediglich, dass sie dir vorgeworfen hat, sie vergewaltigt zu haben. Was du abgestritten hast."

„Weil sie es genau so gewollt hat wie ich."

„Wie oft?"

„Spielt das eine Rolle?"

„Na schön, dann eben anders. Habt ihr verhütet?"

„Meine Fresse, Shona! Weißt du, wie lange das her ist?"

„Hm, ziemlich genau zehn Jahre. Da kommt man schon mal durcheinander, nicht wahr, Bruderherz?"

„Was willst du damit sagen?"

„Dass du dir nicht so viele Sorgen über Skandale machen müsstest, wenn du sie nicht am laufenden Band produzieren würdest. Und komm mir jetzt nicht mit Siobhan. Lass uns lieber darüber nachdenken, wie wir mit der Situation umgehen."

„Ich werde diesen Vaterschaftstest machen, ist doch klar!"

„Und falls er positiv ist?"

„Er kann nicht positiv sein, verdammt! Dann hätte sie keine neun Jahre gewartet."

„Wunderbar", sagte Shona, lehnte sich zurück und faltete die Hände vor dem Bauch. „Dann brauchen wir uns ja keine Sorgen mehr zu machen."

„Hier wird es ja wirklich nie langweilig!"

Siobhan verließ das Bad und legte sich neben Shona ins Bett.

„Ich hätte gegen Langeweile nichts einzuwenden", erwiderte diese. „Ich habe momentan das Gefühl, in einer Achterbahn zu sitzen. Erst die Nachricht von Morgans Entlassung, dann Emilys Kündigung und jetzt noch das hier."

„Und zu allem Überfluss komme ich noch daher und will ein Kind."

„Zumindest musst du zugeben, dass es ein denkbar schlechter Zeitpunkt wäre."

„Warum? Du musst es doch nicht austragen."

Shona strich sich mit beiden Händen durch das Gesicht. „Siobhan, bitte. Müssen wir ausgerechnet jetzt darüber sprechen?"

„Wir müssen überhaupt nicht darüber sprechen. Irgendwas ist ja schließlich immer." Sie goss sich ein Glas Wasser ein, währenddessen hörte sie Shona seufzen.

„Sag mir lieber, was mit Cybill los ist."

Oha, Themenwechsel, dachte Siobhan. Dabei konnte sie es Shona nicht verdenken, es war wirklich kein guter Zeitpunkt, um über ein eigenes Kind zu sprechen.

„Deine Tochter hat Liebeskummer."

„Oh weh." Shona griff nach einer Nagelfeile und fing an, ihre Fingernägel zu bearbeiten. „Hat Colin etwa Schluss gemacht?"

„Nope, das hat sie selbst übernommen."

„Cybill? Was hat er denn verbrochen? Ich meine, außer dass er eine Trantüte ist?"

„Shona!"

„Wieso? Ist doch wahr. Und seine beiden Kumpels, Stan und Ollie, sind auch nicht viel besser."

„Derek und Ashton."

„Wie auch immer."

„Also, ich fand Colin nett."

„Nett allein reicht aber nicht immer. Irgendeinen Grund wird Cybill ja gehabt haben, um ihn in die Wüste zu schicken."

„Sie glaubt, dass sie nicht zusammenpassen, weil er keine Pferde mag und ständig im *The Hive* abhängt."

„Hm."

„Ich glaube ja, dass sie in Kenny verknallt ist."

Shona gluckste. „Sprichst du von Kendra?"

„Ja, ist das so ungewöhnlich? Die beiden hocken ständig aufeinander."

„Sie kennen sich praktisch ihr ganzes Leben. Die haben schon im Sandkasten miteinander gespielt. Außerdem hocken sie nicht ständig zusammen. Eigentlich nur an den Wochenenden."

„Die man doch eigentlich zusammen mit seinem Schwarm verbringt, oder nicht?"

„Nicht, wenn der Schwarm eine Trantüte ist. Davon abgesehen liebt Cybill nun mal diesen Gaul über alles."

„Ich habe ja auch nicht gesagt, dass sie sich dessen bewusst ist. Aber hatte Kendra schon mal einen Freund?"

Shona blies die Wangen auf. „Woher soll ich das wissen? Glaub schon. Und selbst wenn nicht, heißt das noch lange nicht, dass sie kein Interesse an Männern hat."

„Das soll unser Problem ja auch nicht sein. Aber ich habe das Gefühl, dass sie mir etwas verschweigt."

„Sie ist neunzehn." Shona legte die Feile zur Seite. „Sie verschweigt uns vermutlich eine ganze Menge. Das würde ich nicht persönlich nehmen. Du bist jetzt nicht mehr die coole Schwester in spe, sondern ihre Stiefmutter.“

„Ihre coole Stiefmutter. Trotzdem mache ich mir Sorgen. Colin muss sich wirklich ein dickes Ding geleistet haben.“

„Bitte, Siobhan. Misch dich da bloß nicht ein. Sonst macht Cybill erst recht zu. Ich bin ja schon froh, dass sie bei dir arbeiten darf.“

„Echt?“ Siobhan war überrascht. „Das wundert mich. Ich dachte, du hättest es besser gefunden, wenn sie irgendwo kellnern gegangen wäre.“

„Ja, vielleicht. Aber diese Sache mit Morgan geht mir nicht aus dem Kopf. Ich kann mir einfach nicht vorstellen, dass er die Füße stillhält.“

„Und riskiert, wieder in den Knast zu gehen?“ Siobhan schüttelte den Kopf. „Glaub ich nicht.“ Sie musterte ihre Frau von der Seite her. Shona schaute prüfend auf ihre Fingernägel, wobei sie hektisch auf der Unterlippe nagte. Ein Zeichen, dass sie angestrengt über etwas nachdachte. Vermutlich fiel es ihr selber gar nicht auf.

„Wusstest du, dass Belinda schwanger ist?“, fragte sie unvermittelt.

Siobhan zuckte zusammen. „Nein, das wusste ich nicht. Woher auch?“

„Es ist aber so.“ Shona hob die Schultern. „Sie hat es mir heute erzählt. War furchtbar nervös und hat gedacht, wir würden sie nicht weiter beschäftigten. Beziehungsweise ihr nicht die Stelle der Haushälterin geben wollen.“

„Was du natürlich richtiggestellt hast.“

Wütend schaute Shona ihre Frau an. „Natürlich! Ich bin doch kein Monster. Belinda ist fantastisch. Scheiß auf das Irish Stew."

Siobhan nickte nachdenklich. Es war sonderbar. Sie hätte sich eigentlich für Belinda freuen sollen. Sie war ein so nettes Mädchen. Aber so richtig wollte sich keine Freude einstellen, stattdessen spürte sie nur ... Frust? Neid?

„Alles okay?", fragte Shona.

Sie nickte, schaltete das Licht auf ihrer Seite des Bettes aus und drehte sich um. „Du hast recht. Scheiß auf das Irish Stew. Gute Nacht."

Kapitel 12

Cybill schlug das Herz bis zum Hals. Ihre Hände fühlten sich feucht an.

Was tue ich hier eigentlich, dachte sie, während sie den Blick über die Fassade des Hauses schweifen ließ. Im Vergleich zu den umstehenden Gebäuden war dieses hier eher unscheinbar. In den unteren Räumlichkeiten, dort, wo sich früher die Tanzschule ihres Vaters befunden hatte, war jetzt ein Geschäft für Haushaltswaren untergebracht.

Cybill hatte davon gewusst, sich aber nie hierher gewagt, um sich persönlich ein Bild von der Lage zu machen. Dabei hätte sie nicht mal zu sagen vermocht, ob diese Entscheidung bewusst oder unbewusst gefällt worden war. Vermutlich ein wenig von beidem.

Wieder fragte sie sich, was sie mit ihrem Besuch bezweckte. Was hoffte sie, hier zu finden? Ein Stück verlorene Kindheitserinnerung? Einen Hinweis darauf, was aus dem Mann geworden war, der sie gezeugt hatte und doch nie der Vater gewesen war, der er hätte sein sollen? Der bereitwillig ihr Leben riskiert hatte, um an das Erbe heranzukommen?

Cybill trat an das Schaufenster heran, ohne die Ausstellungsstücke dahinter bewusst wahrzunehmen. Beinahe verstohlen schaute sie sich um. Niemand beachtete sie. Die Hände tief in die Taschen der Jacke vergraben, ging sie weiter, bis sie die schmale Nische erreichte.

Wie Siobhan, so hatte auch Morgan Baxter seine Wohnung über der Tanzschule gehabt. Dass er Letztere nicht hatte halten können, war klar gewesen. Selbst wenn er das nötige Kleingeld gehabt hätte, so würde wohl kaum jemand zu einem vorbestraften Tanzlehrer gehen. Das Publikum war dahingehend eher konservativ eingestellt.

Aber es interessierte Cybill schon, ob er die alte Wohnung behalten hatte. Doch als sie den Blick über das Klingelschild schweifen ließ, konnte sie seinen Namen nirgends entdecken. Langsam stieß sie den angehaltenen Atem aus. Ihre Gefühle schwankten zwischen Enttäuschung und Erleichterung. Schließlich obsiegte Letztere. *Was hättest du denn getan, wenn du seinen Namen gefunden hättest*, fragte sie sich im Stillen. *Hättest du geklingelt, um Hallo zu sagen? Vergiss es*, antwortete sie sich selbst. Es war eine Schnapsidee gewesen, hierherzukommen. Wahrscheinlich wohnte er gar nicht mehr in Edinburgh und das war auch gut so.

Ein Blick auf die Uhr ihres iPhones verriet ihr, dass es Zeit wurde, zurück zur Uni zu gehen. Die School of Economics der Universität Edinburgh lag nördlich der Meadows, einem Park, der größtenteils aus weitläufigen Rasenflächen bestand, auf denen es im Sommer vor Studenten nur so wimmelte. Selbst heute, wo das Wetter bereits deutlich kühler war, würde er gut besucht sein.

Mit dem Bus fuhr Cybill von der Haltestelle Dean Park Street zum Warrender Park Terrace. Eine U-Bahn gab es in Edinburgh nicht und die Straßenbahn verband lediglich das Stadtzentrum mit dem Flughafen im Westen, sodass der öffentliche Verkehr ausschließlich den Bussen oblag. Entsprechend hoch war auch die Dichte an Fahrrädern und E-Scootern.

Bis zur nächsten Vorlesung hatte sie zwar noch eine Dreiviertelstunde Zeit, doch sie wollte sich vorab mit zwei Kommilitoninnen vor dem Pavillon Café im Park treffen.

Cybill stieg aus dem Bus und blieb wie angewurzelt stehen. Keine zwanzig Yards vor ihr, direkt vor dem Café Leaf & Bean Deli, standen Colin Mar und Morgan Baxter. Ihr Vater redete auf ihren Ex-Freund ein, der große Augen bekam, als er Cybill sah. Wie vom Donner gerührt blieb sie stehen.

Morgan bemerkte den Blick seines Gegenübers und drehte sich um. Colin nutzte die Gelegenheit, um auf dem Absatz kehrtzumachen und im Park zu verschwinden.

Ihr Vater knipste sein freundlichstes Lächeln an, das er vermutlich für die hübschesten Besucherinnen seiner Tanzschule einstudiert hatte, und ging auf Cybill zu, die nicht wusste, wie sie reagieren sollte. Eben noch hatte sie sich damit arrangiert, dass sie ihren Erzeuger vermutlich nie mehr wiedersehen würde und sie sich dementsprechend auch nicht mit der Frage auseinanderzusetzen brauchte, ob sie ihn mit seinem Versagen konfrontieren sollte oder nicht und plötzlich stand er vor ihr, als ... ja, als hätte er ihr aufgelauert.

„Willst du, dass ich die Bullen rufe?", fragte sie.

„Cybill", sagte er betont ruhig. „Bitte hör mir zu."

„Wozu?" Sie zuckte mit den Achseln. „Ich wüsste nicht, was wir noch miteinander zu bereden hätten. Du bedrängst meine Freunde, du lauerst mir auf. Weißt du, wie man das nennt? Stalking!"

„Ich möchte nicht mehr und nicht weniger, als eine Gelegenheit, mich bei dir zu entschuldigen."

„Für Entschuldigungen ist es reichlich spät, findest du nicht?" Sie ballte die Hände zu Fäusten. *Werd jetzt bloß nicht schwach.*

Cybill gab sich einen Ruck und ging auf ihn zu. Er wich tatsächlich zur Seite. Als sie ihn passierte, den Blick stur geradeaus gerichtet, rieselte es ihr kalt über den Rücken. Die Härchen im Nacken und auf den Unterarmen richteten sich auf. Ihre Kehle schnürte sich zu, der Puls raste.

Drei Schritte weiter blieb sie stehen und drehte sich noch einmal zu ihm um. „Im Übrigen wäre ich dir dankbar, wenn du in Zukunft meine Freunde in Ruhe lassen würdest."

Sie wartete seine Antwort nicht ab, sondern setzte ihren Weg fort. Von Colin fehlte jede Spur, es war ihr nur recht so. Ihre Freundinnen warteten bereits.

„Shona, Rowan! Welch unerwartete Freude, euch wiederzusehen."

„Die Freude liegt ganz auf unserer Seite, Mister Borthwick", erwiderte Rowan charmant und reichte dem Rechtsanwalt im Ruhestand die Hand.

Der ehemalige Seniorpartner der Familienkanzlei, die den Kincaid-Clan in der zweiten Generation vertrat, war weit über siebzig Jahre, aber immer noch rüstig. So lange es seine Gesundheit zuließ, wollte er seine Söhne unterstützen. Die Betreuung der Familie Kincaid, der er auch nach dem Tod von Lady Morag und während der Intrigen Morgan Baxters zur Seite gestanden hatte, war ihm eine Herzensangelegenheit gewesen. Deshalb hatte er es sich nicht nehmen lassen, Shona persönlich über die frühzeitige Entlassung ihres Ex-Mannes zu informieren.

In diesem Fall ging es jedoch um etwas anderes, auf das sie zu sprechen kamen, nachdem der Kanzlei-Helfer sie mit Getränken versorgt hatte: einem Espresso für Rowan und einem Cappuccino für Shona.

„Fia Cumming", sagte Borthwick nickend. „Ich erinnere mich an den Fall." Er klopfte auf einen Stapel Schnellhefter aus Pappe. „Nicht nur, weil ich mir nach Ihrem Anruf die Akte herausgesucht habe. Es wundert mich, dass sie so lange nichts von sich hat hören lassen."

„Da sind Sie nicht der Einzige, Mister Borthwick", sagte Rowan. „Haben Sie etwas herausfinden können?"

Der Anwalt faltete die Hände und musterte die Geschwister ernst. „Das habe ich. Fia Cumming hat tatsächlich einen neunjährigen Sohn namens Jonathan, der ihr allerdings kurz nach der Geburt weggenommen wurde."

Die Geschwister wechselten einen schnellen Blick.

„Weggenommen? Weshalb?", wollte Shona wissen.

„Nun, Fia Cumming hatte offenbar ein kleines Drogenproblem. Wir sprechen hier nicht von Alkohol oder einem Joint, sondern von Heroin, Kokain und Crystal."

Shona musste schlucken. „Vor, während oder nach der Schwangerschaft?"

„Sowohl als auch. Tatsächlich leidet Jonathan an einer tiefgreifenden Entwicklungsstörung, dem Kanner-Syndrom."

„Kanner?", wiederholte Rowan und schaute abwechselnd von Borthwick zu seiner Schwester. „Was bedeutet das?"

„Autismus", kam Shona dem Anwalt zuvor.

Der nickte und klappte den obersten Schnellhefter auf. „Frühkindlicher Autismus, um genau zu sein. Allerdings ist unklar, ob dies eine Folge des Drogenmissbrauchs ist. Zumindest scheint sie Alkohol und Marihuana vor und während der Schwangerschaft konsumiert zu haben."

„Nicht nur das", murmelte Rowan und erntete dafür einen scharfen Seitenblick seiner Schwester. Borthwick lüpfte lediglich eine Braue und fuhr fort.

„Auf jeden Fall stellte sich schnell heraus, dass Fia Cumming nicht in der Lage sein würde, für ihr Kind zu sorgen. Es wurde in eine entsprechende Einrichtung gegeben und später an eine Pflegefamilie vermittelt."

„Ich nehme an, dann erfolgte der richtige Absturz?"

Borthwick nickte. „Es gab einige Strafanzeigen wegen Prostitution und Beschaffungskriminalität."

„Beschaffungskriminalität?", echote Rowan. „Sie hat fünfzigtausend Pfund Abfindung erhalten!"

„Die waren weg. Es ist uns bislang nicht gelungen, den Weg des Geldes zurückzuverfolgen. Vor sechs Jahren, nach einigen Psychiatrieaufenthalten, erfolgte die erste Entziehungskur. Damals ging es um Kokain und Heroin. Zwei Monate, nachdem sie entlassen wurde, dann Chrystal Meth. Immerhin scheint sie das in irgendeiner Form geläutert zu haben. Ein Jahr später begann sie den zweiten Entzug. Irgendwer scheint ihr ins Gewissen geredet zu haben. Jedenfalls schaffte sie es."

Shona horchte auf. „Ein Jahr später. Also vor fünf Jahren?"

„Ja, warten Sie, ich kann Ihnen das genaue Datum nennen." Er blätterte in den Akten, bis er die gewünschte Information gefunden hatte.

„Das ist zwei Monate nach Morgans Verurteilung", murmelte Shona.

Borthwick hob den Kopf. „Wollen Sie damit andeuten, dass Ihr Ex-Mann dahintersteckt?"

„Morgan wollte schon immer an das Erbe heran. Er ist ein Psychopath. Und er wird nichts unversucht lassen, um uns zu schaden."

Sie spürte Rowans Blicke auf sich ruhen. „Aber wieso sollte er damit so lange warten?"

„Weil er im Knast gesessen hat", rief Shona lauter als beabsichtigt. Ein wenig von dem Cappuccino schwappte über und verursachte eine kleine Überschwemmung auf der Untertasse. Sie entschuldigte sich und stellte die Tasse auf den Schreibtisch. Betont ruhig sprach sie weiter. „Es ist typisch für ihn, dass er mehrere Eisen im Feuer hat."

„Nun, dafür haben wir keine Beweise, Shona", antwortete Borthwick. „Und ich würde Ihnen raten, mit solchen Anschuldigungen vorsichtig zu sein."

„Das ist keine Anschuldigung gewesen, sondern eine Spekulation."

„Die Ihnen sehr leicht als Verleumdung ausgelegt werden könnte."

„Ich habe sie ja auch nicht öffentlich geäußert!", brauste Shona auf. „Ich bin bisher davon ausgegangen, dass ich mich auf Ihre Diskretion verlassen kann, Mister Borthwick."

Er wurde blass. „Aber selbstverständlich." Es klang empört.

Shona lehnte sich zurück, schloss die Augen und massierte sich die Nasenwurzel. „Entschuldigen Sie bitte, ich wollte Sie nicht anfahren."

„Schon vergessen."

„Können wir wieder zur Sache kommen?", mischte sich Rowan ein. „Ich nehme an, dass das noch nicht alles gewesen ist. Oder, Mister Borthwick?"

„Natürlich nicht. Wie gesagt, sie schaffte nicht nur den Entzug. Vor zwei Jahren wurde ihr auch das Sorgerecht für ihren damals siebenjährigen Sohn zurückgegeben."

Shona schnaubte. „Einer Drogenabhängigen wurde das Sorgerecht für einen siebenjährigen Autisten zuerkannt?"

„Sie ist seine Mutter."

„Wer wurde als Vater angegeben?", erkundigte sich Rowan erstaunlich pragmatisch.

„Unbekannt. Das ist es ja, was mich stutzig macht. Es ist fraglich, ob sie keine Angaben machen konnte oder wollte. Aber zumindest erklärt es, warum Sie so lange nichts von ihr gehört haben."

„Sie sagten gerade, dass Fia Cumming das Sorgerecht bereits vor zwei Jahren zugesprochen wurde."

„Ich weiß, worauf Sie hinauswollen, Shona. Aber bedenken Sie bitte, dass es zunächst nur auf Probe war. Wäre sie sofort zu Ihnen gekommen, hätte man ihr leicht vorwerfen können, das Kind für eigene Zwecke zu missbrauchen."

Rowan verzog die Mundwinkel. „Ich verstehe nicht, was daran jetzt anders sein soll."

„Ich schon", murmelte Shona. „Ihr könnt mich ruhig für verrückt erklären, aber ich kann einfach nicht glauben, dass das alles allein auf Fias Mist gewachsen sein soll."

„Welche Handhabe hat sie überhaupt, eine derartige Forderung zu stellen?"

Der Anwalt wiegte den Kopf. „Da die Vaterschaft nie offiziell von jemandem anerkannt wurde und Jonathans Geburt mit den Vergewaltigungsvorwürfen korreliert ..."

„Machen Sie es kurz, Mister Borthwick", unterbrach ihn Shona. Sie hielt den Blick gesenkt und war dazu übergegangen, statt der Nasenwurzel die Schläfen zu massieren.

„Die Vergewaltigungsvorwürfe sind aktenkundig."

„Die Anklage wurde fallengelassen!", rief Rowan trotzig. „Der Geschlechtsverkehr fand in gegenseitigem Einvernehmen statt."

„Aber er fand statt", widersprach der Anwalt. „Und auch das ist aktenkundig. Ihre Vaterschaft liegt demnach im Bereich des Möglichen."

„Na gut." Shona richtete sich auf. „Fia Cumming wird sich kommenden Montag bei uns melden. Wir werden ihr den Vaterschaftstest vorschlagen. Ich habe dazu nur zwei Fragen." Sie hob die rechte Faust und spreizte den Daumen ab. „Kann man einen solchen Test fälschen oder manipulieren?" Es folgte der Zeigefinger. „Und falls die Vaterschaft bestätigt werden sollte ..."

Sie sah, wie Rowan protestieren wollte, brachte ihn aber mit einer herrischen Geste zum Schweigen, ehe er überhaupt den Mund aufmachen konnte. „Falls die Vaterschaft bestätigt werden sollte", fuhr sie fort, „was bedeutet das für uns konkret?"

Mister Borthwick atmete tief durch und trank einen Schluck von seinem Wasser.

Er schindete Zeit, dachte Shona.

Schließlich stellte er das Glas auf den Tisch. „Jeder Test kann manipuliert oder gefälscht werden. Das dürfte in diesem Fall aber schwierig sein. Vor allem für Außenstehende. Das hier ist kein Film, Shona."

Sie winkte ab. „Schon gut."

„Was Ihre zweite Frage betrifft: Sollte sich bestätigten, dass Rowan der Vater des Jungen ist, wird er für seinen Unterhalt aufkommen müssen. Eventuell sogar rückwirkend."

Rowan wurde bleich wie ein Laken. „Über wie viel sprechen wir hier?"

„Tut mir leid, das müsste ich ausrechnen. Ich will nicht irgendwelche Zahlen in den Raum werfen, ohne …"

„Eine Menge", unterbrach ihn Shona unwirsch. „Was mich dabei noch interessieren würde, ist, ob es eine Chance gibt, das Sorgerecht für das Kind einzuklagen."

Rowan und Mister Borthwick starrten sie an. Shona unterdrückte den Drang, mit den Augen zu rollen. „Was? Die Frau ist drogenabhängig und psychisch labil. Außerdem möchte ich gerne sämtliche Optionen kennen und berücksichtigen."

Mister Borthwick schlug die Akte zu. „Diese Möglichkeit sehe ich durchaus. Zumal es vorher keinerlei

Forderungen seitens der Klägerin gab. Die Frage ist, ob
Sie das wirklich tun wollen. Denken Sie an das Kind."

„Das tue ich, Mister Borthwick. Keine Sorge." Sie deutete mit dem Kinn auf ihre Tasse, die sie kaum angerührt hatte. „Danke für den Cappuccino."

„Gern geschehen." Der Anwalt erhob sich und schloss
das Glencheck-Jackett vor dem Bauch. Bei den folgenden Worten schaute er vor allem Shona an. „Bitte versuchen Sie, nicht zu schwarz zu sehen. Nutzen Sie das
Wochenende, um sich zu amüsieren."

„Schauen wir mal", erwiderte sie, und verabschiedete
sich.

Kapitel 13

Cybill verließ die Uni später als beabsichtigt. Zwei Fächer zu studieren, war anstrengender als gedacht. Andererseits konnte sie auch nicht sagen, was sie eigentlich erwartet hatte. Dass es kein Spaziergang werden würde, war ihr von Anfang an klar gewesen. Nur hatte sie angenommen, dass ihr das Kunststudium deutlich mehr Spaß bereiten würde als Betriebswirtschaftslehre. Im Moment gestaltete es sich jedoch genau anders herum. Während ihr BWL leicht von der Hand ging und die vermittelten Inhalte vollkommen logisch erschienen, fiel es ihr schwer, den Vorlesungen der Kunstakademiker zu lauschen. Ob es an den Vortragenden selber lag oder an den Inhalten, vermochte Cybill noch nicht mit abschließender Sicherheit zu sagen. Es konnte auch an der Tageszeit liegen. Die meisten Vorlesungen der Betriebswirtschaftslehre fanden morgens und in der Mittagszeit statt, sodass sie sich erst am späten Nachmittag der Kunst widmen konnte, wobei es ihr dann bereits häufiger an Konzentration mangelte.

Für heute hatte sie es jedenfalls geschafft. Vor ihr lag das Wochenende, das jedoch ziemlich kurz werden würde. Heute Abend musste sie Siobhan helfen, die Galerie auf Vordermann zu bringen. Morgen sollte eine Vernissage stattfinden. Ihre erste, bei der sie die Gäste empfangen durfte und dafür zu sorgen hatte, dass ihnen nicht der Sekt ausging.

Für Devil und Kendra blieb an diesem Wochenende also nur der Sonntag. Wenigstens brauchte sie nicht mehr auf Colin Rücksicht zu nehmen. Obwohl sie schon ein wenig traurig war, fühlte sie sich nach der Trennung deutlich befreiter. Gab es ein besseres Anzeichen dafür, dass sie nicht zusammenpassten?

Er selbst sah das offenkundig anders. Es verging kein Tag, an dem er nicht mindestens eine WhatsApp-Nachricht schrieb. Kendra hatte vorgeschlagen, ihn zu blockieren, aber das brachte Cybill dann doch nicht übers Herz.

Es dämmerte bereits, als sie das College of Art am Lauriston Place verließ und über den Campus in Richtung Bushaltestelle eilte. Von ihren Kommilitoninnen hatte sie sich schon im Gebäude verabschiedet. Die meisten von ihnen würden noch bleiben, um sich in den Ateliers zu tummeln und ihre praktischen Fertigkeiten zu verfeinern. Cybill hätte sich ihnen gerne angeschlossen, aber sie hatte Siobhan nun mal versprochen, zu helfen.

Kaum stand sie im Freien, blickte sie sich nervös um. Ein kalter Wind wirbelte das erste Laub über die Gehwege und den Parkplatz. Der Herbst hatte Einzug gehalten, dementsprechend früh wurde es dunkel. Die Straßenlaternen erwachten summend zum Leben und verbreiteten ein warmes, orangefarbenes Licht.

Seit der letzten Begegnung mit Morgan Baxter war Cybill misstrauisch geworden. Jederzeit rechnete sie damit, dass er ihr irgendwo auflauerte, um sie weiter zu bedrängen, ihm zu verzeihen. Und obwohl sie nicht unbedingt Angst empfand, so ließ sich die Anspannung auch nicht ignorieren. Ihre Mutter hätte vermutlich gesagt, dass dies typisch für ihren Ex-Mann sei. Selbst wenn er nicht persönlich anwesend war – sein Einfluss war noch immer spürbar.

Drei Tage lag es zurück, seit er ihr aufgelauert hatte und seitdem hatte sie jederzeit damit gerechnet, ihm irgendwo wieder zu begegnen. Rein zufällig natürlich. Bislang war ihre Sorge unbegründet gewesen und Cybill klammerte sich an die Hoffnung, dass ihre Ansage Früchte getragen hatte.

Ein letzter Blick über die Schulter, dann tauchte sie in die Schatten der Durchfahrt ein, die zwischen dem Hunter Building des ECA und der Campus-Feuerwehr zum Lauriston Place führte, wo leise der Edinburgher Verkehr vorbeirauschte.

„Cybill?"

Sie war so damit beschäftigt gewesen, über die Schulter zurückzuschauen und ihren Gedanken nachzuhängen, dass sie die Person, die ihr plötzlich in den Weg getreten war, zu spät bemerkte.

Ein Schrei löste sich von ihren Lippen. Cybill schnappte nach Luft, presste sich die Hand auf die Brust und starrte die Fremde im schwarzen Mantel entgeistert an. Diese trug ein dunkles Kopftuch und trotz der Dämmerung eine Sonnenbrille. Die Haut schimmerte bleich, wodurch die rot geschminkten Lippen noch auffälliger wirkten. Der vertraute Duft eines Parfums wehte Cybill entgegen. Der Umstand, dass sie es offenkundig nicht mit Morgan Baxter zu tun hatte, beruhigte sie keineswegs.

„Wer sind Sie?“ Ihre Gefühle schwankten zwischen Furcht und Zorn.

„Aber Cybill. Erkennst du mich denn nicht?“ Die Unbekannte streifte das Kopftuch ab und zog die Sonnenbrille von der Nase.

Cybills Augen weiteten sich. „Annabelle!“

„Da bist du ja endlich!“

„Ich hab dir doch geschrieben, dass ich aufgehalten wurde“, verteidigte sich Cybill.

Erst da fiel Siobhan auf, dass ihre Begrüßung aggressiver geklungen hatte als beabsichtigt. Aber ihre Frusttoleranz war vor wichtigen Vernissagen nie besonders hoch. Sie war übermüdet, reizbar und angespannt. Sämtliche Mantras verpufften wie Insekten, die zu dicht ans Feuer flogen. Ein Feuer, das im Laufe der Woche ihre gesamte Gelassenheit verzehrt hatte und das hauptsächlich von dem Künstler, dessen Werke sie morgen präsentierte, geschürt wurde. Von ihm und seiner Agentin und Lebensgefährtin, die sich aufführte, als würde sie Andy Warhol oder Banksy persönlich vertreten.

Von wegen Feuer, dachte Siobhan mürrisch. Ausgesaugt wie die Vampire haben die mich. Kein Wunder, dass ich mich fühle wie eine Robbe, die einfach nur in Ruhe auf ihrer Sandbank liegen möchte.

„Sorry, Billie. War nicht so gemeint. Aber wir müssen uns ranhalten.

„Kann ich vielleicht vorher noch meine Sachen raufbringen?“

„Von mir aus!", knurrte Siobhan. Sie wedelte geistesabwesend mit der linken Hand, in der sie den Stift hielt, mit dem sie ihre Checkliste abhakte.

Mädchen im Nebel wurde mit viertausend Pfund taxiert, also würde sie es für sechstausendfünfhundert anbieten. Verflixt, es war schließlich eine Vernissage und kein gottverdammter Trödelmarkt. Siobhan ging weiter zum nächsten Werk. *Schattenmann und Mädchen.* Fünftausend. Das nächste Bild: *Melancholische Impressionen.* Sechstausend. Nein, sieben. Siebentausend. *Verführte Unschuld.* Sechstausendsechshundertsechzig. Siobhan gluckste.

Nein, nicht Künstler und Agentin, es waren die Bilder, die ihr das Leben aus dem Leib sogen. So etwas Schwermütiges hatte sie ja schon lange nicht mehr zu Gesicht bekommen.

Siobhans Blick wanderte zur Decke, wo die Punktstrahler auf die Bilder gerichtet waren. Hoffentlich reichte die Beleuchtung. Sie machte sich eine geistige Notiz, Cybill darauf hinzuweisen, auf alle Fälle mehr Sekt als Orangensaft in die Gläser zu füllen. Das ist eine Vernissage, rief sich Siobhan in Erinnerung. Keine verdammte Trauerfeier.

Schritte erklangen auf dem Parkett. „Hier bin ich. Was soll ich machen?"

Siobhan drehte sich um. Cybill betrachtete ihre Chucks, als sähe sie sie zum ersten Mal.

„Zunächst mal darfst du dich gerade hinstellen."

Ihre Stieftochter hob den Kopf, blies die Wangen auf und verdrehte die Augen. „Echt jetzt?"

„Ja, echt jetzt! Heute sind wir noch unter uns, aber morgen wimmelt es hier vor Leuten. Wichtigen Leuten.

Kunden! Es wirft kein gutes Licht auf mich, wenn du wie ein Zombie herumschlurfst.“

„Das nennt man Konzeptkunst.“

„Nein, das nennt man Schlampigkeit. Und jetzt schnapp dir den Besen und feg gründlich durch. Ich will hier keine einzige Fluse mehr sehen.“

„Ja, Sir“, murmelte Cybill und verschwand durch die schmale Tür mit der Aufschrift *Privat*. Dort befanden sich nicht nur die Toiletten und die Küche, sondern auch ein Abstellraum mit Putzutensilien sowie das Lager.

Siobhan runzelte die Stirn. Cybill hatte ausgesehen, als ob sie einem Geist begegnet wäre. *Unsinn*, schalt sie sich. Vermutlich litt sie noch immer unter der Trennung von Colin, die gerade mal eine Woche zurücklag. Doch so sehr sie Cybill auch verstehen konnte, das Leben ging nun mal weiter. Die Tür öffnete sich und das Mädchen kam mit einem Besen in der Hand heraus.

Siobhan runzelte die Stirn. „Was hast du denn damit vor?“

Cybill starrte sie fassungslos an. „Fegen! Was denn sonst?“

„Damit?“ Siobhans Puls beschleunigte sich. „Damit zerkratzt du das ganze Parkett. Das ist der Besen für den Gehsteig und den Eingangsbereich.“ Sie deutete mit dem Stift über die Schulter. „Du musst den weichen nehmen. Mit den schwarzen Borsten. Konzentrier dich bitte, ja?“

Sie murmelte irgendetwas Unverständliches, gehorchte aber. Siobhan seufzte. Hoffentlich war das Mädel morgen besser drauf. Sie hasste es, wenn sie die strenge Chefin heraushängen lassen musste. Oder die böse Stiefmutter, wie Cybill sie vermutlich im Stillen nannte.

Siobhan verdrängte die Gedanken an ihre Stieftochter und widmete sich dem nächsten Albtraum in Grau-Schwarz, der direkt dem Hirn eines depressiven Soziopathen entsprungen zu sein schien. *Albtraum in Grau-Schwarz*. Eigentlich ein viel treffenderer Titel als *Seelenschatten*.

Aber es war weder ihr Job, die Kunstwerke zu betiteln noch sie zu bewerten. Das war in der Kunst ohnehin unmöglich. Was die einen ablehnten, fanden andere wiederum absolut begnadet.

Der Trick dabei war, den eigenen Geschmack außen vor zu lassen und sich zu fragen: Gibt es da draußen eine Kunst liebende, zahlungskräftige Person, die depressiv genug ist, um sich einen *Seelenschatten* ins Wohn-, Arbeits- oder Schlafzimmer zu hängen? Die Antwort lautete: Fünftausendfünfhundert!

Sie kritzelte die Zahl hinter den Titel und machte ein Häkchen. Cybill seufzte hinter ihr. Oder war es ein Räuspern?

„Was ist … VORSICHT!" Noch in der Drehung sah sie, wie Cybill mit dem Besen hinter dem Heizkörper vor dem Schaufenster herumstocherte und gar nicht mitbekam, wie sie mit dem Ende des Stiels gegen die Leinwand von *Puppenträume* stieß.

Siobhan warf das Klemmbrett auf einen der bereitstehenden, mit weißem Tuch bespannten Cocktail-Tische und sicherte das wild hin- und herschwankende Kunstwerk.

„Cybill, verdammt! Das hier ist kein Pferdestall."

Das Mädchen wurde rot. „Sorry, war keine Absicht."

„Ich hab gesagt, konzentrier dich!“

„Hey, ich hab mich entschuldigt.“

„Ja, aber damit ist es nicht getan. Das hier sind Unikate. Wenn du eines davon zerstörst, war es das!“

„Es ist doch nichts passiert!“

„Ja, und ich hätte gerne, dass das auch so bleibt. Wenn du nicht bei der Sache bist, kann ich dich hier nicht gebrauchen.“

Cybills Unterlippe fing an zu zittern, Tränen glitzerten in ihren Augen. „Soll das heißen, du wirfst mich raus?“

Siobhan umklammerte ihre Schultern. „Das heißt, dass du erst mal runterkommen sollst.“ Sie richtete sich auf, schloss die Augen und atmete tief durch. „Das gilt für uns beide. Komm.“ Sie deutete auf die Tür. „Lass uns nach oben gehen und einen Tee trinken, in Ordnung?“

Das Mädchen nickte und ging voraus.

„Äh ... Cybill?“

Sie zog die Nase hoch und drehte sich um. Fragend schaute sie Siobhan an, die mit dem Kinn auf ihre rechte Hand deutete. „Lass den Besen hier unten stehen, okay?“

„Hast du Stress mit Colin?“, fragte Siobhan fünf Minuten später.

Sie stand in ihrer ehemaligen Küche, lehnte an der Arbeitsplatte und wartete darauf, dass der Tee durchzog. Die Arme hielt sie vor der Brust verschränkt, das graue Kleid aus Schurwolle lag wie angegossen an ihrem schlanken Körper.

Cybill verneinte. „Er nervt zwar ein wenig, aber mehr nicht. Obwohl ...“ Sie zögerte.

„Obwohl was?"

„Ich habe dir nicht die ganze Wahrheit gesagt", murmelte Cybill und wich ihrem Blick aus. Verlegen zupfte sie an den Bündchen ihres Hoodies. Sie kam sich vor wie eine Verräterin.

Siobhan gab sich einen Ruck und setzte sich Cybill gegenüber an den Küchentisch. „Was soll das heißen? In welchem Punkt hast du mir nicht die Wahrheit gesagt?"

„Bezüglich des wahren Grundes, warum ich mit Colin Schluss gemacht habe."

„Okay, jetzt bin ich neugierig."

„Morgan Baxter."

Siobhans Augen weiteten sich. Cybill konnte förmlich dabei zusehen, wie ihr das Blut aus dem Gesicht wich. Die sonnengebräunte Haut bekam eine aschfahle Farbe. Ihr Mund öffnete und schloss sich, ohne dass ein Laut hervordrang. Schließlich hatte sie sich wieder so weit im Griff, um sprechen zu können. „Kommt da vielleicht noch mehr?"

Cybill musste den Kloß in ihrer Kehle mühsam hinunterwürgen. „Er war hier! Er hat mit Colin gesprochen und ... und ihn irgendwie ... keine Ahnung ... manipuliert."

„Dieser verdammte ..." Siobhan presste die Kiefer aufeinander. „Was meinst du mit manipuliert?"

„Er hat gesagt, dass es ihm leidtäte. Was er mir und euch angetan hat. Und dass er sich bei mir entschuldigen wolle."

„Schwachsinn!"

„Wirklich?"

Siobhan richtete sich auf. „Natürlich! Du wirst diesen Mist doch wohl nicht glauben?"

„Aber ... er ist doch mein Vater!" Flehend schaute sie Siobhan an.

Dieses Mal war sie es, die Cybills Blick auswich. Sie trat an die Küchenzeile, nahm den Teefilter aus der Kanne und legte ihn in die Spüle. „Zitrone oder Ingwer?"

„Ingwer."

„Gute Wahl", murmelte Siobhan, nahm eine Knolle aus dem Korb und schnitt sie mit wenigen geschickten Bewegungen in längliche Scheiben. Jeweils drei davon wanderten in die bereitstehenden Tassen, in die sie anschließend den Tee hineingoss.

Erst als die dampfenden Becher vor ihnen auf dem Tisch standen und Siobhan wieder Platz genommen hatte, sprach sie weiter. „Mag sein, dass er dein Vater ist. Und vielleicht gibt es sogar einen Teil in ihm, der tatsächlich bereut, was er getan hat. Aber wenn, dann nur aus seinem krankhaften Narzissmus heraus. Weil er jemand ist, der immer eine arme Seele braucht, die ihn anhimmelt und großartig findet. Nicht, weil er sich ernsthaft für dich interessiert."

Siobhan beugte sich vor. „Cybill, dieser Kerl hat dich mit Alkohol abfüllen lassen, um deiner Mutter das Sorgerecht für dich streitig zu machen. Nur um an das verkackte Erbe zu kommen. Hast du dir mal überlegt, wie es weitergegangen wäre, wenn sein Plan aufgegangen wäre?"

Cybill nagte an ihrer Unterlippe und drehte die Tasse in den Händen. Plötzlich wurde ihr bewusst, was Siobhan damit sagen wollte. Ein kalter Ring legte sich

um ihre Brust und erschwerte das Atmen. „Glaubst du
... glaubst du, er hätte versucht, Mum und Onkel Rowie ...“

Siobhan hob die Schultern und lehnte sich zurück.
„Ich traue Morgan Baxter so ziemlich alles zu.“

„Er war im *The Hive*, weißt du? Colin ... Colin hat ihm
verraten, dass wir dort hingehen. Es sollte so aussehen,
als ob er mir zufällig über den Weg läuft. Er hatte ein
schlechtes Gewissen deswegen. Colin, meine ich.“

„Aber gesagt hat er auch nichts“, stellte Siobhan fest.
Cybill schüttelte den Kopf. „Nein.“

„Du weißt, dass er damit gegen die Bewährungsauf-
lage und die einstweilige Verfügung verstoßen hat?“

„Wie willst du ihm das beweisen?“

„Colin könnte eine Aussage machen.“

„Pfff, der hat viel zu viel Schiss vor Morgan. Dienstag
war er sogar vor der Uni und hat Colin bedrängt. Als
dieser mich sah, ist er sofort stiften gegangen.“

„Mein Gott!“ Siobhan stöhnte. „Shona hatte recht.“
„Was? Womit?“

„Ach, vergiss es.“ Sie sprach schnell weiter. „Hast du
ihn danach noch einmal gesehen?“

„Nein, aber als ich heute aus der Uni kam, habe ich
Annabelle getroffen.“

„Annabelle? Annabelle Forbes? Die Ex deines lieben
Onkels? Die deine Mum mit Schlaftabletten vergiftet
hat?“

„Genau die.“ Cybill nickte. „Verstehst du jetzt, warum
ich so durch den Wind bin?“

„Vollkommen. Oh, Billie. Warum hast du nichts gesagt?“

„Ich hatte Angst!“ Tränen glitzerten in Cybills Augen. „Aber es war nicht nur das. Ich musste immer daran denken, was Colin gesagt hat. Über Dad. Dass er mich vermisst und dass es ihm leidtut. Ich bin doch seine einzige Tochter, Siobhi!“

„Umso verwerflicher ist das, was er dir angetan hat. Das darfst du niemals vergessen, Cybill.“

Sie antwortete nicht, sondern trank endlich einen Schluck von ihrem Tee. Die Schärfe des Ingwers tat gut und regte den Kreislauf an. Ihr wurde warm. Die Gedanken überschlugen sich. Ja, mit dem Vergessen war das so eine Sache. Natürlich erinnerte sie sich daran, wie sie im Krankenhaus aufgewacht war. Ihr Hals hatte furchtbar wehgetan. So wie ihr gesamter Schädel. Die Schmerzen waren so stark gewesen, dass sie die Nadel im Arm zuerst gar nicht bemerkt hatte. Ihre Haare hatten nach Erbrochenem gerochen. Es war Siobhan gewesen, die sie ihr gewaschen hatte.

„Pfirsich!“, murmelte sie.

„Bitte was?“, fragte Siobhan irritiert.

Cybill musste lächeln. „Das Shampoo, mit dem du mir die Haare gewaschen hast – es roch nach Pfirsich.“

„Ja, war eine Heidenarbeit, die ganze Kotze aus den Haaren zu waschen.“ Siobhan zog die schmalen Brauen über der Nasenwurzel zusammen. „Was wollte Annabelle von dir?“

Cybill hob den Blick. „Nichts. Sie wollte bloß mal Hallo sagen. Gucken, wie es mir geht, sagte sie. Sie sei kürzlich erst wieder in die Stadt gekommen.“

Siobhan gluckste. „Um sich zu entschuldigen, nehme ich an.“

Cybill zuckte mit den Achseln und trank einen weiteren Schluck Tee. Ingwer war definitiv die bessere Wahl gewesen. „Bist du sauer?", fragte sie, ohne den Blick zu heben.

„Ja!", platzte es aus Siobhan heraus.

Cybills Kopf ruckte erschrocken nach oben.

„Ich meine nein!" Siobhan lächelte. „Billie, ich dachte, wir vertrauen uns."

„Ich hatte einfach Angst, dass ihr ausflippen würdet. Stell dir vor, ich hätte Mum davon erzählt."

Siobhan prustete los. „Ja, das wär sicherlich … interessant geworden. Deine Mutter hätte sofort die ganze Polizei von Edinburgh alarmiert. Und die Armee gleich noch dazu."

„Siehst du?"

„Das war ein Witz, Billie!"

Cybill zog die Mundwinkel nach hinten und schaute Siobhan stumm an.

Die seufzte. „Na schön, es war kein Witz. Aber weißt du was? Das wäre diesem Mistkerl nur recht geschehen. Deine Mutter macht sich Sorgen. So wie ich."

„Ich bin kein Kind mehr!"

Siobhan bedachte sie mit einem Blick, der so viel besagte, wie: Dann benimm dich gefälligst auch nicht wie eines. Laut sagte sie: „Das ist keine Frage des Alters. Wir werden uns immer Sorgen um dich machen. Weil wir dich lieben."

„Können wir jetzt runtergehen und die Galerie vorbereiten?", fragte Cybill.

„Erst, wenn ich meinen Tee ausgetrunken habe", erwiderte Siobhan und schlug demonstrativ die Beine übereinander.

Kapitel 14

„Stehen Sie auf der Gästeliste, Ma'am?"

„Ich bin deine Mutter, Cybill!"

„Tut mir leid, Ma'am. Ich finde keinen Eintrag namens Mutter."

Shona rollte mit den Augen und warf dem hinter ihr giggelnden Rowan einen indignierten Blick zu. „Willst du, dass ich mir den Daumen ablecke und dir in die Wange kneife?"

Cybill verzog keine Miene, während sie eine einladende Geste machte. „Herzlich willkommen auf der Vernissage. Hätten Sie gerne ein Glas Sekt?"

„Aber mit Freuden."

„Pur oder mit Orangensaft?"

„Mit Orangensaft."

„Und der Herr?"

„Ich nehme die Flasche."

„Sir, das hier ist eine Galerie und keine Bier-Stehhalle."

„Gut, dass Sie mich daran erinnern", erwiderte Rowan, schnappte sich einen Sektkelch und mischte sich unter das Volk.

Shona blieb bei ihrer Tochter stehen, die längst dabei war, die nächsten Gäste zu begrüßen. Sie erinnerte sich noch sehr gut daran, als ihr zum ersten Mal der

Gedanke gekommen war, dass Cybill erwachsen geworden war. Es war der Tag von Lady Morags Beerdigung gewesen. Doch der Anblick ihrer vierzehnjährigen Tochter im schwarzen Kostüm, das pausbäckige Gesicht von Gram und Trauer gezeichnet, hielt nicht im Mindesten mit dem stand, was sie heute zu sehen bekam. Cybill meisterte nicht bloß eine weitere Station auf der Reise von der Kindheit ins Erwachsenenleben, sie hatte sie längst abgeschlossen, um eine neue anzutreten. Die Reise zu ihrer eigenen Persönlichkeit, ihrer Identität, an deren Ende sich zeigen würde, was für ein Mensch sie einmal werden würde.

Cybill hatte in den letzten Jahren einen enormen Wachstumsschub hingelegt und überragte sogar ihre Mutter um wenige Zentimeter. Das dunkelblonde Haar trug sie kürzer als früher, sodass es wie eine Glocke um ihr schmales Gesicht schwang.

Shona konnte sich nicht daran erinnern, den dunkelblauen Hosenanzug schon mal an ihr gesehen zu haben, ebenso wenig wie die flachen Pumps. Am rechten Handgelenk schlackerten goldene Ringe, den schlanken Hals zierte eine weiße Perlenkette. Nein, das war kein kleines Mädchen mehr, vor ihr stand eine erwachsene Frau.

„Kann ich noch etwas für Sie tun, Muuum?", fragte Cybill, während sie einen weiteren Namen von der Liste strich.

Shona musste schlucken. Ihr Hals war plötzlich wie zugeschnürt. Erst nachdem sie sich geräuspert hatte, konnte sie wieder sprechen. Sie beugte sich zu ihrer Tochter vor.

„Ich bin stolz auf dich", hauchte sie ihr ins Ohr. Danach drehte sie sich um und trank hastig einen Schluck von dem mit Sekt veredelten Orangensaft. Abrupt blieb sie stehen und wandte sich noch einmal ihrer Tochter zu. „Das ist aber eine starke Mischung."

„Aus gutem Grund", erwiderte Cybill, ehe sie leise hinzufügte. „Danke."

Shona lächelte. Ehe der Druck hinter den Augen größer wurde, überließ sie Cybill ihrer Arbeit und hielt nach Siobhan Ausschau.

Rowan war längst zwischen den restlichen Besuchern verschwunden. Vermutlich interessierte er sich ohnehin mehr für die Gäste als für die Ausstellungsstücke. Die Galerie bestand im Prinzip aus drei Räumen. Im ersten, direkt hinter dem Eingang, standen die Skulpturen, damit man sie durch das hohe Schaufenster hindurch mühelos vom Gehweg aus betrachten konnte. An der gegenüberliegenden Wand hingen einige Werke bekannterer Künstlerinnen und Künstler.

Durch einen offenen Durchbruch erreichte Shona den zweiten und zugleich größten Raum. Hier fanden auch die Ausstellungen statt. In der linken hinteren Ecke befand sich der Aufgang zum dritten Zimmer, das ein wenig erhöht lag. Besaßen die Künstlerinnen und Künstler sehr viele Werke, konnte Siobhan die Ausstellung auf den kleinen Saal ausweiten, was heute offenbar der Fall war. Shona fand ihre Gattin in Raum Nummer zwei.

Sie stand neben einer hageren Frau im Hosenanzug, deren hennarote Lockenpracht so gewaltig war, dass sie eigentlich nur künstlicher Natur sein konnte. Die Lider waren in einem unerträglichen Blau geschminkt.

Shona fragte sich, ob dies die Künstlerin war, bis ihr einfiel, dass Siobhan erwähnt hatte, dass es sich um einen noch jüngeren, introvertierten Mann handelte. Doch wer auch immer Siobhan dort ins Gebet nahm, ihre Stimme war unangenehm schrill und hektisch. Unwillkürlich wurde Shona an die Möwen von Seacliff erinnert.

Siobhan hatte die Ankunft ihrer Frau aus dem Augenwinkel bemerkt und zwinkerte ihr zu. Shona gab ihr mit einer schnellen Bewegung zu verstehen, dass sie zurechtkäme. Nicht dass sie noch auf die Idee kam, sie mit der Möwenfrau bekannt zu machen.

Shona widmete sich einem Gemälde mit dem Titel *Verführte Unschuld*. Sechstausendsechshundertsechzig Pfund. Der Preis trug eindeutig Siobhans Handschrift und Shona fragte sich unweigerlich, wer so viel Geld für ein derartig trübsinniges Bild ausgab. Es bestand aus einem Konglomerat unterschiedlicher Grautöne, zwischen die sich helle Flecken mischten. Bei längerem Hinsehen erkannte Shona ein kindliches Gesicht, das den Betrachter traurig musterte. Eine Gänsehaut rieselte ihr über den Rücken. Sie wollte sich bereits abwenden, als Cybill an ihr vorbeihuschte und einen roten Sticker mit der Aufschrift *Verkauft* daran befestigte.

„Lieber Himmel. Wer hat sich denn dazu hinreißen lassen?“

„Tja, das darf ich dir leider nicht verraten.“

„Sag mir bitte nicht, dass es Rowan war.“

„Nein, den interessieren bestimmt nicht die Bilder.“

„Was tust du hier überhaupt? Ich dachte, du musst den Eingang bewachen?“

„Unter anderem. Aber in erster Linie bin ich für die Betreuung der Gäste und die Verkäufe verantwortlich. Momentan steht Seline am Eingang.“

„Seline wer?“

„Seline …“ Cybill verstummte und blickte an Shona vorbei zum Durchgang. Ihre Tochter wurde unter dem Rouge, das ihren Wangen eine gesunde Farbe verlieh, noch blasser, als sie es ohnehin schon war.

Shona warf einen Blick über die Schulter und sah eine junge Frau im schwarzen Mantel. Sie trug ein Kopftuch und eine große Sonnenbrille, was sie ihr bei der grellen Beleuchtung nicht mal verdenken konnte. Sie kam ihr vage bekannt vor. Wahrscheinlich eine Kommilitonin von Cybill, die auf der Einweihungsparty gewesen war.

„Kennst du die Frau?“

Cybill starrte ihre Mutter entgeistert an. „Hast du sie nicht erkannt?“

Shona schüttelte irritiert den Kopf. „Nein, sollte ich?“

Sie drehte sich um, doch die Unbekannte war bereits weitergegangen. Rasch schwenkte Shona in die andere Richtung, erblickte aber nur noch den Rücken der jungen Dame, als diese auf den Durchgang zum letzten Raum zusteuerte, in dem gerade Rowan erschien. Ihr Bruder war in Begleitung einer Frau, mit der er sich angeregt unterhielt, sodass er fast gegen die Fremde gestoßen wäre. Er drehte sich, um sich beiläufig bei ihr zu entschuldigen, als er wie angewurzelt stehen blieb und erstarrte.

Cybill trat neben ihre Mutter. „Das ist Annabelle Forbes!“

Es dauerte einige Sekunden, bis die Information in Shonas Bewusstsein sickerte. Dann begann es auch schon in ihr zu brodeln. Das Blut schoss ihr ins Gesicht, die Kiefermuskeln spannten sich.

„Wie …?"

Siobhan erschien in ihrem Blickfeld und versperrte ihr die Sicht auf Rowans Ex-Verlobte.

„Shona. Wie schade, dass du nicht zu uns gekommen bist. Ich hätte dich gerne jemandem vorgestellt." Das Lächeln gefror ihr auf den Lippen. „He, ist alles in Ordnung?"

Ihre Frau hob die Hand und bewegte sie vor Shonas Gesicht auf und ab.

„Annabelle", raunte Cybill neben ihr.

„Wo?" Siobhan drehte sich um, bekam aber nur noch mit, wie sie mit Rowan zurück in den dritten Ausstellungsraum ging. Von seiner neuen Eroberung war nichts mehr zu sehen.

„Wie kann sie es wagen?", knurrte Shona. „Nach allem, was sie uns angetan hat?"

„Bitte, Shona. Mach hier jetzt keine Szene", wisperte Siobhan. „Das ist vermutlich genau das, was sie mit ihrem Auftritt bezweckt."

„Das ist die reinste Provokation", zischte Shona. „Wie ist sie überhaupt hier reingekommen?"

„Durch die Tür, nehme ich an", erwiderte Siobhan trocken.

„Ist mir schon klar, dass sie nicht durch die Lüftung gekrochen ist", entgegnete Shona bissig. „Aber ich dachte, ihr hättet eine Gästeliste."

„Haben wir auch. Und wer nicht draufsteht, muss Eintritt bezahlen. Außerdem machen wir keine

Gesichtskontrolle. Abgesehen davon kennt Seline Annabelle nun mal nicht.“

„Und wenn Morgan hier aufkreuzt?“

„Das wird er nicht wagen!“

Shona entging der knappe Blickkontakt zwischen ihrer Tochter und Siobhan keineswegs.

„Bist du so gut und löst Seline am Eingang ab?“

Cybill nickte stumm und ließ die beiden Frauen allein.

„Was hatte das denn zu bedeuten?“

„Erzähl ich dir später.“

„Nein, jetzt!“, beharrte Shona, während sie versuchte, ruhig weiter zu atmen und ihren klopfenden Herzschlag unter Kontrolle zu bringen.

„Shona, bitte. Mach jetzt kein Drama daraus.“

„Kein Drama? Siobhan, seit fünf Jahren haben wir nichts von ihr gesehen und gehört und einen Monat, nachdem mein Ex aus dem Gefängnis entlassen wurde, erscheint sie wieder auf der Bildfläche, um guten Tag zu sagen?“

„Selbst wenn, was soll sie schon ausrichten?“

„Sie stiftet Unfrieden.“

„Nur, wenn du es zulässt“, zischte Siobhan.

Der Punkt ging eindeutig an sie. Shona seufzte und stürzte sich den restlichen Inhalt ihres Glases in die Kehle. Plötzlich war sie froh, dass sich nur ein Spritzer Orangensaft im Sekt befand.

„Siobhan!“ Die Dame im Hosenanzug sang den Namen beinahe. „Ist das etwa deine bezaubernde Gattin?“

„Oh, äh … ja, Mrs Carruthers. Das ist sie. Shona, darf ich dir Lorna Carruthers vorstellen? Sie ist die Agentin von Toben Dark. Lorna, das ist Shona Kincaid.“

„Wie erfreut, Shona. Siobhan hat mir schon so viel von dir erzählt."

„Tatsächlich?" Sie warf ihrer Frau einen mürrischen Blick zu, die hinter der Agentin hastig den Kopf schüttelte. „Sagen Sie, wo steckt eigentlich das Genie hinter diesen Bildern?"

„Das frage ich mich auch. Vermutlich hat er sich in eine dunkle Ecke verkrochen." Lorna lachte schrill. „Weißt du, er scheut das Licht der Öffentlichkeit. Wenn es nach ihm gegangen wäre, hätte diese Ausstellung niemals stattgefunden."

„Welch entsetzlicher Verlust für die Kunstwelt."

„Du sagst es, Shona, du sagst es. Hach, was freue ich mich, dass du diese einmaligen Werke zu schätzen weißt. Vielen sind sie zu schwermütig."

„Wirklich? Ist mir gar nicht aufgefallen."

„Wenn ich es dir doch sage. Welches gefällt dir denn am besten?"

Shona überlegte nicht lange und deutete auf *Verführte Unschuld*. Da es verkauft war, brauchte sie nicht zu fürchten, dass Lorna versuchen würde, es ihr aufzuschwatzen.

Haben wir eigentlich irgendwann im Sandkasten gespielt oder warum tut sie so, als ob wir uns seit Jahrzehnten kennen? Künstler, dachte sie missmutig und feuerte gleich darauf noch einen giftigen Blick auf Siobhan ab. Die lächelte entschuldigend und nahm den beiden Frauen die leeren Sektkelche ab.

„Möchtet ihr noch was trinken?"

„Sekt!", platzte es aus Shona heraus.

„Oh ja, Sekt ist wunderbar!", stimmte Lorna zu. „Obwohl ich ja eigentlich dachte, dass du nur Whisky trinkst. Wegen der Kincaid-Destillerie, du verstehst?"

„Whisky trinke ich nur bei der Arbeit", erwiderte Shona.

Lorna lachte. „Vielleicht hätten wir vorher einen Deal abschließen sollen: Jeder Käufer erhält eine Flasche echten Kincaid-Whisky dazu."

Shona grinste schief. Gar keine schlechte Idee.

Plötzlich erschien Annabelle Forbes wieder auf der Bildfläche. Zielstrebig durchquerte sie den Ausstellungsraum. Als sie sich mit Shona auf einer Höhe befand, wandte sie kurz den Kopf und lächelte ihr spöttisch zu.

Blanke Wut überrollte sie. Der Drang, sich auf sie zu stürzen, wurde übermächtig. Und wieder war es Siobhan, die sich dazwischenschob und sie vor unüberlegten Kurzschlusshandlungen bewahrte. Ihr Timing war einfach großartig. Aber so leicht würde sie Annabelle dieses Mal nicht davonkommen lassen. Ein letzter Blick zum Durchgang des dritten Raumes – keine Spur von Rowan.

Shona ignorierte das Sektglas, das ihr Siobhan entgegenhielt, murmelte eine Entschuldigung und nahm die Verfolgung auf.

Shona erreichte eben den Eingangsbereich, als sie abrupt stehen blieb. Sie hatte erwartet, dass Annabelle längst verschwunden war, doch sie hatte bei Cybill Halt gemacht. Die Miene ihrer Tochter drückte professionelle Distanziertheit aus. *Gut*, dachte Shona zufrieden. *Lass dich von ihr bloß nicht um den Finger wickeln.*

Annabelle nickte, strich Cybill über den Oberarm und verließ die Galerie mit hastigen Schritten. Sie wollte ihr folgen, als sich eine Hand um ihren Arm legte. Sie rechnete damit, Siobhans Gesicht zu erblicken, doch es war Rowan, der wie aus dem Boden gewachsen neben ihr stand.

„Shona, was hast du vor?"

„Was schon? Ich gehe hinter ihr her und prügle ihr die Scheiße aus dem Leib. Was dachtest du denn? Ich sag ihr, dass sie sich von meiner Familie fernhalten soll."

„Lass es bitte bleiben, Shona."

„Von wegen! Und wir beide sprechen uns noch, Mister Kincaid." Sie entzog sich ihm und setzte die Verfolgung von Annabelle fort. Die hatte die Gunst des Augenblicks natürlich genutzt, um auf die Straße hinauszutreten. Hätte Shona es nicht besser gewusst, sie hätte glauben mögen, dass es sich um ein abgekartetes Spiel handelte. Sie blickte sich um. Die Galerie lag in einer belebten Gegend, in der eigentlich immer etwas los war. Vor allem an Samstagen, wenn die Geschäfte offen waren. Da fiel es einer einzelnen Person nicht schwer, sich in der Menge zu verstecken. Andererseits musste Annabelle mit Verfolgern rechnen, würde also versuchen, so schnell wie möglich Abstand zur Galerie zu gewinnen. Dass ihr niemand in der Ausstellung eine Szene machen würde, war abzusehen gewesen. Hier draußen sah das jedoch ganz anders aus. Obwohl Shona sich hüten würde, ihr etwas anzutun. Die Androhung, Annabelle buchstäblich die Scheiße aus dem Leib zu prügeln, war natürlich nur ein Scherz gewesen. Immerhin war sie als Erbin der altehrwürdigen Kincaid-

Destillerie eine Person öffentlichen Interesses, auch wenn sie sich momentan wünschte, es wäre nicht so.

Nichtsdestotrotz würde Annabelle bestimmt kein Risiko eingehen und sich in den nächstbesten Bus oder sogar die Straßenbahn setzen. Die nächste Haltestelle lag nicht allzu weit entfernt. Shona überlegte nicht lange und lief los. So schnell es ihr in diesen verdammten Schuhen möglich war und bevor wieder jemand auf die Idee kam, sie aufzuhalten.

Sie erreichte die Biegung der Straße. Annabelle war gut fünfzig Yards vor ihr. Shona beschleunigte ihre Schritte. Das war der Moment, in dem Annabelle einen Blick über die Schulter warf. Shona war noch zu weit entfernt, um Einzelheiten in der Mimik der jüngeren Frau auszumachen. Abgesehen davon, dass Annabelles Gesicht ohnehin größtenteils von der Sonnenbrille verdeckt wurde, die ihr das Aussehen einer Schmeißfliege verlieh. Nichtsdestotrotz musste sie mitbekommen haben, dass sie verfolgt wurde. Unvermittelt verfiel sie in den Laufschritt.

Sieh an, geht dir also doch der Arsch auf Grundeis, dachte Shona grimmig.

Dummerweise war Annabelle nicht nur zwanzig Jahre jünger, sie trug auch das bequemere Schuhwerk. In den Stiefeln war sie deutlich schneller und beweglicher als Shona in ihren Pumps.

Zu ihrer Überraschung blieb Annabelle nicht an der Straßenbahnhaltestelle stehen, sondern lief weiter zur Bushaltestelle, knapp hundert Yards entfernt.

Shona sackte das Herz in die Hose, als sie den schwarzen Mercedes mit den getönten Scheiben erblickte, der in der Parkbucht scheinbar schon die ganze Zeit auf

Annabelle gewartet hatte. Sie ging bereits eilig um das Fahrzeug herum, zog die Beifahrertür auf und ließ sich in den Sitz fallen. Prompt fuhr das Auto an.

Shona beeilte sich. Ohne Rücksicht auf Verluste schob sie sich zwischen den Passanten hindurch, schubste einige von ihnen zur Seite und hatte doch das Nachsehen. Der Mercedes fädelte sich in den Verkehr ein.

Shona reckte den Hals und versuchte einen Blick auf das Nummernschild zu erhaschen. Es gelang ihr tatsächlich, einige Buchstaben und Zahlen zu entziffern. Hastig zückte sie ihr Smartphone und machte ein Bild. Um sicherzugehen, rief sie die Diktier-App auf, um das Kennzeichen in Form einer Sprachnotiz zu hinterlegen. Kaum hatte sie das getan, legte sich eine Hand auf ihre Schulter.

Shona drehte sich um und blickte in das Gesicht eines schnauzbärtigen Mannes.

„Sagen Sie mal, geht's Ihnen nicht gut?"

„Entschuldigen Sie bitte."

Shona ließ den Mann stehen und machte sich auf den Rückweg zur Galerie. Obwohl sie Annabelle verloren hatte, war sie zufrieden.

Sie hatte jetzt etwas, mit dem sie arbeiten konnte und sie wusste auch schon genau, was sie damit anfangen würde.

Kapitel 15

„Wie ist es gelaufen?", fragte Morgan Baxter, während er sich in den laufenden Verkehr einfädelte.

Annabelle nahm Sonnenbrille und Kopftuch ab und schüttelte die Haare aus. „Ich glaube, er hat sich gefreut, mich zu sehen. Rowan, meine ich."

Morgan schnaubte verächtlich. „Vergiss den Spinner. Was ist mit Cybill?"

„Ja, sie war da, aber sie meinte, dass sie mir nichts mehr zu sagen hätte und ich gehen solle."

„Hm, also hat sie vermutlich mit Shona oder Siobhan gesprochen. Ihre Entscheidung."

„Ich könnte es noch einmal versuchen. Wenn sie alleine ist ..."

„So wie gestern, ja?"

„Da war sie bloß überrascht. Ich glaube, sie wurde aufgehetzt."

„Natürlich wurde sie aufgehetzt, du blöde Kuh!", blaffte Morgan seine Freundin an. „Und bild' dir ja nicht ein, dass du sie mit ein paar nett gemeinten Entschuldigungen und einem Augenaufschlag wieder zur Vernunft bringen kannst. Hast du ein Foto von Shona?"

Annabelle nickte.

„Gut, dann sieh zu, dass du dir ähnliche Klamotten und eine entsprechende Perücke besorgst." Als sie nicht antwortete, wurde er sauer. „Hast du verstanden?"

Sie zuckte zusammen und nickte fahrig. „Ja", erwiderte sie kleinlaut.

Morgan grunzte zufrieden. Sie erreichten die Sir Harry Lauder Road, einen im Nordosten gelegenen, knapp drei Meilen langen Abschnitt der Ringstraße, die Edinburgh weiträumig umschloss. Hier kamen sie zügiger voran. Auf der Seafield Road steuerte Morgan eine Tankstelle an. „Von hier kannst du den Bus nehmen. Oder ein Taxi. Mir egal."

„Und du?", fragte sie unsicher.

„Hab noch was zu erledigen." Er deutete mit dem Kinn auf die Tür. „Und jetzt raus."

Er versuchte gar nicht erst, einen Hehl aus seiner schlechten Laune zu machen. Annabelles Pech, dass ausgerechnet sie es ausbaden musste. Dabei konnte sie am allerwenigsten dazu. Obwohl er nicht vergessen hatte, dass sie es gewesen war, die ihn letztendlich verpfiffen hatte. Aber er hatte ihr verziehen, zumindest sollte sie das glauben ...

Morgan gönnte ihr keinen weiteren Blick. Kaum dass sie den Mercedes verlassen hatte, gab er Gas und fuhr zurück auf die A199 Richtung Leith, dem berühmt-berüchtigten Hafenviertel von Edinburgh. Dort hatte er eine neue Bleibe gefunden, nachdem die Tanzschule, zusammen mit seiner gesamten Existenz, unter den Hammer gekommen und zwangsenteignet worden war.

Während der Fahrt dachte er an Cybill. Für den Firth of Forth, jene Nordseebucht, an dessen südlicher Küste

Edinburgh lag, hatte Morgan keinen Blick übrig. Er hatte wirklich geglaubt, zu Cybill durchzudringen und an ihre Nachsichtigkeit und Gutmütigkeit appellieren zu können. Schließlich war sie seine einzige Tochter und er der einzige Vater, den sie hatte. Offenbar hatte er sich in ihr getäuscht. Andererseits hatte er damit rechnen müssen, dass es nicht einfach werden würde, sie von seinen guten Absichten zu überzeugen. Womöglich musste er ihr noch mehr Zeit lassen. Glücklicherweise war er ein geduldiger Mensch. Er hatte fünf Jahre auf das hier gewartet, da kam es auf ein paar Tage oder Wochen nicht an.

Endlich kam der Hafen in Sicht. Morgans Ziel lag tief in den Sands, weitab von den hell erleuchteten Gegenden mit seinen hippen Pubs und Bars, den Fast Food-Restaurants und Secondhand-Läden, die zu den romantisch verklärten Bildern des Szeneviertels beitrugen, wie sie auf Touristen-Websites und in Reiseführern gezeigt wurden.

Es stimmte, die Gentrifizierung hatte auch vor Leith nicht Halt gemacht, doch die heruntergekommenen Betonsilos, die Rattenlöcher und Absteigen, gab es noch immer. Und egal, wie viel Farbe man auf eine marode Fassade kleisterte, der Schimmel kam stets wieder zum Vorschein. Zumindest so lange, bis man sich nicht dazu herabließ, ihn an der Wurzel allen Übels zu packen und mit Stumpf und Stiel auszurotten. Morgans Mercedes fiel in dieser Gegend auf wie ein Pfau im Hühnerstall. Bevor er das Fahrzeug verließ, öffnete er das Handschuhfach und entnahm ihm eine schlichte braune Papiertüte.

Die Typen, die vor dem Betonsilo herumlungerten, kannten ihn und wichen respektvoll zur Seite, als er wortlos an ihnen vorbeistiefelte. Im Haus empfingen ihn die Gerüche nach gekochten Kartoffeln, angebratenem Fleisch, Zigarettenrauch und Hundepisse. Die Wände waren mit den Malereien moderner Höhlenmenschen beschmiert, die ihren Frust über die Ungerechtigkeiten des Lebens in Form von Schimpfwörtern, Hetzparolen und den Darstellungen meist männlicher Geschlechtsorgane Ausdruck verliehen hatten. Der Lift funktionierte schon lange nicht mehr, falls er das jemals getan hatte, sodass Morgan nichts anderes übrig blieb, als die zweiundsiebzig Stufen, hinauf in den fünften Stock, zu Fuß zu gehen. Es machte ihm nichts aus. Auch in den letzten fünf Jahren hatte er nichts von seiner körperlichen Fitness eingebüßt. Im Gegenteil – im Gefängnis hatte er viel Zeit im Fitnessraum verbracht. Neben der Kantine der beste Ort, um Kontakte zu knüpfen und alte Freundschaften zu pflegen.

Unterwegs kam ihm ein schwitzender dicker Mann mit Doppelkinn und hochrotem Gesicht entgegen. Hastig stopfte er sich das Hemd in die Hose. Morgan blickte ihm aus schmalen Augen hinterher, ehe er seinen Weg fortsetzte. Irgendwo im Haus kreischte eine Frau. Nein, korrigierte sich Morgan. Keine Frau – ein Kind. Und noch bevor er die letzten sechzehn Stufen in Angriff nahm, wusste er auch, aus welcher Wohnung das Gezeter kam.

Vor der dunkelbraunen Tür blieb er stehen und hämmerte dreimal mit der Faust dagegen. Nichts rührte sich. Wieder schlug er zu. Endlich wurde die Tür einen Spalt breit aufgezogen, bis sich die Kette spannte. Ein bleiches, verquollenes Gesicht erschien in der Öffnung. Das Kreischen wurde lauter, klang aber immer noch gedämpft.

Als Fia Cumming erkannte, wer vor der Tür stand, weiteten sich ihre Augen. Hoffnung, Furcht und Gier funkelten darin. Hastig drückte sie die Tür wieder zu, zog die Kette ab und öffnete erneut. Sie raffte den Bademantel vor ihrer aufgeschwemmten Brust zusammen, während sie auf die Papiertüte in seiner Hand starrte. Grob schob er sie zur Seite und stapfte auf die Tür zu, hinter der das Kreischen erklang, das sich schlimmer anhörte als eine Katze, der man den Schwanz in der Autotür eingeklemmt hatte. Jonathan gebärdete sich wie ein Berserker. Etwas polterte durch den Raum. Dumpfe Schläge zeugten davon, dass der Lärm auch in den umliegenden Wohnungen bemerkt worden war.

„Warte!", rief Fia. „Bitte tu ihm nichts."

Morgan blieb stehen. „Dann sorg dafür, dass er die Schnauze hält."

„Das wollte ich ja gerade tun, als du an die Tür geklopft hast." Schnell wandte sie sich ab, stapfte auf nackten Füßen durch die Wohnung mit dem fleckigen Linoleum. Die Luft war stickig und warm. Sie schmeckte nach Zigarettenrauch und abgestandenem Bier. Fliegen summten über der Spüle der winzigen Kochnische.

Morgan rümpfte die Nase. Er schleuderte die Papiertüte auf den Tisch, ging zum Fenster und zog es auf. Danach warf er einen Blick ins Schlafzimmer. Das Bettzeug war zerwühlt, im Papierkorb lag zusammengeknülltes Küchentuch. Auf der weiß gestrichenen Kommode mit dem herzförmigen Spiegel lag ein Zwanzig-

Pfund-Schein. Er steckte ihn ein und ging zurück ins Wohnzimmer.

Erst jetzt fiel ihm auf, dass Jonathan aufgehört hatte zu schreien, stattdessen erklang ein Wimmern hinter der geschlossenen Tür. Morgan stieß sie auf.

Fia Cumming saß mit ihrem Sohn auf dem Bett, hatte den Arm um seine Schultern gelegt und schaukelte mit ihm sanft vor und zurück.

„Ist das etwa alles?", schrie Morgan sie an. Er hielt ihr den zerknüllten Geldschein unter die Nase. Jonathan fing an zu quieken wie ein abgestochenes Ferkel.

„D... Das Schreien hat ihn gestört. Er sagte, er könne so nicht!"

„Hast du dem Balg nicht seine Tabletten gegeben?"

„Doch, aber die haben nicht gereicht."

„Dann solltest du vielleicht die Dosis erhöhen. Oder wir müssen ihn anderweitig ruhigstellen!"

Fias Augen wurden groß, das Blut wich ihr aus dem Gesicht. „D... Das wagst du nicht. Das ... wenn du ihn auch nur anrührst ... dann ..."

Er beugte sich vor. „Was dann, he?" Seine flache Hand klatschte gegen ihre Wange. Nicht besonders stark, mehr ein Tätscheln, aber es verfehlte nicht seine Wirkung. Fia zuckte zusammen. Gleichzeitig lockerte sich auch ihr Griff um Jonathan.

Der Junge brüllte und stürzte sich auf Morgan Baxter. Lachend wich er zurück, fing die winzigen Fäuste ab, drehte dem Knaben die Arme auf den Rücken und drückte ihn brutal nach unten. Das Kind heulte und schluchzte, während ihm Morgan das Knie zwischen die Schulterblätter stemmte.

„Vergiss niemals, wo du ohne mich heute wärst. Du bist ein Nichts. Eine versiffte Hure, die für ein paar lumpige Scheine die Beine breit macht.“

Er stieß Jonathan von sich, der vor Fia auf den Boden stürzte. Die Tränen rannen in Bächen aus ihren Augen, vermischten sich mit dem Mascara und hinterließen zittrige dunkelgraue Muster auf der Haut, die an eine bizarre Kriegsbemalung erinnerten. Sie fiel neben ihrem Sohn auf die Knie, um ihn zu trösten.

„Wenn du willst, dass das anders wird, reiß dich gefälligst zusammen.“ Morgan verließ das Zimmer und ging zu dem Tisch, auf dem die braune Papiertüte lag. Fia folgte ihm mit stampfenden Schritten. Ihre nackten Sohlen erzeugten klatschende Laute auf dem dreckigen Boden.

Morgan zog die Tüte blitzschnell aus ihrer Reichweite, bevor sie danach greifen konnte. „Und räum hier auf, sonst nehmen sie dir Jonathan ruckzuck wieder weg!“

Sie antwortete nicht, sondern angelte nach dem Beutel. Er rammte ihr die Faust in den Bauch. Schnaufend klappte sie zusammen. „Hast du verstanden?“, bellte er.

„J... Ja!“, würgte sie hervor.

Er ließ die Papiertüte fallen und ging auf die Wohnungstür zu. „Ich komme nachher wieder, dann will ich, dass es hier aussieht wie geleckt, verstanden?“

Sie nickte nur, während sie mit beiden Händen die Tüte an sich raffte. Morgan verzog verächtlich das Gesicht, machte auf dem Absatz kehrt und verließ die Wohnung.

Fia Cumming nahm das Schließen der Tür kaum bewusst wahr. Selbst die Schmerzen und die Übelkeit verloren schlagartig an Bedeutung. Alles, was zählte, war der Inhalt der Papiertüte. Am Tisch zog sie sich in die Höhe und schwankte auf wackeligen Beinen in Richtung Bad.

Als sie Jonathans Zimmer passierte, sah sie aus dem Augenwinkel, wie er stumm auf dem Boden saß und langsam vor- und zurückschaukelte. Die Augen hatte er verdreht, sodass fast nur das Weiße zu erkennen war. Mit den Fingern fuchtelte er vor seinem Gesicht herum, als versuche er, unsichtbare Fäden zu fangen.

Es waren Ticks und Fia fragte sich oft, was er in diesen Momenten wohl dachte oder sah. Nur jetzt nicht. Jetzt galt ihr Sinnen und Trachten allein dem Inhalt der braunen Tüte.

Das winzige Bad war fensterlos. Neben der Toilette und dem Waschbecken gab es noch eine Badewanne, die zugleich als Dusche diente.

Fia mied den Blick in den Spiegel. Sie hasste den Anblick, so wie sie beinahe alles an sich und ihrem Leben hasste. Morgan hatte recht, sie war ein Nichts. Ein Niemand. Fett und hässlich, mit einem behinderten Kind, das sich nicht mal selbst den Arsch abwischen konnte. Sie konnte froh sein, dass Morgan ihr half.

Fias Hände zitterten, als sie die Tüte aufzog und den Inhalt ins Waschbecken kippte. Zwei Tablettendosen, eine Schachtel Kondome und ein Streichholzheftchen. Fia griff danach wie eine Verdurstende nach dem Glas Wasser.

Sie setzte sich auf die geschlossene Toilette und klappte das Briefchen auf. Die in Reih und Glied stehenden Streichhölzer interessierten sie nicht, viel wichtiger war das, was dahinterklemmte. Beim Anblick der bunt bedruckten, daumennagelgroßen Schnipsel aus Löschpapier stöhnte Fia erleichtert auf. Es waren vier Stück. Mit spitzen Fingern fischte sie einen der Blotter heraus und legte sich das mit LSD getränkte Papier auf die Zunge, wo es sich sofort mit Speichel vollsog.

Kurz darauf spürte sie bereits das wohltuende, nur allzu vertraute Prickeln.

Fia seufzte, schloss die Augen und lehnte sich zurück. Die Hände, in denen sie das Streichholzheftchen hielt, legte sie in den Schoß. Danach ergab sie sich der berauschenden Wirkung der Drogen. Ihr Atem ging schneller, das Blut rauschte durch ihre Adern. Bunte Farben zerplatzten vor ihren Augen, bildeten Muster, die sich zu einem Tunnel formten, in den Fia hineinzufliegen schien. Eine Gänsehaut rieselte über ihre Arme, die Kopfhaut kribbelte. Fia Cumming flog. Sie flog davon und vergaß alles um sich herum. Den Selbstekel, ihren Kummer, den Frust und ihren Sohn, der wimmernd in seinem Zimmer vor- und zurückschaukelte. Vor und zurück.

Kapitel 16

„Es tut mir leid, Mrs Kincaid, aber Inspektor Ramsay arbeitet nicht mehr in diesem Dezernat. Kann ich irgendetwas für Sie tun?"

Der Polizist, dessen Namen Shona bereits vergessen, kaum dass sie ihn gehört hatte, gab sich freundlich und zuvorkommend.

Sie zögerte kurz, während sie verzweifelt nach dem Namen von Ramsays Mitarbeiter fahndete, der sie damals begleitet hatte. Vielleicht befand sich wenigstens er noch im Polizeidistrikt, das für Penicuik und die Pentland Hills zuständig war. Doch so sehr sie sich auch das Hirn zermarterte, ihr wollte der Name partout nicht einfallen.

„Mrs Kincaid?"

„Pardon, ich habe überlegt, wie Inspektor Ramsays Mitarbeiter geheißen hat."

„Worum geht es denn?"

„Nun, das ist ein wenig kompliziert, wissen Sie? Inspektor Ramsay kannte den Sachverhalt. Es geht um meinen Ex-Mann, Morgan Baxter."

„Ja, er wurde vorzeitig aus der Haft entlassen."

Shona hielt verblüfft inne. „Sie wissen davon?"

Der junge Mann lachte leise. „Nun ja, Mrs Kincaid, Sie sind immerhin die Besitzerin einer der größten Privat-

Destillerien in den Lowlands. Der Fall hat damals einiges Aufsehen erregt."

„Wem sagen Sie das?", murmelte Shona, die sich nur ungern an den Presserummel erinnerte. Es war nicht so gewesen, dass sie förmlich belagert worden wären, aber es hatte schon ziemlich viele Anfragen gegeben. Hinzu war der plötzliche Tod von Lady Morag gekommen, sodass auch die Zukunft der Destillerie in der Öffentlichkeit und den Medien diskutiert worden war. Schlussendlich war ihnen gar nichts anderes übriggeblieben, als Stellung zu beziehen.

„Hat Ihr Ex-Mann Sie bedroht, Mrs Kincaid?", fragte der Beamte, dem Shonas Schweigen wohl zu lange dauerte.

„Wie? Nein, nicht so direkt jedenfalls." Dann berichtete sie ihm von ihrem Anliegen und vergaß auch nicht, Morgans Auftritt im *The Hive* zu erwähnen, von dem ihr Siobhan noch am Freitagabend erzählt hatte.

„Hm, ich kann verstehen, dass Sie sich Sorgen machen, Mrs Kincaid."

„Aber?" Sie spürte, wie sich ihr Herzschlag beschleunigte und ihr das Blut in den Kopf stieg.

„Solange nichts vorgefallen ist, gibt es für uns keine rechtliche Handhabe, nach der wir gegen ihn vorgehen könnten."

„Es muss also erst wieder was passieren, ja?"

„Es tut mir leid, Mrs Kincaid, aber so ist nun mal das Gesetz."

„Na schön und was ist damit, dass Morgan bei der Galerie gewesen ist, wo er mit dem Freund meiner Tochter gesprochen hat?"

„In dem Fall müsste der Freund Ihrer Tochter eine Aussage machen ..."

„Die Morgan einfach nur abzustreiten braucht, damit Aussage gegen Aussage steht."

„Nun ja, er war zumindest im *The Hive*. Das kann Ihre Tochter ebenfalls bestätigen. Allerdings möchte ich ehrlich zu Ihnen sein. Mehr als eine Verwarnung wird Ihr Ex-Mann nicht zu erwarten haben."

„Gut, was ist mit Annabelle Forbes?"

„Was soll mit der sein?"

„Sie war diejenige, die von meinem Ex-Mann manipuliert wurde. Sie hat mir Schlaftabletten in den Tee gemischt und mich ins Krankenhaus gebracht."

Shona hörte die Tastatur eines Computers klappern. „Tut mir leid, es liegt zwar eine einstweilige Verfügung gegen Miss Forbes vor, die ihr verbietet, sich dem Anwesen zu nähern, aber das gilt weder für die Galerie noch die Brennerei."

„Können Sie wenigstens das Nummernschild des Wagens überprüfen, mit dem Miss Forbes abgeholt wurde?" Ihre Stimme klang flehend und Shona verachtete sich dafür. Sie hasste es, zu betteln.

Sie hörte ein leises Seufzen. „Das kann ich gerne tun, Mrs Kincaid. Aber ehrlich gesagt weiß ich nicht, inwiefern Ihnen das weiterhilft. Welche Konsequenzen werden Sie daraus ziehen?"

„Ich schließe daraus, dass Morgan Baxter irgendetwas vorhat und Annabelle Forbes nicht nur bei der Vernissage war, um sich zu entschuldigen. Fünf Jahre hat sie sich nicht blicken lassen. Fünf gottverdammte Jahre!" Shona schrie es fast in den Hörer. Die phlegmatische Besonnenheit des Polizisten fing an, ihr zunehmend auf den Zeiger zu gehen. „Das ist doch kein Zufall, dass sie ausgerechnet jetzt wieder auf der Bildfläche erscheint."

„Das müssen Sie ihr aber erst einmal beweisen, Mrs Kincaid."

„Hören Sie endlich mit diesem Mrs Kincaid-Scheiß auf!"

„Bitte mäßig Sie sich!"

Shona atmete tief durch. „Werden Sie mir jetzt helfen, oder nicht?"

„Ich werde das Nummernschild für Sie prüfen, um Sie zu beruhigen. Aber ich warne Sie ausdrücklich vor irgendwelchen eigenmächtigen Aktionen."

„Was meinen Sie damit?"

„Solange Morgan Baxter nicht eindeutig gegen seine Bewährungsauflagen verstößt und Annabelle Forbes sich ebenfalls nichts zu Schulden kommen lässt, haben Sie das Recht auf ein unbehelligtes Leben. So wie jeder andere Bürger auch."

Shona schnaubte. Sie biss die Zähne aufeinander und schluckte ihren Ärger herunter. „Ich habe verstanden", erwiderte sie kurz angebunden. „Haben Sie vielen Dank!"

Seine Finger klapperten über die Tastatur. „Es dauert einen Moment, bis der Computer … oh, das ging aber schnell."

Shona hielt unwillkürlich den Atem an. „Was haben Sie herausgefunden?"

„Tja, nicht viel, fürchte ich. Bei dem Fahrzeug handelt es sich um einen Mietwagen. Tut mir sehr leid, Mrs … äh … Ma'am."

Sie rollte mit den Augen. „Können Sie mir verraten, wer der Mieter ist?"

„Tut mir leid. Das wird aus Datenschutzgründen nicht registriert. Darüber kann Ihnen nur die Mietwagenfirma selbst Auskunft geben."

„Welche Firma ist das?"

„Auch das darf ich Ihnen nicht sagen, Mrs Kincaid."

Wieder brodelte es in Shona. Sie würgte ihr Danke regelrecht hervor, ehe sie den Hörer auf den Apparat rammte und noch hinzufügte: „Für nichts!"

Sie wusste, dass sie dem Beamten Unrecht tat, doch momentan fehlte ihr die nötige Gelassenheit, um Verständnis für die in ihren Augen unnötige Bürokratie aufzubringen. Shona stützte die Ellenbogen auf die Schreibtischplatte und legte die Stirn gegen ihre gefalteten Hände. „Denk nach", murmelte sie zu sich selbst. „Denk nach, Shona."

Ein Blick zur Uhr. Es war Montagmorgen, halb neun. Heute würde sich Fia Cumming melden, um die weiteren Schritte zu besprechen. Shona hatte gehofft, bis dahin einige Infos gesammelt zu haben – möglicherweise sogar eine Verbindung zwischen Morgan Baxter, Annabelle Forbes und Fia Cumming. In keinem der drei Fälle glaubte sie, dass es sich um Zufälle handelte. Ebenso wenig wie Siobhan und Rowan. Doch im Gegensatz zu ihr folgten ihre Frau und ihr Bruder der Strategie des aggressiven Zuwartens. Niemand wollte unnötig die Pferde scheu machen oder in Panik verfallen. Shona konnte die Plattitüden und Binsenweisheiten nicht mehr hören. Und sie würde auch nicht tatenlos herumsitzen, bis Morgan Baxters Plan aufging. Und dass er etwas plante, war für sie so sicher wie das Amen in der Kirche.

Da fiel es ihr wie Schuppen von den Augen. Plötzlich wusste sie, was sie tun konnte! Wenn ihr die Polizei schon nicht half, dann vielleicht ein privater Ermittler. Vor fünf Jahren hatte sie bereits eine Detektiv-Agentur mit der Beschattung von Morgan Baxter beauftragt. Oft hatten solche Leute selbst Kontakte zur Polizei. Sollte also jemand in der Lage sein, herauszufinden, wo ihr Ex-Mann jetzt wohnte und mit wem er sich traf, dann doch wohl ein Privatdetektiv.

Unwillkürlich schlug Shonas Herz schneller. Es wurde von neuem Tatendrang erfüllt. Endlich ein Silberstreif am Horizont! Sie griff nach dem Telefonhörer, als der Apparat zu klingeln begann.

Shona zuckte zusammen – bis sie die Nummer sah, die ihr vage bekannt vorkam. Sie meldete sich und atmete erleichtert auf, denn es war der Juniorchef eines der größten Spirituosen-Fachgeschäfte von Edinburgh, wo auch die Touristen ein- und ausgingen.

„Oha, Shona", meldete er sich. „Störe ich?"

„Ach was, Sie stören doch nie, Zack. Ich war in Gedanken nur gerade woanders. Was kann ich für Sie tun?"

„Der Oktober steht vor der Tür. Es geht um die Herbstverkostung. Sagen Sie jetzt nicht, die hätten Sie vergessen, dann wäre ich ernsthaft gekränkt."

Shona brach der kalte Schweiß aus. Sie fühlte sich ertappt. Tatsächlich hatte sie den Gedanken an die Herbstverkostung in den letzten Tagen und Wochen erfolgreich verdrängt. Jedes Jahr aufs Neue trafen sich Rowan und sie im September mit den Urquharts, um miteinander zu essen und die Whisky-Sorten herauszusuchen, die für die Verkostung infrage kamen. Meistens waren es zwar dieselben, doch es war eine liebgewonnene Tradition geworden. Shona selbst verbuchte sie unter Kundenpflege, denn der Seniorchef, Zacharias' Vater, ließ keine Gelegenheit aus, um mit ihr zu flirten. Den Umstand, dass sie verheiratet war, ignorierte er dabei geflissentlich. Vermutlich, so argwöhnte sie, weil es sich bei ihrer Gattin um eine Frau handelte.

„Keineswegs, Zack", log sie. „Es gab nur unheimlich viel zu tun. Der verregnete Sommer war für uns ein echter Segen. Je trüber das Wetter, desto mehr Whisky trinken die Leute."

Zacharias Urquhart lachte. „Mit anderen Worten: Sie haben gesoffen wie die Löcher."

„Das haben Sie gesagt."

„Und ich weiß, wovon ich spreche, Shona. Auch für uns war es eine sehr gute Saison. Und das wiederum soll Ihr Schaden nicht sein. Außerdem freut sich mein Vater darauf, Sie wiederzusehen."

Shona seufzte. „Zack, ich ..."

„Ich weiß, ich weiß. Sie sind verheiratet. Bringen Sie Siobhan doch einfach mit."

Damit er auch über sie herfällt oder vielleicht noch auf die Idee kommt, sie mit seinem Sohn zu verkuppeln, dachte Shona. Laut sagte sie: „Sehr freundlich von Ihnen. Aber Sie wissen doch, dass Siobhan nicht viel für Haggis und Black Pudding übrighat."

Sie plauderten noch eine Weile weiter, obwohl Shona die Zeit unter den Nägeln brannte. Schließlich verabredeten sie einen Termin für Ende September, den Shona ihrem Bruder während des Telefonats per WhatsApp mitteilte.

Endlich verabschiedete sich Zacharias Urquhart so galant und glatt wie eh und je. Der Apfel fiel eben nicht weit vom Stamm.

Der Hörer lag kaum auf der Station, da klingelte es erneut. Shona runzelte die Stirn. Anscheinend hatte es der unbekannte Anrufer es bereits probiert, als sie noch telefoniert hatte. Nur stand dieses Mal keine Nummer im Display.

Umgehend zog sich ihr Magen zusammen und begann zu zwicken. Sie erinnerte sich an den anonymen Anrufer vor einigen Tagen, hinter dem sie Morgan Baxter vermutet hatte. Shona legte die Hand auf den Hörer, atmete noch einmal tief durch und nahm ab.

„Mrs Kincaid. Können Sie kommen? Ich habe furchtbare Angst, dass er Jonathan etwas antut.“

„Dann sollten Sie die Polizei anrufen.“

„Die glaubt mir nicht. Bitte, ich wusste nicht, wen ich sonst anrufen sollte. Bis mir einfiel, dass Sie mal mit ihm verheiratet waren.“

„Miss Cumming, ist er es gewesen? Hat Morgan Baxter Sie dazu angestiftet, uns zu erpressen?“

„Ja, und ich kann es beweisen. Aber dafür müssen Sie mich abholen. Bitte! Ich ... ich fühle mich hier nicht mehr sicher.“

Shona überlegte nicht lange. „Also gut. Bleiben Sie, wo Sie sind, ich komme zu Ihnen. Wo wohnen Sie?“

Fia Cumming nannte die Adresse. Shona schluckte. Ausgerechnet das Hafenviertel. Aber sie brauchte dort ja nicht einzuziehen. Es reichte, wenn sie Fia und ihren

Sohn da herausholte. Danach würde sie sie sofort zu Mister Borthwick bringen. Der Anwalt wusste bestimmt, was zu tun war. Gleich nachdem sie Fia versprochen hatte, sie abzuholen, rief Shona ihn an.

„Selbstverständlich können Sie vorbeikommen", versicherte er. „Aber wollen Sie nicht doch besser die Polizei ...?"

„Die hat mir deutlich zu verstehen gegeben, dass sie nichts unternehmen wird, solange nichts passiert ist."

„Das mag stimmen, trotzdem habe ich kein gutes Gefühl dabei, wenn Sie dort alleine hinfahren."

Shona lachte. „Halten Sie mich für verrückt? Nein, ich werde Rowan mitnehmen. Abgesehen davon glaube ich aber nicht, dass mir von Fia Gefahr droht. Sie war total verängstigt."

„Wie Sie meinen, Shona. Passen Sie auf sich auf."

„Wird schon schiefgehen." Sie grinste schief. „Aber Sie dürfen die Polizei gerne anrufen, wenn ich mich in einer Stunde nicht gemeldet habe, in Ordnung?" Sie nannte Mister Borthwick noch die Adresse, dann machte sie sich auf den Weg.

Graham, Emily und Belinda erzählte sie davon nichts. Sie erwähnte lediglich, dass sie zur Brennerei fahren würde, was nicht einmal gelogen war.

Dummerweise traf sie Rowan dort nicht an.

„Tut mir leid, Shona", sagte Ewan. „Aber Rowan ist vor einer Stunde weggefahren."

Shona verengte die Lider zu schmalen Schlitzen. „Hat er gesagt, wo er hinwollte?"

„Sorry." Ihr Vorarbeiter hob die Schultern. „Er meinte nur, er habe etwas in der Stadt zu erledigen."

Sie knirschte mit den Zähnen. „Danke, Ewan."

„Keine Ursache."

Auf dem Absatz machte sie kehrt und stapfte zurück zu ihrem Mercedes. Unterwegs nestelte sie das Smartphone hervor und rief den Kontakt ihres Bruders auf. Als sie ihr Fahrzeug erreichte, sprang die Mailbox an. Shona versuchte gar nicht erst, ihre Wut zu bändigen.

„Scheiße, Rowan. Wo steckst du? Wenn du das hier hörst, ruf mich zurück. Oder nein, besser du kommst gleich …"

„Shona!" Er klang reichlich außer Atem.

Wollte sie wirklich wissen, was er gerade getan hatte?

„Verdammt, wo treibst du dich herum?"

„Ich … äh …"

„Gott, vergiss es. Fia Cumming hat angerufen."

„Und was …?"

„Sie hat Schiss, dass Morgan ihr etwas antut."

„Morgan? Morgan Baxter?"

„Ja, verdammt. Wie viele Morgans kennst du denn?"

„Aber was hat der mit Fia Cumming zu tun?"

„Eben das will ich ja herausfinden. Ich bin auf dem Weg nach Edinburgh. Also schwing deinen Arsch woraus auch immer und komm zu dieser Adresse."

„Ausgerechnet Leith!", murmelte er, nachdem sie sie ihm genannt hatte.

„Ja, ist das ein Problem für dich? Es geht schließlich auch um deinen Arsch."

„Okay, reg dich ab. Ich bin unterwegs."

„Das will ich dir auch geraten haben, mein Bester."

„War das Shona?"

Annabelle richtete sich im Hotelbett auf und schaute Rowan fragend an. Er hatte Mühe, den Blick von ihren entblößten Brüsten abzuwenden. Nicht zum ersten Mal am heutigen Tag fragte er sich, wie sie es geschafft hatte, ihn wieder ins Bett zu kriegen.

Nun war das nicht sonderlich schwer, das war ihm durchaus bewusst. Doch obwohl Annabelle immer noch so hübsch war wie vor fünf Jahren, so war sie eben auch jene Frau, die seine Schwester mit Schlaftabletten vergiftet hatte.

Bloß konnte man sie dafür nicht zur Rechenschaft ziehen, da Morgan Baxter sie eingeschüchtert und manipuliert hatte. In gewisser Weise war sie also genauso sein Opfer wie Shona, Siobhan, Cybill und letztendlich auch er, da Morgan Annabelle gezielt auf ihn angesetzt hatte. Und er war ihm auf den Leim gegangen, hatte sich sogar mit Annie verlobt.

Dabei war er sicher, dass ihre Gefühle nicht nur gespielt gewesen waren. Anfangs mochte sie vielleicht auf Morgans Befehl hin gehandelt haben, doch je länger sie zusammengelebt hatten, desto enger war ihre Bindung geworden.

So eine gute Schauspielerin war Annabelle nun auch wieder nicht, dass sie ihm die Gefühle über einen so langen Zeitraum hinweg hätte vorspielen können. Nein, völlig unmöglich.

Natürlich gehörte eine gehörige Portion Naivität dazu, sich derart vor einen fremden Karren spannen zu lassen, aber seitdem waren nun mal fünf Jahre vergangen. Jahre, in denen sich Annabelle weiterentwickelt hatte. Egal was Shona davon halten mochte, doch er glaubte Annie, dass sie ihre Taten von damals aufrichtig bereute.

„Rowie?" Sie beugte sich vor und legte den Arm um seine Schultern.

Er schreckte hoch. „Hm?"

„Ich fragte, ob das Shona war."

„Ja." Er nickte fahrig. „Ich muss los."

Rowan sprang förmlich von der Bettkante auf und suchte seine Klamotten zusammen, ehe es Annabelle gelang, ihn wieder zurück auf die Matratze zu ziehen.

„Sehen wir uns heute Abend?", fragte sie, während sie ihn beim Anziehen beobachtete. Sie hatte sich auf einen Ellenbogen gestützt, spielte gedankenverloren mit einer Haarsträhne und vergaß auch nicht, ihre Brust herauszudrücken.

Rowans Atem ging unwillkürlich schneller. Hilflos hob er die Schultern. „Ich ... weiß es nicht."

Ein besorgter Ausdruck huschte über ihr Gesicht. „Was ist los? Geht es um Morgan?" Die Angst war aus ihrer Stimme deutlich herauszuhören.

„Nichts, ich ... kann jetzt nicht darüber sprechen." Er beugte sich zu ihr hinunter und drückte ihr einen Kuss auf die Lippen. „Mach dir keine Sorgen."

Sie schlang die Arme um seinen Nacken. Gierig schob sie ihm die Zunge in den Mund. „Bitte geh nicht. Bleib bei mir." Ihre Hand tastete nach seinem Gürtel.

Es kostete ihn unendlich viel Mühe, sich von ihr zu lösen. Doch sein Verantwortungsgefühl gegenüber Shona war stärker. Immerhin ging es um Fia Cumming. Das war allein seine Angelegenheit. „Es geht nicht. Wirklich nicht, Annie. Ich melde mich bei dir. Versprochen."

Beinahe fluchtartig verließ er das Hotelzimmer, bevor er es sich noch einmal anders überlegen konnte.

Kapitel 17

Das Hafenviertel Leith hatte sich in den letzten zwei Jahrzehnten verändert. Nicht zuletzt dank der grassierenden Gentrifizierung. Tatsache war jedoch, dass viele der maroden Bauwerke abgerissen worden waren und deutlich ansehnlicheren Wohnanlagen, Restaurants und Einkaufspassagen gewichen waren.

Dass sich die ehemaligen Bewohner die schicken Apartments nicht mehr leisten konnten, stand indes auf einem ganz anderen Blatt. Dessen ungeachtet gab es aber auch noch genügend Ecken innerhalb des Viertels, in denen es nicht halb so rosig aussah. Die Stadtverwaltung versuchte, das Problem zu ignorieren und tat alles dafür, den schlechten Ruf ad absurdum zu führen, der sich nicht zuletzt durch den Film „Trainspotting" über die Landesgrenzen hinaus in die ganze Welt verbreitet hatte.

Shona war in ihrem Leben nicht oft hier gewesen, wusste aber um die Problematik. Doch erst als sie das Haus, das sich hinter der von Fia Cumming angegebenen Adresse verbarg, mit eigenen Augen sah, wurde ihr bewusst, wie gut sie es auf Kincaid Hall eigentlich hatte.

Ein wenig mulmig war ihr schon zumute, als sie den Mercedes vor dem sechsstöckigen Bunker am Straßenrand parkte. Vielleicht hätte sie lieber den Vauxhall nehmen sollen. Doch dafür hätte sie bei Siobhan an der Galerie Halt machen und ins Stadtzentrum fahren müssen. Abgesehen davon, dass sie ihre Frau da nicht mit hineinziehen wollte, hätte sie der Umweg zu viel Zeit gekostet. Über die Umgehungsstraße war sie sogar schneller am Ziel als ihr Bruder, wo auch immer der sich herumgetrieben haben mochte.

Im Wagen sitzend hielt sie nach Rowans Sportwagen Ausschau, konnte ihn aber nirgends entdecken. Also rief sie ihn über das Handy an.

„Bin unterwegs, Schwesterherz", beantwortete er ihre Frage nach seinem Aufenthaltsort.

„Und wie lange brauchst du noch?"

„Laut Navi viereinhalb Minuten."

Nach fünf Minuten sah Shona den Aston Martin im Rückspiegel in die Straße einbiegen. Sie atmete auf und stieg aus. Dabei bemerkte sie die neugierigen Blicke, die ihr ein paar Typen vom Balkon im Hochparterre des gegenüberliegenden Wohnblocks zuwarfen.

Rowan stoppte dicht hinter ihr und verließ den Wagen. Er zog die Schultern hoch, als würde er frieren. „Hoffentlich stehen die Autos noch da, wenn wir fertig sind."

„Mach dir nicht gleich ins Hemd", erwiderte Shona. „Das hier ist nicht die Bronx." Tatsächlich waren ihr jedoch ähnliche Gedanken gekommen.

„Hast du eine Ahnung, warum Fia ausgerechnet dich angerufen hat?", erkundigte sich Rowan auf dem Weg zum Haus.

Shona zuckte mit den Achseln. „Vielleicht weil sie dich nicht erreicht hat? Oder weil Morgan mein Ex-Mann ist? Keine Ahnung. Spielt das eine Rolle?"

„Vermutlich nicht."

Sie blieben vor der Tür stehen und ließen den Blick über das Klingelschild schweifen. Rowan fand den Namen Cumming zuerst und drückte auf die Taste. Nichts passierte. Er runzelte die Stirn und versuchte es erneut – mit demselben negativen Ergebnis.

„Du hast nicht zufällig Fias Nummer?", fragte er.

Shona musste zerknirscht verneinen. In diesem Moment wurde die Tür von innen aufgezogen. Eine ältere Frau mit fettigen dunklen Haaren musterte das Geschwisterpaar misstrauisch. Sie murmelte irgendetwas vor sich hin, das sich verdächtig nach „feine Pinkel" anhörte. Dann schlurfte sie an ihnen vorbei, einen abgewetzten Einkaufstrolley hinter sich herziehend.

Bevor die Tür ins Schloss fallen konnte, hielt Shona sie auf. Sie gab Rowan mit einem Nicken zu verstehen, dass er ihr folgen sollte. Dann schlüpfte sie durch den Spalt ins Treppenhaus, in dem es nach Essen, kaltem Zigarettenrauch und Urin roch. „Und wohin jetzt?"

„Wenn die Anordnung der Klingelschilder irgendeinen Sinn ergibt, dann müssen wir in den fünften Stock", sagte Rowan.

Shona seufzte und drückte den Knopf für den Aufzug. Wieder tat sich nichts. „Funktioniert hier eigentlich überhaupt irgendetwas?", murmelte sie.

Rowan antwortete nicht, sondern eilte bereits die ersten Stufen hinauf. Shona folgte ihm ein wenig langsamer. Im dritten Stock spürte sie einen ziehenden Schmerz in den Oberschenkeln, der sie daran erinnerte, dass sie wieder mehr Sport treiben sollte. Zumindest ein paar gemeinsame Yoga-Sessions mit Siobhan würden sie nicht umbringen.

Als sie die fünfte Etage erreichten, klebte ihr das Top, das sie unter der Bluse trug, auf der Haut. Rowan stand bereits vor der entsprechenden Wohnungstür. Er hielt den Kopf gesenkt und sah aus, als wäre er auf der Stelle eingefroren.

„Was ist los?", raunte Shona. „Warum klingelst du nicht?"

„Es ist offen!", wisperte er.

Das Hämmern des Herzens in ihrer Brust war keineswegs nur eine Folge der ungewohnten Anstrengung. Zumal sie jetzt auch das Winseln aus der Wohnung vernahm.

Rowan starrte seine Schwester verunsichert an. Er war kreideweiß.

„Sollten wir nicht ...?"

Shona ignorierte seine Bedenken und stieß die Tür auf. Abgestandene Luft, in der der Duft eines Zitrusreinigers hing, schlug ihr entgegen. Noch im Rahmen stehend klopfte sie erneut an die Tür.

Keine Reaktion. Nur das Winseln war deutlicher zu hören, wenn auch weiterhin gedämpft. Ihr lief es kalt über den Rücken. Das war das Weinen eines Kindes!

Von Fia keine Spur.

Shona rief ihren Namen, doch die einzige Reaktion bestand darin, dass das Weinen verstummte. Ein Blick über die Schulter. Rowan stand dicht hinter ihr. Sie gab sich einen Ruck, durchquerte die kleine Wohnung und warf einen schnellen Seitenblick in Richtung Vorhang, hinter dem sich die Kochnische befand.

Die Bude war aufgeräumt, erweckte aber den Eindruck, als sei dies erst kürzlich und sehr oberflächlich geschehen. Die schlechte Luft war nur ein Indiz dafür. Der Zitrusreiniger sollte den muffigen Gestank lediglich übertünchen – so wie Parfüm oder Deo den Schweißgeruch ungewaschener Menschen.

Shona legte die Hand auf die Klinke des Zimmers, aus dem das Wimmern gekommen war. Sie war verschlossen. Zum Glück steckte der Schlüssel von außen, was das ungute Gefühl verstärkte.

Sie schob die Tür auf und sah gerade noch eine kleine Gestalt, die zurücksprang. Sie hüpfte über den welligen Teppich zu einem Bett, auf dem sie sich mit angezogenen Beinen in die hintere Ecke verkroch. Das musste Jonathan sein.

Von seiner Mutter war weiterhin nichts zu sehen. Shona betrat den Raum und ging auf den Jungen zu. Je näher sie kam, desto stechender wurde der Uringestank. Das Kind hatte sich eingenässt.

Mitleid überkam Shona. „Hey, Jonathan. Mein Name ist …“

Das folgende Kreischen ging ihr durch Mark und Bein. Erschrocken blieb sie stehen. Fassungslos starrte sie auf den Jungen, der die Fäuste hob und um sich schlug.

Shona zuckte zurück, sodass die Knöchel sie verfehlten und die Wand trafen. Schmerz schien Jonathan in seiner Angst nicht zu spüren, stattdessen sprang er auf und stürmte aus dem Zimmer, geradewegs in Rowans Arme, der beruhigend auf den Jungen einsprach. Seltsamerweise beruhigte sich dieser umgehend.

Shona ließ den Blick ein letztes Mal durch das Zimmer schweifen, ehe sie kehrtmachte und zurück in den Wohnraum ging. Zwei weitere Türen zweigten ab. Sie probierte zunächst jene mit dem winzigen Lüftungsschlitz über dem Boden.

Sie rechnete nicht damit, Fia ausgerechnet hier zu finden, weshalb sie nur einen kurzen Blick hineinwarf. Sie wollte sich bereits abwenden, als sie im Licht, das durch die Tür in das dahinterliegende Bad sickerte, den menschlichen Körper bemerkte, der auf dem Badewannenrand hing. Die nackten weißen Beine lagen schlaff auf den Fliesen.

Shona schnürte sich die Kehle zu. Eine unsichtbare Faust wühlte sich in ihren Magen, die Nackenhärchen richteten sich auf. Ohne nachzudenken stürmte sie in den Raum, beugte sich über die Wanne und griff nach Fias Schulter. Ihre Hand tauchte in das eiskalte Wasser, berührte schwammige Haut. Sie stieß einen erschrockenen Laut aus und fuhr zurück.

Fias Körper rutschte über den Badenwannenrand und klatschte vor Shonas Füßen auf die Fliesen. Das Geräusch, das der Hinterkopf beim Aufprall erzeugte, erschütterte sie bis ins Mark. Die Augen des ehemaligen Dienstmädchens standen offen, der Blick glitt ins Leere. Aus dem Hals ragte der Griff eines Brieföffners. Eines vergoldeten Brieföffners!

Plötzlich hatte Shona das Gefühl, inmitten einer Blase zu stehen. Jonathans Schreie, die Schritte und Rufe der Männer, die in die Wohnung stürmten, all das bekam sie nur am Rande mit.

Ihr Blick, ihre gesamte Aufmerksamkeit wurden allein von den aufgerissenen Augen, in denen sich das durch die Tür fallende Licht fing, angezogen wie Eisen von einem Magneten.

Ein Schatten erschien in der Tür und legte sich über das maskenhafte, starre Antlitz.

Kapitel 18

„Hey, ist jemand gestorben?"

Cybill stand in der Tür zu Siobhans Büro. Nach den ersten beiden Vorlesungen war sie sofort nach Hause, beziehungsweise zurück in die Galerie geeilt, um Siobhan unter die Arme zu greifen. Gerade die Montage nach den Vernissagen waren sehr arbeitsintensiv. Aufgeräumt hatten sie zwar schon am Samstag, doch das Verschicken der verkauften Bilder, die Rückgabe der auf Kommission erworbenen Getränke sowie die Abrechnungen konnten erst am Montag erledigt werden, sobald der normale Betrieb wieder lief. Da konnte Siobhan jede Hilfe gebrauchen. Momentan schien sie jedoch andere Sorgen zu haben.

Es lag lange zurück, dass Cybill ihre Stiefmutter derart fassungslos, ja regelrecht entsetzt gesehen hatte. Und um ehrlich zu sein, war sie damals viel zu sehr mit sich beschäftigt gewesen, um sich noch daran zu erinnern. Erst jetzt, wo sie Siobhan kreideweiß hinter ihrem verglasten Schreibtisch sitzen sah, kehrten die Reminiszenzen schlagartig zurück. Was immer geschehen sein mochte, sie musste es eben erst erfahren haben, denn ihre Hand, die auf dem iPhone lag, zitterte noch.

Sie hatte nicht mal bemerkt, dass Cybill hereingekommen war. Ein Glück, dass kaum jemand anwesend war. Lediglich ein älteres Pärchen, das vor dem einsetzenden Nieselregen Zuflucht gesucht hatte, stromerte ziellos durch die Ausstellungsräume.

Cybills Frage hatte scherzhaft klingen sollen, doch die Angst, die sich wie eine hungrige Ratte durch ihre Eingeweide fraß, ließ ihre Stimme beben.

Siobhan hob den Kopf und fixierte ihre Stieftochter aus wässrigen Augen. „Fia …", hauchte sie schließlich. „Fia Cumming ist tot!"

Es dauerte ein paar Sekunden, bis Cybill diese Information verarbeitet hatte. Fia Cumming. Sie hatte den Namen vor kurzem gehört. Nicht zum ersten Mal, denn natürlich konnte sie sich an das ehemalige Dienstmädchen erinnern, wenn auch nur verschwommen. Sie selbst war gerade mal neun Jahre alt gewesen, Fia zehn Jahre älter. Viel hatten sie nicht miteinander zu tun gehabt. Tatsächlich hatte Fia sie die meiste Zeit ignoriert. Neunzehnjährige hatten in der Regel andere Dinge im Kopf als Kinder. Wer wusste das besser als sie? Und obwohl die Erinnerungen an Fia nur vager Natur waren – an das, was sie Onkel Rowie vorgeworfen hatte, konnte sie sich noch sehr gut erinnern. Beziehungsweise an Grandmas Ausraster.

Cybill hatte mitbekommen, dass Fia vor einer Woche bei Mum gewesen war und behauptet hatte, sie hätte ein Kind von Rowan. Eine reichlich absurde Anschuldigung. Vermutlich nur ein billiger Versuch, um an Kohle zu kommen. Fia Cumming war drogenabhängig gewesen, das war bekannt. Offenbar hatte ihr das

Chrystal das Hirn weichgekocht, dass sie sich zu einer derartigen Aktion hatte hinreißen lassen.

Da Cybill eigene Probleme gehabt hatte, hatte sie sich nicht weiter darum gekümmert. Dass Fia aber plötzlich tot sein sollte, war schon merkwürdig. Besonders weil es nicht Siobhans Reaktion erklärte. Ihre Stiefmutter kannte Fia Cumming nicht einmal. Warum sollte sie wegen ihres Ablebens derart aus der Fassung geraten?

„Das Dienstmädchen?", vergewisserte sich Cybill schließlich.

Siobhan nickte.

„Aber ... wie konnte das passieren?"

„Offenbar wurde sie ermordet!"

Cybill konnte sehen, wie Siobhan schluckte. Hektisch nestelte sie ein Taschentuch aus der bereitstehenden Pappbox und tupfte sich die Tränen aus den Augen. „Man hat sie ... erstochen oder ertränkt. Deine Mum ..." Sie schüttelte den Kopf. „Ich ... ich kann es noch immer nicht fassen."

„Was denn, um Himmels Willen?" Cybill ballte die Hände zu Fäusten und trat an den Schreibtisch heran. „Was ist mit Mum?"

Siobhan sprang auf. „Sie ... sie hat sie gefunden", krächzte sie schließlich. „Die Polizei glaubt, dass sie Fia umgebracht hat. Deine Mutter wurde verhaftet!"

Das für den Distrikt Leith zuständige Polizeirevier lag in der Queen Charlotte Street, in einem alten Gemäuer mit klassizistischer Fassade. Der Eingang lag unter einem Vordach, das von vier hohen Säulen getragen wurde und bestand aus einer fensterlosen, dunkel gebeizten Tür aus massiver Eiche. Dahinter befand sich die Anmeldung.

Ein gelangweilter Beamter, der vermutlich schon die Monate bis zu seiner Pension zählte, saß in einer verglasten Loge. Siobhan erklärte, wer sie und Cybill waren, woraufhin der phlegmatische Rentenanwärter geringfügig munterer wurde und sie darum bat, einen Moment zu warten.

Danach telefonierte er mit jemandem, schwang auf seinem Bürosessel herum und nickte der jungen Kollegin zu, die hinter ihm in der Loge stand und über die Abwechslung froh zu sein schien. Sie war kleiner als Siobhan, aber von deutlich kräftigerer Statur. Selbst durch den dunklen Stoff ihrer Uniformbluse war zu erkennen, wie durchtrainiert sie war. Das kurze Haar hatte sie schwarz gefärbt und mit Haarspray in Form gebracht. Wie bei einem Irokesen ragte es empor. Auf der sommersprossigen Nase prangte eine randlose Brille.

Siobhan fragte sich, wie sie es schaffte, die Mütze aufzusetzen, ohne die Frisur kaputt zu machen, schalt sich jedoch im selben Augenblick für diesen unsinnigen Gedanken. Als ob sie keine anderen Sorgen hätte. Die Frau blieb vor dem Metalldetektor stehen, den jeder Besucher passieren musste, bevor er das Revier betreten durfte. Die Beamtin deutete auf einen schmalen Tisch, auf dem eine Plastikschale stand. Sie wurden aufgefordert, sämtliche Metallgegenstände abzunehmen, was bedeutete, dass Siobhan auch ihre Kreolen ablegen musste. Ihre Finger zitterten noch immer so stark, dass Cybill ihr half.

„Bist du gar nicht aufgeregt?", wisperte Siobhan ihr zu.

Cybill musterte ihre Stiefmutter ernst. „Glaubst du wirklich, Mum hat diese Frau umgebracht?"

„Natürlich nicht", erwiderte sie empört.

„Worüber machst du dir dann Sorgen? Es ist sicherlich ein Missverständnis."

Vergebens fahndete Siobhan im Gesicht des Mädchens nach einem Anzeichen für Furcht. Für einen kurzen Augenblick hatte sie das Gefühl, einer jüngeren Version von Shona gegenüberzustehen. Nur tief in ihren Augen schien ein Hauch von Unsicherheit und Angst zu flackern. Oder bildete sie sich das nur ein?

Wie auch immer, Cybills Selbstsicherheit, egal ob vorgetäuscht oder echt, half Siobhan, zu innerer Stärke zurückzufinden. Sie legte noch die Halskette ab, tastete gewohnheitsmäßig Hüften und Oberschenkel ab, doch da sie ein Kleid ohne Taschen trug, gab es keine weiteren Metallgegenstände, die einen Alarm auslösen konnten.

Die Polizistin winkte sie durch, um sie anschließend noch einmal abzutasten.

„Ist das wirklich nötig?", erkundigte sich Siobhan.

„Ja", erwiderte die Beamtin knapp. „Vorschrift."

„Was ist mit meiner Handtasche und unseren Sachen?"

„Bekommen Sie beim Verlassen des Reviers wieder."

Die Polizistin nickte zufrieden und führte sie durch einen langen Flur zu einer hölzernen Treppe. Die Dielen quietschten unter ihren Schritten, die von den weiß getünchten Wänden widerhallten. Als sie den oberen Absatz erreichten, erblickten sie Rowan, der vornübergebeugt auf einer gepolsterten Bank saß und damit beschäftigt war, die Finger mit einem feuchten Tuch zu reinigen. Anscheinend hatte man auch von ihm Fingerabdrücke genommen.

Bei Siobhans und Cybills Anblick sprang er auf, was den Beamten im angrenzenden Büro veranlasste, sich ebenfalls zu erheben. Er sah aus, als wollte er sich jeden Augenblick auf Shonas Bruder stürzen.

„Rowan", krächzte Siobhan. „Was ist passiert?"

„Ich kann dir nicht mehr sagen als am Telefon. Aber Mister Borthwick ist schon auf dem Weg."

„Die können doch nicht ernsthaft annehmen, dass Shona …"

„Doch, können sie." Rowan zuckte hilflos mit den Achseln.

„Bullshit", rief Cybill aggressiv. „Ich will sofort zu meiner Mutter!"

Der Polizist, ein schnauzbärtiger Bulle mit finsterem Blick, verschränkte die Arme vor der Brust. Seine Kollegin schien ein wenig zugänglicher zu sein. „Es darf jeweils nur eine von Ihnen zu ihr."

Die beiden Frauen schauten sich in die Augen. Siobhan rechnete mit einem lautstarken Aufbegehren oder zumindest einem stummen Ringen, doch Cybill seufzte und machte eine resignierende Geste.

„Also schön, ich warte."

„Bist du sicher?", fragte Siobhan.

„Nein", knurrte Cybill. „Aber du bist ihre Frau. Nun geh schon!" Sie wandte sich ab, damit Siobhan ihre Tränen nicht sah. Dummerweise stand Rowan noch immer hinter ihr. Er wollte sie in den Arm nehmen, doch Cybill wehrte ihn brüsk ab. Mit einem Mal wirkte sie wieder wie ein trotziger Teenager. Mit gesenktem Haupt nahm sie auf der Bank Platz.

Rowan nickte Siobhan zu. Sie lächelte verkrampft und folgte der Polizistin durch eine Schleuse in den Zellentrakt, wo die Verdächtigen untergebracht wurden, bevor sie einem Richter vorgeführt werden konnten. Diese befanden sich auf der linken Seite, rechts lag die Fassade mit den Fenstern, durch die Siobhan freie Sicht auf die Queen Charlotte Street hatte. Der Boden bestand aus Linoleum. Der Geruch nach Bohnerwachs lag in der Luft. Vor der vorletzten Tür, es waren insgesamt fünf, blieb die Beamtin stehen. Sie holte ein Schlüsselbund hervor, an dem schwere Metallschlüssel hingen, die aussahen, als könne man mit ihnen Leute totschlagen.

Siobhan hielt den Atem an, während sie wartete, dass die Tür geöffnet wurde. Bevor die Beamtin sie aufzog, musterte sie Siobhan ernst. „Ich werde warten. Sie haben fünfzehn Minuten.“

Der Kloß in ihrem Hals verhinderte, dass sie antwortete, daher nickte sie lediglich.

Endlich öffnete sich die Tür. Siobhan stieß den angehaltenen Atem aus, vergeblich darum bemüht, ihr heftig klopfendes Herz zu beruhigen.

Shona hatte das Geräusch des Schlüssels gehört und stand auf. Jacke und Handtasche hatte man ihr ebenso abgenommen wie die Ohrringe. Die Wimperntusche war verlaufen, die Augen gerötet.

Ohne ein Wort zu sagen, breitete sie die Arme aus und warf sich an Siobhans Brust.

Okay, du musst jetzt stark sein, schoss es dieser durch den Kopf. Normalerweise war Shona der unerschütterliche Fels in der Brandung. Selbst als Lady Morag gestorben war, hatte sie die Fassung bewahrt, während Rowan nicht gewusst hatte, wohin mit seiner Trauer.

Umso erschreckender war es für Siobhan, ihre Frau derart neben der Spur zu sehen. Minutenlang sprach niemand ein Wort. Siobhan hielt Shona im Arm und ließ sie weinen.

Es war mit Sicherheit nicht nur die Tatsache, dass Fia Cumming tot und sie verhaftet worden war. All die Gefühle, die Hilflosigkeit und Wut, die sich in den letzten Wochen seit Morgans Entlassung aufgestaut hatten, brachen sich gerade mit Gewalt Bahn. Und das war gut so.

Siobhan wartete, bis Shona ihr signalisierte, die Umarmung lösen zu wollen. Mit dem Ärmel ihrer Bluse wischte sie die Tränen ab. Siobhan hätte ihr gerne ein Taschentuch gereicht, doch die lagen unten in ihrer Handtasche. Shona wusste sich aber auch so zu helfen. Zur Zelle gehörte nicht nur ein Bett, das am Boden verschraubt war, sondern auch eine an die Wand montierte, chromblitzende Toilette ohne Deckel. Die Papierrolle stand daneben. Shona riss einige Stücke ab und schnäuzte sich. „Sorry, Siobhan, ich …"

„Hey, schon in Ordnung." Sie tastete nach den Händen ihrer Frau und führte sie zum Bett, wo sie sich nebeneinander auf die dünne Schaumstoffmatratze setzten. „Es ist gut, dass du es rauslässt. Endlich."

Shonas Mundwinkel zuckten. „Ich habe diese Frau nicht umgebracht."

„Das brauchst du mir nicht zu erklären." Siobhan spürte Ärger in sich aufwallen. „Hast du ernsthaft angenommen, ich hätte auch nur eine Sekunde daran gezweifelt?“

„Nein“, hauchte Shona. Ihr Griff verstärkte sich, als wollte sie sicherstellen, dass Siobhan auch wirklich hier war. „Wo ist Cybill?“

„Draußen bei Rowan.“

„Sie ist hier?“

„Natürlich ist sie hier! Sie ist deine Tochter! Herrgott, ich kann froh sein, überhaupt hier sitzen zu dürfen.“

„Ich weiß nicht, ob ich will, dass sie mich so sieht.“

„Mach dir darüber keine Sorgen. Cybill weiß genauso gut wie ich, dass du nichts mit Fias Tod zu tun hast.“ Sie biss sich auf die Unterlippe. „Was ist passiert?“

„Sie hat mich angerufen. Sie wollte, dass ich sie abhole, in Sicherheit bringe. Sie hatte furchtbare Angst.“

„Vor wem? Vor Morgan?“

Shona nickte. „Sie sagte, er hätte sie dazu angestiftet, uns zu erpressen.“

„Warum hast du nicht die Polizei angerufen?“

„Was hätte die denn tun sollen? Es lag doch nichts vor!“, rief Shona verzweifelt. „Außerdem … außerdem hatte ich vorher erst mit einem Beamten gesprochen. Die hätten glatt angenommen, dass ich Stimmung gegen Morgan mache.“

„Und da riskierst du es lieber, ihm allein über den Weg zu laufen?“

„Ich war ja nicht allein. Rowan war bei mir.“

„Oh ja, wie beruhigend. Rowan. Morgan braucht nur einmal tief einzuatmen, dann hängt der ihm quer vor der Nase.“

„Siobhan!“

Sie winkte ab. „Schon gut. Erzähl weiter.“

Das tat Shona in den folgenden Minuten und mit jedem Wort wurde Siobhan bleicher. Bis sie es schließlich nicht länger aushielt. „Warte mal kurz", sagte sie. „Wenn du die Polizei nicht angerufen hast, wieso ist sie dann so schnell gekommen?"

Shona zog die Nase hoch und zuckte mit den Achseln. „Ich weiß es nicht."

„Und wie sind sie auf den Trichter gekommen, dass du Fia Cumming umgebracht hast?"

„Siobhan, ich stand über der Leiche."

„Ja, das habe ich verstanden. Aber wieso wurde Rowan nicht verhaftet?"

„Ich weiß es nicht."

„Verdammt, die müssen dir doch irgendetwas gesagt haben!"

Shona lachte bitter. „Von wegen. Die haben mir Handschellen angelegt und mir meine Rechte vorgelesen, das war alles. Ehe ich mich versah, saß ich schon in einem Streifenwagen."

„Was ist mit dem Jungen?"

„Keine Ahnung."

Die Tür zur Zelle öffnete sich. Siobhan fuhr auf dem Bett sitzend herum. „Die Zeit ist noch nicht um!", fauchte sie. Auch ihre Nerven lagen blank.

Erst als sie erkannte, wer die Zelle betrat, entspannte sie sich. „Mister Borthwick!"

Der alte Mann lächelte aufmunternd. „Mrs McLeary-Kincaid, ich bin untröstlich, Sie unter diesen Umständen wiederzusehen."

Siobhan schraubte sich in die Höhe. „Glauben Sie mir, nicht halb so untröstlich wie ich es bin."

Der Anwalt nickte und trat auf Shona zu. „Ich bin so schnell gekommen, wie ich konnte."

„Das weiß ich, Mister Borthwick."

Hinter dem Rechtsanwalt betrat ein weiterer Mann die Zelle. Er musterte Siobhan scharf. „Ich muss Sie jetzt bitten, zu gehen!"

„Kommt gar nicht infrage. Ich bin ihre Frau."

Der Mann, offenkundig ein Beamter in Zivil, lief krebsrot an. Bevor er seiner patriarchalischen Wut lautstark Ausdruck verleihen konnte, mischte sich Mister Borthwick ein. Er legte die Hand auf Siobhans Schulter. „Gehen Sie ruhig. Es ist besser so. Ich spreche nachher mit Ihnen."

Siobhan atmete langsam aus, ließ die Wut förmlich aus sich herausfließen und nickte. „Wie *Sie* wünschen, Mister Borthwick!"

Sie verabschiedete sich von Shona und verließ die Zelle. Nicht ohne dem Beamten ein leises Knurren mit auf den Weg zu geben, das jeden Wolf vor Neid hätte erbleichen lassen.

Kapitel 19

„Was hast du jetzt wieder angerichtet?"

Rowan saß noch immer vornübergebeugt auf der Bank und bedachte Cybill mit einem Blick über die Schulter, den Arm auf das Knie gestützt. Das vorlaute Mundwerk hatte sie eindeutig von ihrer Mutter geerbt.

„Wie kommst du darauf, dass ich etwas damit zu tun habe?"

Cybill schnaubte. „Hast du das nicht immer?"

„Jetzt hör mir mal zu, junge Dame. Fia Cumming hat deine Mutter angerufen, nicht mich. Ich hatte überhaupt keinen Kontakt zu ihr."

Er hatte die Worte kaum ausgesprochen, da wurde ihm bewusst, was er da gesagt hatte. Cybill selbst schien sich nichts dabei zu denken, beziehungsweise war in Gedanken bereits ganz woanders. „Und wo ist der Junge?"

„Jonathan?"

„Wie viele gibt es denn?", fragte sie schnippisch.

Rowan schaute auf seine Hände, an denen noch immer Tintenreste klebten. Gab es dafür nicht längst digitale Methoden? In welchem Jahrhundert lebten die hier eigentlich? Nun ja, dem heruntergekommenen Altbau nach zu urteilen, im vorletzten.

„Das kann ich dir nicht sagen. Wahrscheinlich ist er hier irgendwo. Das letzte Mal, als ich ihn sah, brachte ihn eine Polizistin weg.“

„Was habt ihr da überhaupt zu suchen gehabt?“

Rowan seufzte. Wenn er das mal gewusst hätte. „Keine Ahnung. Fia hat wohl deine Mutter angerufen, weil sie befürchtete, Morgan könne ihr was antun.“

„Dad? Was hat der denn mit Fia Cumming zu tun?“

„Tja, das ist die Frage. Und wohl auch der Grund, weshalb deine Mutter jetzt einsitzt.“

„Also jetzt versteh ich gar nichts mehr.“

Er lachte auf. „Willkommen im Club.“

„Rowan!“, zischte Cybill.

Ja, ganz eindeutig die Mutter.

„Als die Bullen ...“ Aus dem Büro drang ein Räuspern, woraufhin Rowan die Stimme senkte. „Als die Polizei in die Wohnung kam, hatte deine Mutter gerade die Leiche gefunden. Ich hörte sie rufen, dass es Morgan Baxter gewesen sei, aber wie willst du das beweisen? Die Einzige, die das könnte, ist tot! Andererseits ...“

„Andererseits was?“

„Andererseits hatte deine Mutter Motiv und Gelegenheit.“

Cybill zuckte zusammen und sprang auf. „Bist du bescheuert?“, schrie sie.

„Bitte beruhige dich.“

„Ich will mich nicht beruhigen! Sag mal, geht’s noch? Deine Lieblingsnichte tritt dir gleich in die Eier!“

„Cybill!“ Er hob die Stimme. „Setz – dich – hin!“

Cybill sah aus, als würde sie jeden Moment explodieren. Ihr Blick irrte zu der offen stehenden Bürotür, in der just der schnauzbärtige Beamte auftauchte.

„Ma'am, wenn Sie sich nicht beruhigen, muss ich Sie bitten zu gehen."

„Die junge Dame ist die Tochter der Frau, die Sie verhaftet haben. Sie hat jedes Recht, aufgebracht zu sein", verteidigte Rowan sie.

Cybill ließ sich neben ihm in die Polster fallen und verschränkte die Arme vor der Brust. „Bin keine Dame."

„Ja, aber das musst du ja nicht gleich jedem auf die Nase binden", raunte er.

Sie wandte den Kopf. „Also? Motiv und Gelegenheit?"

Er nickte. „Fia Cumming wollte uns erpressen, so wird es jedenfalls die Staatsanwaltschaft hinstellen. Deine Mutter hatte also ein Motiv für die Tat. Als ich dort ankam, da war sie schon vor Ort und hat auf mich gewartet. Sie hätte also genügend Zeit gehabt, Fia zu töten, wieder nach unten zu gehen und sich ins Auto zu setzen, um auf mich zu warten."

Mit jedem Wort entgleisten Cybills Gesichtszüge mehr und mehr. Tränen der Wut glitzerten in ihren Augen.

„Das ist nicht meine Meinung", sprach Rowan schnell weiter. „Aber so wird die Anklagevertretung vermutlich argumentieren."

Cybill rang nach Worten, kam jedoch um eine Antwort herum, denn in diesem Moment stieg ein älterer Herr die Stufen hinauf: Mister Borthwick senior.

Rowan atmete auf. „Gott sei Dank!" Er ging auf den Anwalt zu und reichte ihm die Hand. „Ich kann Ihnen gar nicht sagen, wie froh ich bin, Sie zu sehen."

Mister Borthwick lächelte. „Ich bin so schnell gekommen, wie ich konnte." Er neigte das Haupt. „Ist das etwa die kleine Lady Kincaid?"

Cybill rollte mit den Augen und stand auf. Der Anwalt musste den Kopf in den Nacken legen, um sie anzuschauen. „Oh, wie ich sehe, bist du gar nicht mehr so klein.“

„Und sie ist auch keine Lady“, flüsterte Rowan hinter ihm.

„Mister Borthwick, meine Mum hat niemanden umgebracht.“ Cybill kämpfte mit den Tränen.

„Mach dir keine Sorgen, ich kümmere mich um alles Weitere. Zunächst einmal muss ich aber mit deiner Mutter sprechen.“

Wie auf ein geheimes Stichwort erschien ein weiterer Mann in der Tür des Büros, der sich an dem Schnauzbartträger vorbeidrückte. Er ignorierte Cybill und Rowan und blieb dicht vor Mister Borthwick senior stehen.

„Detective Inspector Turpin. Ich bearbeite den Fall. Ich bringe Sie persönlich zu Mrs Kincaid.“

Er machte eine einladende Geste in Richtung Zellentrakt. Der Schnauzbart hatte in der Zwischenzeit die Tür geöffnet. Es hätte Rowan nicht überrascht, wenn er noch einen Diener gemacht hätte.

Keine zwei Minuten später erschien eine aufgebrachte Siobhan in Begleitung der adretten Polizistin, die sie hereingeführt hatte. Sie wirkte ruhig, fast schüchtern, doch Rowan war sicher, dass sie Haare auf den Zähnen hatte, wenn es darauf ankam.

„Wie geht es ihr?“, wollte Cybill wissen.

Siobhan hob die Schultern. „Wie es einem so geht, wenn man verhaftet wurde und des Mordes verdächtigt wird.“

„Beschissen!“

„Wenn ihr jemand helfen kann, dann Mister Borthwick“, sagte Rowan im Brustton der Überzeugung.
Wenn nur dieses drückende Gefühl im Magen nicht gewesen wäre.

Fünfzehn Minuten verstrichen, ehe Shona in Begleitung von Mister Borthwick und Detective Inspector
Turpin erschien. Sie hatte kaum genug Zeit, um Cybill
zu begrüßen, ehe sie weitergeführt wurde. Der Anwalt
raunte ihnen noch zu, dass es ein Gespräch mit dem
Staatsanwalt geben würde, an dem auch Rowan teil-
nehmen musste.

Siobhan und Cybill blieben mal wieder alleine zurück. Die Polizistin erschien und erkundigte sich
freundlich, ob die beiden Frauen etwas trinken wollten.

„Nein“, jammerte Cybill. Sie stützte die Ellenbogen
auf die Knie und vergrub das Gesicht in den Händen.
Siobhan strich ihr zärtlich über den Rücken.

„Hätten Sie vielleicht ein Wasser?“

Die Beamtin lächelte. „Sie können auch Kaffee haben.“

„Ich denke, Wasser reicht.“

„Ich nehme einen Kaffee!“, rief Cybill unvermittelt.

Siobhan hob die Brauen. „Also gut, dann Kaffee.“

Die Polizistin nickte und verschwand.

Cybill ließ wieder den Kopf hängen. „Das ist doch ein
einziger Albtraum.“

Das Klingeln des Handys bewahrte Siobhan vor einer
Antwort. Sie wurde kreideweiß, als sie sah, wer anrief.

„Graham", keuchte sie. „Ähm … es ist gerade ein wenig ungünstig. Kann ich dich zurückrufen? So in ein, zwei Stunden?"

„Natürlich, ich wollte auch nur wissen, ob mit Shona und Rowan alles in Ordnung ist. Ich kann sie nicht erreichen."

„Den beiden geht's bestens. Sie … ähm … hatten einen kleinen Autounfall. Nichts Schlimmes, nur Blechschaden. Ich melde mich wieder." Hastig legte sie auf und schaute Cybill an, die sie aus den Augenwinkeln musterte.

„Hast du da gerade meinen Großvater belogen?"

„Ich habe die Wahrheit vertagt, okay? Der Mann hat deiner Mutter und deinem Onkel vierzig Jahre was vorgespielt, da wird er wohl zwei Stunden überstehen."

„Diese Familie ist so böse!"

„Hey, jetzt ist mal gut. Du tust ja gerade so, als wären wir eine Sippe von Serienmördern."

Die Polizistin brachte den Kaffee und hatte auch zwei Flaschen Wasser neben die Becher auf das Tablett gestellt. Siobhan bedankte sich. Sie versuchte Cybill in ein Gespräch über Colin und Kendra zu verwickeln, scheiterte aber bereits im Ansatz an der Einsilbigkeit ihrer Stieftochter.

Cybill war eine Sorgenfresserin. Wenn es ihr schlecht ging, war sie verschlossener als eine Auster, das erlebte Siobhan nicht zum ersten Mal. Normalerweise konnte sie damit problemlos umgehen, doch jetzt, da sie selbst betroffen war, fühlte sie sich vollkommen hilflos.

Die Zeit dehnte sich wie Kaugummi. Eine Dreiviertelstunde später tauchten fünf Personen am Ende des Flurs auf. Inspektor Turpin und der Staatsanwalt bogen links ab und verschwanden über die Treppe nach unten, ohne Cybill oder Siobhan eines Blickes zu würdigen. Shona wurde umgehend zurück in die Zelle gebracht.

„He, wo bringen Sie sie hin?“, wollte Cybill von dem Schnauzbart wissen.

„Mach dir keine Sorgen, mein Schatz“, sagte ihre Mutter. „Ich muss bis zur richterlichen Anhörung warten. Alles wird gut.“

Der Satz klang selbst in Siobhans Ohren wie eine Ausrede. Sie wechselten einen stummen Blick miteinander, der sie wie ein Pfeil in die Brust traf. *Kümmere dich um sie,* schienen ihr Shonas Augen sagen zu wollen. Siobhan wusste, dass es nur ihre eigenen quälenden Gedanken und Gefühle waren, der sie diese Interpretation zu verdanken hatte. Trotzdem konnte sie sich nicht gegen die Beklemmung wehren, die von ihr Besitz ergriff.

Vor der Wache setzten sie sich in Siobhans Vauxhall. Cybill hatte neben Mister Borthwick Platz genommen, der seinen Aktenkoffer auf den Knien balancierte.

„Ich möchte ehrlich zu Ihnen sein, die Beweislast ist … ich möchte nicht sagen erdrückend, aber doch besorgniserregend.“

„Also ist es so, wie Onkel Rowan gesagt hat?“, fragte Cybill. „Ich meine, das mit dem Motiv und der Gelegenheit?“

„Ich fürchte ja. Aber das ist längst nicht alles. Fia Cumming wurde keineswegs nur ertränkt. In ihrem Hals steckte auch ein Brieföffner.“

Siobhan spürte, wie ihr das Blut aus dem Kopf wich und ihr schwindelig wurde. „Von was für einem Brieföffner sprechen wir hier? Etwa dem aus Shonas Büro?"

„Ja", murmelte Rowan. „Er gehörte Mum, also Lady Morag. Es sind aber auch Shonas Fingerabdrücke darauf."

„Natürlich sind ihre Fingerabdrücke darauf!", rief Cybill wütend. „Sie hat ihn schließlich fast jeden Tag benutzt."

„Vielleicht nicht jeden Tag, aber oft genug", bestätigte Rowan. „Shona glaubt, dass Fia Cumming ihn mitgenommen hat, als sie letzte Woche bei ihr im Büro gewesen ist. Das Problem ist, dass sich keine anderen Abdrücke darauf befinden."

„Warum sollte Fia den Brieföffner mitnehmen?", wollte Cybill wissen. „Um Selbstmord zu begehen? Das ist doch Blödsinn."

„Nicht, wenn sie von dem wahren Mörder dazu angestiftet wurde", murmelte Siobhan. Ihr war mittlerweile speiübel.

„Morgan?", ächzte Cybill.

Siobhan nickte.

„Tatsächlich sind einige der Fingerabdrücke verwischt, so, als hätte ihn jemand mit Handschuhen oder einem Taschentuch angefasst", erklärte Mister Borthwick. „Nichtsdestotrotz würde es sich allenfalls um Indizien handeln, wenn es keinen Zeugen gäbe."

„Es gibt einen Zeugen?", echote Siobhan, bis ihr Jonathan einfiel.

„Der Junge ist ein Autist!", rief Cybill in derselben Sekunde. „Wie soll er denn Zeuge gewesen sein? Hast du mir nicht erzählt, die Tür sei abgeschlossen gewesen?"

Rowan, der neben Siobhan auf dem Beifahrersitz saß, nickte. „Das stimmt, aber als Shona die Tür aufschloss, geriet er regelrecht in Panik."

„Nicht nur das", griff Mister Borthwick den Faden auf. „Die Polizeipsychologin hat Spuren von Misshandlungen an dem Jungen festgestellt. Und er hat Shona anhand von Fotos wiedererkannt."

„Das ist doch gelogen!" Cybills Stimme klang schrill. „Mum würde niemals jemanden misshandeln oder gar umbringen. Siobhan, sag, dass sie unschuldig ist!" Ein dicker Kloß saß in ihrer Kehle. „Siobhan!"

Es war Rowan, der ihr schließlich die Antwort gab. „Verdammt, Cybill. Natürlich hat Shona diesen Mord nicht begangen. Und sie hat auch Jonathan nicht misshandelt. Da steckt jemand anderer dahinter."

„Dad!"

„Ich begreife das nicht", ächzte Siobhan. „Er konnte doch gar nicht wissen, dass Shona alleine dort hinfahren würde."

„Sie war ja auch nicht alleine", entgegnete Cybill. „Nur dass Onkel Rowie mal wieder zu spät kam. Wo warst du überhaupt?"

„Was spielt das für eine Rolle?", schrie er sie an.

Cybill zuckte zusammen, ihre Unterlippe bebte. Es war das erste Mal, dass er ihr gegenüber derart aus der Haut gefahren war. Zumindest seit Siobhan die beiden kannte.

„Krieg dich wieder ein", fuhr diese ihn an.

„Wie auch immer", sagte Mister Borthwick. „Selbst wenn Mrs Kincaid die Polizei verständigt hätte und diese vor Shonas Ankunft eingetroffen wäre, hätte das nichts an der Beweislage geändert. Detective Turpin ist der Ansicht, dass Shona die Polizei in Sicherheit wiegen und den Verdacht von sich ablenken wollte.“

„Turpin ist ein Idiot“, zischte Siobhan. „Warum hätte sie dann den Brieföffner in Fias Hals stecken lassen sollen?“

„Und was ist mit Morgan?“, fragte Cybill.

„Hat angeblich ein wasserdichtes Alibi.“

„Aha. Und wer hat ihm das verschafft?“

„Annabelle Forbes“, murmelte Rowan.

Betretenes Schweigen legte sich über alle, bis Mister Borthwick demonstrativ auf seine Armbanduhr schaute. „Es wird Zeit für mich. Wenn ich Ihnen einen Rat geben darf: Fahren Sie nach Hause. Ruhen Sie sich aus. Solange die Sachlage nicht geklärt ist, können wir nichts tun.“

„Ich fahre nirgendwo hin“, grollte Siobhan. „Ich gehe noch einmal zu Shona.“

„Ich komme mit“, rief Cybill.

„Wie Sie meinen“, sagte der Anwalt und verabschiedete sich.

„Und was ist mit dir?“, fragte Siobhan ihren Schwager.

Rowan Kincaid zuckte mit den Achseln. „Ich rufe mir ein Taxi. Mein Aston Martin steht noch vor Fias Haus. Den lass ich da bestimmt nicht über Nacht stehen.“

Cybill und Siobhan starrten ihn fassungslos an.

Kapitel 20

Während der Taxifahrt versuchte Rowan, an nichts zu denken.

Nicht an die fassungslosen Mienen seiner Nichte und seiner Schwägerin, nicht an seine Schwester Shona und auch nicht an Fia Cumming oder Morgan Baxter. Es gab eigentlich nur eine Person, um die sich seine Gedanken drehten: Annabelle Forbes.

Er dachte an ihre gemeinsamen Treffen, seit sie ihn nach dem Rundgang durch die Brennerei gefragt hatte, ob sie nicht einen Kaffee zusammen trinken könnten. Der alten Zeiten willen, aber auch, weil sie ihm ihre Sicht der Dinge darlegen und sich entschuldigen wollte.

Und da Rowan im Gegensatz zu seiner Zwillingsschwester Shona nicht nachtragend war, hatte er eingewilligt. Es war keineswegs geplant gewesen, danach im Bett zu landen, es war schlichtweg passiert. Ehe er sich versah, war er mit ihr in ein Hotel gegangen. Dreimal hatten sie es seitdem getan und nicht ein einziges Mal hatte er einen Gedanken daran verschwendet, dass dies Teil eines neuen Plans von Morgan Baxter sein könnte.

Bis jetzt.

Cybills Frage, wo er gesteckt hatte, war berechtigt gewesen. Doch was hätte er ihr sagen sollen? Dass Annabelle ihn „überredet" hatte, sich angemessen von ihr zu verabschieden? Sie hätte es nicht verstanden. Und warum sollte sie auch? Er verstand es ja selber nicht.

Rückblickend betrachtet, sah er ihre Zärtlichkeiten jedoch in einem ganz anderen Licht. Es juckte ihn in den Fingern, sie sofort anzurufen und zur Rede zu stellen, doch er wartete, bis der Taxifahrer ihn vor dem Betonsilo, in dem Fia Cumming ums Leben gekommen war, absetzte.

Die Atmosphäre war gespenstisch. Vor nicht einmal sechs Stunden hatte es hier vor Polizei gewimmelt, die Menschen hatten auf dem Gehweg zusammengestanden und miteinander getuschelt, doch davon war nichts mehr zu hören und zu sehen. Es war so, als ob nie etwas geschehen wäre. Sein Aston Martin stand noch so da, wie er ihn verlassen hatte, was fast an ein kleines Wunder grenzte.

Nur Shonas Mercedes war verschwunden. Die Polizei hatte ihn beschlagnahmt und zum Zwecke der Spurensicherung abschleppen lassen.

Rowan beglich die Rechnung, legte ein großzügiges Trinkgeld hinzu und stieg in den Aston Martin um. Statt jedoch sofort loszufahren, zückte er das Handy und rief Annabelles Nummer an. Sie meldete sich nicht.

Er fluchte, warf das iPhone auf den Beifahrersitz und legte einen regelrechten Kavalierstart hin. Kurz nachdem er die Umgehungsstraße erreicht hatte, bemerkte er das Aufblinken des Displays. Unwillkürlich drosselte er das Tempo und angelte nach dem Handy.

„Hallo, mein Schatz!“ Annies Stimme klang betont fröhlich, trotzdem hörte er deutlich das leise Zittern in den Worten. „Hast du …“

„Bist du allein?“

Sie zögerte zwei Sekunden zu lange mit ihrer Antwort. „Ja, aber was ist denn los? Warum bist du so zornig?“

„Shona wurde verhaftet.“

„Verhaftet, aber warum?“

„Unwichtig. Ich will von dir nur wissen, ob du mich absichtlich aufgehalten hast.“

„Was?“, rief sie schrill. „Was redest du da für dummes Zeug?“

„Ja oder nein?“

„Nein!“

Er seufzte. „Es fällt mir schwer, das zu glauben.“

„Rowan, was ist passiert? Was ist denn auf einmal los mit dir?“ Sie klang weinerlich und er spürte, wie er nachgiebig wurde.

„Wo bist du jetzt?“

„In meiner Wohnung.“

„Du hast eine Wohnung in Edinburgh?“, fragte Rowan überrascht. „Davon hast du bislang überhaupt nichts gesagt.“

„Ich habe sie auch noch nicht lange. Außerdem … ist sie ziemlich winzig. Ich habe mich dafür geschämt, weißt du?“

„Hm“, brummte er. „Wo ist sie?“

„In Restalrig, am Lochend Drive.“ Sie nannte ihm die Hausnummer. „W… Willst du vorbeikommen?“

„Ich hole dich ab. Und dann fahren wir gemeinsam zur Polizei!“

„Zur Polizei?“, quiekte sie. „Warum denn das?“

„Damit du dort deine Aussage machen kannst. Es geht um Mord, Annie!“

Sie keuchte erschrocken auf und Rowan befürchtete bereits, dass sie auflegen könnte. Stattdessen fing sie an zu betteln. „Nein, Rowie. Bitte nicht. Wenn er das herausfindet, dann … dann …“

„Dann was? Wer bedroht dich, Annie? Ist es Morgan? Hat er Fia Cumming umgebracht?“

„Fia Cumming ist tot?“, echote sie.

Sie wusste von Fia, weil er Idiot ihr von ihr erzählt hatte.

„Ja, und ich habe langsam die Schnauze voll von diesen Spielchen.“

„Ich kann dir alles erklären, Rowan. Aber bitte keine Polizei! Versprichst du mir das?“

Er überlegte nicht lange. „Also schön. Keine Polizei. Aber dann will ich von dir die Wahrheit hören, versprochen?“

„Versprochen. Wann kommst du?“

„Gib mir eine Stunde.“ Dann legte er auf und gab Gas.

„Was hat er gesagt?“, verlangte Morgan Baxter zu wissen.

„Er will vorbeikommen.“

„Um dich in seine Arme zu schließen und dich zu retten?“ Er lächelte süffisant.

Annabelle nickte.

Morgan beugte sich vor und hob eine Braue. „Was denn? Hegst du etwa wirklich Gefühle für ihn?“

Sie schüttelte den Kopf, dass ihre Haare flogen. „Du weißt, dass ich nur dich liebe. Aber …“

„Aber was?“

„Er ist nett. Er hat niemandem was getan. Was willst du denn noch?“

„Ich will das Geld, das mir zusteht“, brüllte er so laut, dass Annabelle zusammenfuhr.

Morgan schloss die Augen und atmete tief durch. „Okay, Annie, ich entschuldige mich.“ Er lächelte und trat auf sie zu. Zärtlich legte er ihr die Hände auf die Schultern. „Hör zu, wir haben das schon ein dutzend Mal durchgekaut. Willst du etwa den Rest deines Lebens in diesem Loch hausen?“ Er vollführte eine Geste, die das gesamte heruntergewirtschaftete Interieur umfasste. Die Einrichtung stammte größtenteils vom Sperrmüll oder vom Trödelmarkt. Die Tapete hing wellig von den Wänden, der Teppich sah aus, als würde er jeden Moment Beine bekommen und davonlaufen.

„Ich habe dich was gefragt“, zischte er.

„N... Nein!“, stammelte Annabelle.

„Nein was?“

„Nein, ich will nicht den Rest meines Lebens so hausen.“

„Und was willst du dagegen tun? Acht Stunden täglich an sechs Tagen die Woche putzen gehen? Oder dich an die Kasse eines Supermarktes setzen?“

Sie schwieg.

„Vergiss nicht, dass du es warst, die es verbockt hat.“ Seine Hand umklammerte ihren Unterkiefer, als wollte er ihn zerbrechen. „Du schuldest mir etwas, Annie!“

Ihre Augen schwammen in Tränen.

Ruckartig ließ er sie los. Sie wich vor ihm zurück, den Blick ängstlich zu Boden gerichtet. Sie sah aus, als wollte sie etwas sagen. „H... Hast du ...?“

Wieder beugte er sich vor, wobei er den Kopf neigte, um ihr in die Augen zu schauen. „Habe ich was?"

„Hast du Fia Cumming …?"

„Ja?"

„Hast du sie getötet?"

Morgan Baxter richtete sich auf. Er griff nach Annabelles Schultern und zog sie an seine Brust. Er spürte, wie sie sich versteifte. Langsam schlang er die Arme um ihren Körper, der unvermittelt zu zittern anfing. Er schloss die Augen und legte sein Kinn auf ihr Haupt, während er sachte ihren Rücken streichelte.

„Ach, Annie. Du armes, törichtes Ding. Glaubst du wirklich, ich könnte dem armen Jonathan die Mutter rauben? Das war Shona! Shona hat sie ermordet, weil sie Angst hatte, dass ihre ganzen Lügen ans Tageslicht kommen." Er schob sie zurück und nahm ihren Kopf in beide Hände. „Vertraust du mir?"

„Das weißt du doch."

„Dann sag es."

„Ich … vertraue dir." Ihre Lider zuckten.

Morgan presste die Lippen zusammen und atmete tief durch. „Das klang nicht sehr überzeugend. Annie, es ist wirklich wichtig, dass wir beide uns aufeinander verlassen können. Also, vertraust du mir?"

Sie nickte. „Ich vertraue dir."

Er lächelte. „Das ist gut. Sehr gut. Ich vertraue dir nämlich auch. Und weißt du auch wieso?"

Annabelle schüttelte den Kopf.

„Weil ich dich liebe, Annie. Nur deshalb."

Rowan brachte den Aston Martin so abrupt vor dem Eingangsportal von Kincaid Hall zum Stehen, dass der

Kies unter den Reifen wegspritzte. Er sprang aus dem Fahrzeug und jagte in weiten Sätzen die Stufen hinauf. Den Schlüssel hielt er längst in der Hand.

Er eilte direkt in sein Schlafzimmer im ersten Stock, dort, wo sein privater Wandsafe untergebracht war. In ihm lagerten nicht nur Wertpapiere und Gold, sondern auch die Pistole, die er sich vor Jahren besorgt hatte und seitdem nie wieder in die Hand genommen hatte. Es war eine relativ schwere Waffe der österreichischen Firma Glock. Das Stangenmagazin mit den zehn Neun-Millimeter-Geschossen lag daneben. Er nahm beides heraus. Die Pistole schien Tonnen zu wiegen, obwohl sie gerade mal ein halbes Kilo auf die Waage brachte.

Entschlossen rammte Rowan das Magazin in den Griff und zog den Schlitten zurück, um das Projektil in den Lauf zu hebeln. Jetzt brauchte er die Pistole nur noch zu entsichern, um sie schussbereit zu machen.

„Du hast meiner Familie das Leben lange genug zur Hölle gemacht, Morgan Baxter", sagte er leise zu sich selbst. „Ich schwöre dir bei Gott, ich bringe dich um!"

Er schob die Waffe in die Tasche seines Jacketts und eilte aus dem Zimmer. Am Fuß der Treppe erwartete ihn Graham.

Rowan blieb wie vor eine Wand gelaufen stehen. „Dad!"

„Rowan, mein Junge, geht's dir gut?"

Die Gedanken überschlugen sich hinter seiner Stirn. Während er betont lässig die Stufen hinabschritt, überlegte er, was er seinem Vater sagen sollte.

Dem dauerte das offensichtlich zu lange. Seine Miene verfinsterte sich. „Hat es dir die Sprache verschlagen? Wo ist Shona?"

„Shona?“

„Ja, verdammt. Deine Schwester! Stundenlang kann ich keinen von euch erreichen. Und dann sagt mir Siobhan, ihr hättet einen Autounfall gehabt, euch sei aber nichts Schlimmes zugestoßen. Und plötzlich tauchst du auf, als sei nichts passiert.“ Er legte eine kurze Pause ein. „Nein, das stimmt nicht. Du rast auf das Anwesen, wie von tausend Furien gehetzt. Nur dass ich an dem Aston Martin keine einzige Delle sehen kann.“

„Der Mercedes hat etwas abbekommen“, erwiderte Rowan, dankbar für die goldene Brücke, die ihm Siobhan unbeabsichtigt gebaut hatte.

„Und wo willst du jetzt hin?“

„Es gibt da noch einiges zu klären.“

Er wollte an Graham vorbei, doch der versperrte ihm den Weg „Ich komme mit!“

„Auf keinen Fall!“, platzte es aus Rowan heraus.

„Warum nicht?“

„Weil … weil es nun mal nicht geht.“

„Du verschweigst mir etwas.“ Er packte Rowan an den Aufschlägen der Jacke. „Verdammt, rede mit mir.“

„Später, Dad!“ Rowan ergriff die Handgelenke seines Vaters und zog sie vom Revers. „Und was das Verschweigen angeht, muss ich das wohl von dir geerbt haben.“

Die Spitze hatte gesessen. Graham ließ die Schultern hängen, sodass ihn Rowan widerstandslos zur Seite schieben konnte. Draußen warf er sich in seinen Wagen und raste davon.

„Was ist denn in den gefahren?“, murmelte Siobhan, als Rowans Aston an ihnen vorbei durch die Allee in Richtung Landstraße raste.

Cybill schwieg. Nicht dass Siobhan ernsthaft mit einer Antwort gerechnet hatte. Rowans Anwandlungen waren momentan sicherlich das Letzte, was ihre Stieftochter interessierte.

Eben hatten sie erfahren, dass der Untersuchungsrichter die Beweislage gegen Shona für schwerwiegend genug erachtete, um sie vorerst in Haft zu behalten. Da fiel es selbst Siobhan schwer, gute Miene zum bösen Spiel zu machen und die Alleinunterhalterin zu mimen.

Die Fahrt von Edinburgh zurück nach Penicuik beziehungsweise Kincaid Hall war in eisigem Schweigen verlaufen. Bis ihnen der Aston Martin von Rowan entgegengekommen war. Er pflegte ja schon immer einen rasanten Fahrstil. Vermutlich hielt er sich für James Bond. Männer neigten ja selbst im hohen Erwachsenenalter zu teilweise recht infantilen Verhaltensweisen. Aber das hier glich beinahe einer Flucht.

Siobhan verdrängte den Gedanken an Rowan und wandte sich stattdessen Cybill zu. „Hör mal, ich weiß, dass es gerade nicht leicht ist. Aber deiner Mutter ist nicht damit geholfen, wenn du Trübsal bläst und herumgrübelst.“

Cybill hob den Kopf, die Lippen zu einem grimassenhaften Grinsen verzogen. „Besser?“

„Okay, vergiss es.“ Siobhan steuerte den Vauxhall zur Garage, in der nur der Rolls-Royce parkte. Er machte einen verlorenen Eindruck, wie er so einsam und verlassen auf seinem Stellplatz stand.

Als sie den Motor ausstellte, warf sie einen Blick auf die Uhr und erschrak. „Oh Gott, es ist ja schon Zeit fürs Dinner."

„Denkst du jetzt ernsthaft ans Essen?" Cybills Gesicht schimmerte im Schein der Wagenbeleuchtung grünlich.

Siobhan schüttelte den Kopf. „Nicht wirklich, aber ein Hungerstreik wird weder uns noch deiner Mutter helfen. Abgesehen davon müssen wir uns mit Graham unterhalten. Er hat ein Recht, die Wahrheit zu erfahren."

„Vielleicht hat Onkel Rowie sie ihm schon erzählt."

Daran hatte Siobhan noch gar nicht gedacht. Schlagartig verging ihr auch der letzte Funken Appetit. Trotzdem begab sie sich mit Cybill geradewegs in den Speiseraum, wo Graham allein am Kopfende der Tafel saß und seine Suppe schlürfte. Die Szene wirkte durch die restlichen vier Gedecke noch surrealer. Der Anblick erinnerte Siobhan an den einsamen Rolls in der Garage, der jetzt zumindest Gesellschaft vom Vauxhall bekommen hatte.

Beim Eintreten der beiden Frauen richtete sich Graham auf und ließ die Hand mit dem Löffel sinken. „Aha!", machte er nur.

Siobhan bekam sofort ein schlechtes Gewissen.

„Wo wollte Onkel Rowie denn so eilig hin?", fragte Cybill.

„Das hat er mir nicht verraten. Offenbar scheinen wir in dieser Familie nicht mehr miteinander zu reden."

Siobhan wechselte einen knappen Blick mit Cybill, ehe sie sich an Graham wandte. „Hör zu, es gibt da etwas, das du wissen solltest."

Betont langsam schob er den Teller mit der Suppe zurück, legte die Arme auf den Tisch und faltete die Hände. „Ich bin ganz Ohr.“

Siobhan seufzte und drückte Cybill die Hand in den Rücken. Sie nahmen neben Graham Platz – Cybill auf Rowans Stuhl, Siobhan dort, wo sonst ihre Frau saß.

Graham hörte aufmerksam zu. Selbst als er erfuhr, dass Shona verhaftet worden war, verzog er keine Miene. Nur bei der Nachricht von Fia Cummings Tod blinzelte er irritiert. „Warum sollte Fia ausgerechnet jetzt eine Vaterschaftsklage einreichen?“

„Tja, das ist die große Frage, nicht wahr?“

„Ihr geht davon aus, dass Morgan Baxter dahintersteckt?“

„Ja, aber er hat ein wasserdichtes Alibi“, sagte Cybill. „Und zwar von Annabelle.“

„Hm“, machte Siobhan. „Vielleicht ist dieses Alibi doch nicht so wasserdicht, wie er glaubt ...“

„Was soll das heißen?“, fragte Graham.

„Das heißt, dass Shona mir erzählt hat, dass sich Rowan mit Annabelle getroffen hat“, murmelte sie.

„Deshalb war er so gereizt, als ich ihn fragte, wo er gewesen sei.“

Graham schaute abwechselnd von seiner Enkelin zu seiner Schwiegertochter. „Ihr glaubt doch nicht, dass Rowan mit Morgan und Annabelle unter einer Decke steckt?“

„Nein, so weit würde ich nicht gehen“, erwiderte Siobhan. „Ich fürchte nur, dass sich Rowan eventuell zu einer Dummheit hinreißen lässt, die er später bereuen wird.“

Kapitel 21

Rowans Hände umklammerten das Lenkrad, als wollten sie es zerbrechen. Halb hatte er befürchtet, Siobhan könnte auf offener Straße wenden und die Verfolgung aufnehmen. Zum Glück war das nicht der Fall gewesen, trotzdem wusste er, dass ihm die Zeit davonlief.

Das Handy hatte er ausgeschaltet. Die Zeit des Telefonierens war vorbei, jetzt galt es zu handeln. Er würde Morgan Baxter ein Geständnis entlocken – zur Not mit Gewalt. Und dann würde dieser Spuk ein für alle Mal vorüber sein. Dieser Fluch, der seit Jahren auf seiner Familie lastete.

Rowan sprach nicht gerne über die Vorfälle von vor fünf Jahren, für die er sich einen Teil der Schuld gab. Immerhin hatte er sich auf der Kreuzfahrt von Annabelle um den Finger wickeln lassen. Und jetzt hatte er denselben Fehler fast schon wieder begangen. Was war nur los mit ihm?

Shona hätte vermutlich eine passende Antwort auf diese Frage gewusst, aber darauf konnte er gut und gerne verzichten. Trotzdem war er es ihr und Cybill schuldig, dass er die Sache wieder geradebog.

Restalrig lag im Osten der Stadt und gehörte wie Leith nicht unbedingt zu den Vorzeigeorten von Edinburgh. Im Gegensatz zum Hafenviertel war die Gentrifizierung hier noch nicht vorangeschritten. Tatsächlich nutzte man die Wohnblöcke mit ihren tristen, graubraunen Fassaden dazu, um die Menschen aufzunehmen, die sich die teuren Wohnungen in der Innenstadt nicht mehr leisten konnten.

Durch die bleigraue Wolkendecke, aus der ein feiner Nieselregen rieselte, wirkte die Gegend noch beklemmender. Doch selbst bei strahlendem Sonnenschein waren die Häuser am Lochend Drive alles, gewiss aber keine Eye-Catcher.

Rowan parkte den Aston Martin vor der angegebenen Adresse auf dem Bürgersteig, blieb aber noch sitzen – die Hände am Lenkrad, als wären sie mit ihm verwachsen. Sein Herz trommelte in der Brust, der kalte Schweiß stand ihm auf der Stirn. Ein Blick zum Handy. Sollte er nicht doch die Polizei rufen? Oder zumindest Siobhan einweihen? Er hob den Kopf und betrachtete sich im Innenspiegel. Nein, das hier musste er allein bewältigen. Entschlossen öffnete er die Tür und stieg aus. Der kühle Abendwind blies ihm den Nieselregen ins Gesicht, der sich mit seinem Schweiß vermengte. Mit einem Taschentuch wischte er ihn ab. Als er es zurück in die Jacketttasche schob, berührte er die Pistole. Sein Magen verkrampfte sich. Schmerzhafte Stiche zuckten durch seine Eingeweide.

Rowan zerknüllte das Taschentuch und steckte es in die Hosentasche. Den Kopf zwischen die Schultern gezogen, hastete er über den verwaisten Gehweg. Vor dem Haus auf dem Rasen lag Kinderspielzeug. Ein bunter Ball und ein Dreirad, dessen Plastik längst ausgeblichen war. Wer hier wohnte, hatte schlicht und ergreifend nicht das Kleingeld, um seinen Kindern das

Neueste vom Neuen zu kaufen. Oder investierte es lieber anderweitig.

Rowan brauchte nicht lange nach Annabelles Klingelschild zu suchen. Der Name Forbes sprang ihm wie von selbst ins Gesicht. Sie fragte gar nicht, wer vor der Tür stand, sondern betätigte sofort den Summer. Rowan drückte die Tür auf.

Schwarz-weiß gesprenkelte Fliesen dominierten das Treppenhaus, die Wände waren beige verputzt. Rechts führte eine Treppe in den Keller, daneben hing eine Pinnwand mit dem Reinigungsplan. Linker Hand ging es hinauf in die oberen Stockwerke.

Laut Klingelschild wohnte Annabelle im vierten Stock, unter dem Dach. Einen Lift gab es hier nicht. Normalerweise kein Problem für den sportlichen Rowan, in diesem Fall hatte er jedoch das Gefühl, als würden seine Beine aus Blei bestehen. Seine Knie zitterten so stark, dass er sich am Geländer festhalten musste.

Annabelle erwartete ihn bereits in der offenen Tür stehend, ihre Augen waren verquollen, die Wimperntusche verschmiert, das Gesicht aschfahl.

„Wo ist er?", keuchte Rowan, als er den oberen Treppenabsatz erreichte.

„K... Komm erst mal rein", flüsterte sie.

Er schob die Hand in die Tasche und umklammerte den Pistolengriff. „Sag mir, wo er steckt!"

„Wen meinst du?" Rückwärts gehend wich sie in die Wohnung zurück. Rowan folgte ihr.

„Du weißt genau, wen ich meine!" Er zog die Pistole, ließ den Arm aber neben dem Körper herunterhängen, sodass die Mündung zu Boden wies. „Morgan Baxter!"

Er hatte den Namen kaum ausgesprochen, da huschte Annabelles Blick nach rechts, in den Schatten der offen stehenden Wohnungstür. Schlagartig wurde Rowan klar, dass ihn Annie tatsächlich in die Falle gelockt hatte.

Auf dem Absatz fuhr er herum, wich dabei zurück und riss den Arm mit der Waffe hoch. Das Türblatt fegte haarscharf an seinem Gesicht vorbei, traf die Faust und prellte ihm die Pistole aus der Hand.

„Hier bin ich!", keuchte Morgan triumphierend und hob die Arme.

Das Letzte, was Rowan Kincaid sah, war das Ende eines Cricketschlägers. Dann versank seine Welt in brüllendem Schmerz.

Annabelle kreischte.

Rowan war zusammengebrochen wie eine Marionette, der man die Fäden gekappt hatte. Blut lief aus der zertrümmerten Nase über das Gesicht und tropfte zu Boden. Die Beine zuckten.

Morgan Baxter stellte sich breitbeinig über den Verletzten, holte erneut aus und ließ den Schläger ein weiteres Mal auf den Wehrlosen hinabfahren. Dieses Mal frontal auf die Schädeldecke.

„Neiiin!" Annabelle wollte Morgan in die Arme fallen, doch der packte sie an den Haaren und riss ihren Kopf zurück.

„Halt's Maul!", brüllte er ihr ins Gesicht.

Sie erstarrte wie ein Kaninchen, das im Nacken gepackt wurde, und glotzte Morgan furchtsam an. Er hatte die Augen weit aufgerissen. Sie leuchteten weiß und quollen aus den Höhlen. In seinen Mundwinkeln glitzerte schaumiger Speichel.

Brutal stieß er sie zurück. Annabelle taumelte. Plötzlich gaben ihre Knie nach. Vor Rowan sank sie zu Boden. Die Tränen rannen in Bächen über ihr Gesicht und verschleierten ihr die Sicht.

Morgan ließ den Cricketschläger fallen. Schemenhaft beobachtete sie, wie er zu der Wand neben der Tür ging und sich bückte, während er sich Silikonhandschuhe überstreifte. Annabelle senkte den Kopf, streckte die Hände nach Rowan aus, traute sich aber nicht, ihn zu berühren. Atmete er überhaupt noch?

Ein leises Wimmern drang aus ihrem Mund. Ruckartig richtete sie den Oberkörper auf. „Wir müssen ...“

Der Rest des Satzes blieb ihr im Halse stecken. Von Entsetzen gelähmt, schaute sie in die Mündung der Pistole, die Morgan in der Hand hielt. Ihr wurde speiübel.

„Tut mir leid, Annie.“

„Was? Nein, bitte ... bitte nicht ... ich werde nichts verraten. Wirklich nicht!“ Ihre Stimme versiegte, wurde zu einem leisen, kaum wahrnehmbaren Quieken. „Bitte!“

Morgan Baxter verzog angewidert das Gesicht. „Glaubst du ernsthaft, ich verlasse mich noch einmal darauf, dass du die Schnauze hältst? Sorry, aber du bist schon einmal eingeknickt.“

Und da wusste Annabelle, dass sie von diesem Mann keine Gnade zu erwarten hatte. Er hatte sie nie wirklich geliebt, sie nur für seine Zwecke missbraucht. Und jetzt lag Rowan schwer verletzt am Boden. Vielleicht war er sogar schon tot. Und gleich würde sie ebenfalls ...

Sie versuchte ein letztes Mal um Gnade zu flehen, brachte jedoch keinen Ton über die Lippen. Der Knall kam zeitgleich mit dem mörderischen Schlag, der sie an der Brust traf.

Plötzlich konnte sie nicht mehr atmen und sah die vom Zigarettenrauch grau gewordene Tapete der Dachschräge über sich. Verzweifelt schnappte Annabelle nach Luft, doch alles, was ihre Lungen füllte, war eine warme, klebrige Flüssigkeit. Ein metallischer Geschmack legte sich auf ihre Zunge. Schatten wallten in ihr Sichtfeld. Eine tiefe, nie endende Dunkelheit senkte sich über Annabelle Forbes und schenkte ihr Frieden. Das Letzte, was sie hörte, war das Sirengeheul, das durch die geschlossenen Fenster drang.

Auch Morgan Baxter vernahm das Wimmern der Sirenen. Mit drei Schritten war er am Fenster und spähte hinab in die Tiefe. Zwei, nein drei Streifenwagen rumpelten vor dem Haus auf den Gehweg. Die flackernden Blaulichter schleuderten zuckende Reflexe auf die parkenden Autos und die umliegenden Häuserfassaden.

Eine eisige Faust umschloss Morgans Herz, sein Magen verkrampfte sich. Er hatte angenommen, mehr Zeit zu haben. Dass die Bullen seinetwegen, beziehungsweise wegen Rowan Kincaid hier waren, stand für ihn außer Frage.

Hatte der Kerl sie vorab alarmiert? Unwahrscheinlich. In dem Fall hätte er doch gewartet, um mit ihnen gemeinsam die Wohnung zu betreten. Außerdem wären sie dann wohl kaum mit voller Festbeleuchtung angerückt.

Rasch wandte Morgan sich ab, ging neben Rowan in die Hocke und drückte ihm die Pistole in die Hand. Anschließend legte er ihm die Finger um die Waffe und richtete sie erneut auf die reglos am Boden liegende Annabelle. Gar nicht so leicht, da der Kerl auf dem Rücken lag.

Selbst durch das Silikon der Handschuhe war die klamme Kälte von Rowans schlaffen Fingern zu spüren. Ob er atmete, vermochte Morgan nicht festzustellen, doch er durfte kein Risiko eingehen. Zwei Schläge waren in Ordnung, bei drei würden die Bullen misstrauisch werden.

Morgan musste Rowans Arm nicht nur anwinkeln, sondern auch drehen, damit die Mündung auf Annabelles Körper wies. Dann legte er seinen Finger auf den von Rowan und drückte abermals ab.

Der Knall war ohrenbetäubend. Ein heftiger Schmerz zuckte durch sein linkes Ohr, ein schrilles Pfeifen war alles, was er hörte. Morgan ließ den Arm fallen, die Waffe rutschte aus Rowans Fingern und polterte zu Boden. Perfekt.

Mit einem Satz sprang er auf die Beine und stürmte in Richtung Bad. Noch im Laufen streifte er die Handschuhe ab, warf sie in die Toilette und spülte sie herunter. Als er zurück in die Wohnung kam, ließ er den Blick über das Schlachtfeld wandern.

Hatte er etwas vergessen? Der Cricketschläger lag vor Rowans Füßen. Vollkommen normal, oder? Er konnte nicht länger darüber nachdenken, schon hörte er die Schritte vor der Tür. Schläge hämmerten dagegen.

Morgan Baxters Puls raste, das Blut rauschte ihm in den Ohren. Ihm war schwindelig. Er taumelte zur Tür und riss sie auf, fiel den hereinstürmenden Polizisten geradewegs in die Arme.

„Gott sei Dank“, ächzte er. „Er … er hat sie umgebracht.“

Siobhan lief im Salon auf und ab wie ein Tiger im Käfig.

Cybill kauerte mit angezogenen Beinen auf der Chaiselongue. Sie hielt ein Kissen vor die Brust gedrückt und hatte sich vermutlich schon sämtliche Fingernägel bis zu den Kuppen abgekaut.

Graham klammerte sich an ein Glas Whisky, aus dem er in unregelmäßigen Abständen nippte.

Niemand sprach ein Wort, jeder hing seinen Gedanken nach. Sie alle fixierten Siobhans Smartphone, mit dem sie die Polizei verständigt hatte, nachdem sie erfolglos probiert hatte, Rowan zu erreichen. Der Mistkerl hatte sein Handy ausgeschaltet. Gab es ein eindeutigeres Signal, dass er irgendeine Dummheit vorhatte?

Kaum war sie ihre Geschichte losgeworden, hatte der Beamte versprochen, mehrere Streifenwagen zu den Adressen von Annabelle Forbes und Morgan Baxter zu schicken. Mehr hatte Siobhan nicht verlangen können.

Danach war ihnen nichts anderes übriggeblieben, als zu warten. Und obwohl ihr Magen knurrte, hatte sie keinen Bissen herunterbekommen. Dem Drang, sich Graham anzuschließen und Whisky zu trinken, hatte sie ebenfalls erfolgreich widerstanden.

Gut möglich, dass sie heute noch einmal nach Edinburgh fahren musste und dann wollte sie nüchtern sein. Ohne etwas im Magen konnten sie selbst ein paar Schlucke der hochprozentigen Flüssigkeit buchstäblich aus der Bahn werfen. Und Cybill war ohnehin nicht mehr in der Lage, zu fahren. Das Mädchen war völlig von der Rolle. Als das Smartphone auf dem Beistelltisch aufblinkte und gleich darauf das Anrufsignal ertönte, schrie sie sogar leise auf. Sie wollte bereits nach dem Apparat greifen, doch Siobhan war schneller.

Was sie wenig später von Inspektor Turpin erfuhr, zog ihr den Boden unter den Füßen weg und brachte ihre kleine Welt ins Wanken. Mein Gott, wie sollte sie das Graham und Cybill beibringen?

Kapitel 22

„Wird er überleben?", fragte Siobhan, ohne den Blick von Rowan abzuwenden.

Das Schulterzucken war den Worten der Ärztin förmlich anzuhören. „Das ist zu diesem Zeitpunkt schwer zu sagen. Wir mussten ihn in ein künstliches Koma versetzen. Das epidurale Hämatom drückt jedoch weiterhin auf das Gehirn. Wir müssen umgehend operieren."

Cybill schluchzte und presste das Gesicht an die Brust ihres Großvaters, dessen Augen ebenfalls in Tränen schwammen.

Rowan lag mit geschlossenen Lidern bewegungslos im Bett der Intensivstation. Obwohl sein Gesicht fast vollständig von Bandagen bedeckt war, waren die Schwellungen und Hämatome im Bereich der Augen deutlich zu erkennen.

Sie waren sofort losgefahren, kaum dass sie erfahren hatten, wohin er gebracht worden war.

Es hatte eine Zeit gegeben, ziemlich genau fünf Jahre lag das jetzt zurück, da waren sie täglich hier ein- und ausgegangen.

Selbst Siobhan hatte hier bereits gelegen, nachdem sie von Morgans Schlägern krankenhausreif geprügelt worden war. Und jetzt hatte es Rowan erwischt. Nur dass es dieses Mal Morgan gewesen war, angeblich aus

Notwehr heraus, weil Rowan Annabelle Forbes mit zwei Schüssen getötet hatte.

Siobhan konnte es noch immer nicht fassen. Cybill hatte recht: Das hier war ein einziger Albtraum und sie wünschte sich nichts sehnlicher, als endlich daraus zu erwachen.

„Momentan bereiten wir die Operation vor. Alles hängt jetzt davon ab, dass wir den Druck auf das Gehirn verringern. Vor allem, was bleibende Schäden betrifft."

Die Worte von Doktor Hughes drangen nur gedämpft in Siobhans Bewusstsein. Zum Glück kannten sie die Neurologin. Es war dieselbe, die Lady Morag vor fünf Jahren behandelt und ihnen die schreckliche Nachricht von ihrem Tod überbracht hatte.

Die Mittfünfzigerin mochte nicht die einfühlsamste Ärztin sein, aber sie nahm auch kein Blatt vor den Mund und dafür war ihr Siobhan dankbar.

„Dürfen wir zu ihm?", erkundigte sich Graham mit brüchiger Stimme und deutete durch die Scheibe in den dahinter liegenden Raum.

Doktor Hughes schüttelte den Kopf. „Das halte ich für keine gute Idee. Außerdem nimmt er sie sowieso nicht wahr, glauben Sie mir. Und jetzt entschuldigen Sie mich bitte."

Die Ärztin ließ die drei stehen und eilte mit wehendem Kittel davon.

Cybill schluckte ihre Trauer hinunter, Wut funkelte in ihren Augen. „Was sollte das denn jetzt?"

„Lass gut sein, Billie", murmelte Siobhan und griff nach ihrem Arm. „Wichtig ist, dass sie Rowan hilft."

„Und was, wenn er stirbt? Dann konnten wir uns nicht mal verabschieden."

„Du hast doch gehört, was sie gesagt hat. In seinem Zustand bekommt er ohnehin nichts mit."

„Behauptet sie."

„Siobhan hat recht", sprang Graham ihr bei. Er legte seiner Enkelin die Hände auf die Schultern und führte sie zu einer Sitzgruppe.

„Ich hole uns was zu trinken", murmelte Siobhan und eilte in den Vorraum der Notaufnahme, wo sie einen Getränke- und Snackautomaten gesehen hatte. Sie fragte gar nicht erst, was die anderen haben wollten. Graham trank schwarzen Kaffee und von Cybill würde sie ohnehin keine vernünftige Antwort bekommen.

Der Kaffee war gerade durchgelaufen und sie war dabei, einen Café au Lait einzugeben, als sie aus dem Augenwinkel eine vertraute Gestalt auf sich zukommen sah: Detective Inspector Turpin.

„Mrs Kincaid ..."

Siobhan verzichtete darauf, ihn zu berichtigen. Sie hatte ihren eigenen Nachnamen ohnehin nur der Galerie wegen behalten.

„Wenn Sie wegen Rowan hier sind, muss ich Sie enttäuschen. Der ist noch lange nicht vernehmungsfähig." Sie presste die Kiefer aufeinander. „Sofern er es überhaupt jemals wieder sein wird. Und selbst dann ist es fraglich, ob er sich an die Vorfälle erinnern wird."

„Das hat mir der Notarzt bereits erklärt. Um ehrlich zu sein, bin ich Ihretwegen hier. Beziehungsweise wegen Morgan Baxter."

„Sagen Sie mir jetzt bloß nicht, dass Sie den Dreckskerl haben laufen lassen!", zischte sie, ohne ihn anzusehen. Sie drückte die Taste für den Milchkaffee härter, als es nötig gewesen wäre. Das Plastik knirschte.

„Einen vorbestraften Mann, der neben einer Leiche und einem Schwerverletzten stand? Sie sollten ein wenig mehr Vertrauen in die Polizei haben.“

„Vertrauen muss man sich verdienen“, erwiderte Siobhan.

„Man kann es auch schenken.“

Jetzt wandte sie doch den Kopf, um ihn anzuschauen. „Sie haben meine Frau verhaftet!“

„Selbst wir müssen uns an die Fakten und Gesetze halten und können nicht unseren eigenen Gefühlen nachgeben.“

Sie schob den Becher mit dem Milchkaffee zur Seite und stellte fest, dass sie nicht mehr genug Kleingeld hatte. Siobhan deutete auf den Durchgang zur Intensivstation. „Da drin sitzt eine junge Frau, deren Mutter des Mordes verdächtigt wird und deren Onkel im Koma liegt, haben Sie etwas Kleingeld, um ihr wenigstens einen Kakao zu spendieren?“

Turpin seufzte, zückte die Brieftasche und steckte die Münze in den Schlitz. „Hören Sie, Mrs Kincaid. Mir liegt ebenso viel daran, die Morde aufzuklären, wie Ihnen. Aber dazu benötige ich ein Mindestmaß an Kooperation.“

„Nun, da muss ich Sie enttäuschen. Mein Schwager ist momentan nicht sehr gesprächig.“

„Ich hatte auch eher gehofft, dass Sie mir vielleicht weiterhelfen könnten.“

Siobhan überlegte, inwieweit sie Shona und Rowan belastete, indem sie über ihr Verhältnis zu Morgan

Baxter und Annabelle Forbes sprach. Es fiel ihr ohnehin schon schwer genug, einen klaren Gedanken zu fassen.

„Wieso fragen Sie nicht Shona? Ich wüsste nicht, was ich Ihnen erzählen könnte, was sie nicht ebenfalls weiß. Vermutlich sogar eher weniger."

„Interessant. Soll das bedeuten, Sie wussten gar nichts von der Erpressung durch Fia Cumming?"

Siobhan biss sich auf die Unterlippe. „Also von Erpressung kann ja wohl keine Rede sein."

„Soviel mir bekannt ist, kam Miss Cumming zu Ihrer Frau und forderte Unterhalt für ihren neunjährigen Sohn, dessen Vater angeblich der Bruder von Mrs Kincaid ist. Ich würde das schon Erpressung nennen."

Siobhan griff nach den Kaffeebechern und deutete mit dem Kinn auf den Kakao. „Helfen Sie mir beim Tragen?"

Turpin blinzelte irritiert. „Wie? Ach so, ja. Entschuldigen Sie." Er schnappte sich den Kakao und folgte Siobhan. Die Tür schwang automatisch auf, nachdem sie die Lichtschranke passiert hatte. Als Cybill sah, wer sich in ihrer Begleitung befand, wurde ihre Miene abweisend.

„Was wollen Sie denn hier? Meinen Onkel verhaften? Tja, daraus wird wohl nichts ..."

Er reichte ihr den Kakao. „Ich bin keineswegs hier, um Ihren Onkel zu verhaften. Ich hoffe, Antworten zu finden."

Cybill blickte in den Becher und rümpfte die Nase. „Kakao? Echt jetzt? Ich bin doch keine zwölf mehr!"

Siobhan drückte ihrer Stieftochter den Milchkaffee in die Hand. „Besser?"

„Viel besser.“

Turpin reichte Siobhan den Kakao, der natürlich viel zu süß war. „Können Sie sich vorstellen, was Rowan Kincaid bei Annabelle Forbes gewollt hat? Ich meine, so kurz, nachdem er das Polizeirevier verlassen hat?“

Siobhan, Cybill und Graham sahen sich ratlos an. Turpin stöhnte. „Wenn Sie etwas wissen, sollten Sie es mir sagen. Ich muss Ihnen doch nicht erst erklären, dass das Zurückhalten von Informationen strafbar ist.“

Cybill schnaubte, Siobhan indes fühlte sich mit einem Mal unsagbar müde. Sie setzte sich neben ihre Stieftochter und blickte zu Turpin auf. „Vorweg gesagt, wir wissen es nicht.“

„Aber Sie haben eine Vermutung. Immerhin haben Sie uns verständigt.“

„Annabelle Forbes hat Morgan Baxters Alibi bestätigt.“

„Und Rowan Kincaid war der Ansicht, das sei gelogen?“

Sie hob die Schultern und nickte.

„Wie kam er zu dieser Einschätzung?“

Siobhan nippte am Kakao. „Weil er bei ihr war, als Shona ihn wegen Fia Cumming anrief. Wie Sie vielleicht wissen, waren die beiden einmal verlobt.“

„Das ist uns bekannt. Sie gehen also davon aus, dass er sie zur Rede stellen wollte.“

„Natürlich“, rief Cybill.

Turpin ignorierte sie. „Was ich nicht verstehe, ist, warum Ihr Schwager bewaffnet war.“

Das war eine Überraschung. Siobhan verschluckte sich fast. Zum ersten Mal, seit Turpin aufgetaucht war, meldete sich Graham zu Wort. „Er war bewaffnet?“

„Ja, mit einer Glock. Wussten Sie etwa nicht, dass er eine Pistole besitzt?"

„Nein, um ehrlich zu sein, wusste ich das nicht."

„Die hat ihm Morgan untergeschoben", zischte Cybill.

„Tatsächlich ist die Waffe nicht registriert, aber seine Fingerabdrücke finden sich nicht nur an Griff und Abzug, sondern auch am Schlitten und dem Magazin. Es ist eindeutig erwiesen, dass er die Pistole geladen und schussbereit gemacht hat. An seiner Hand finden sich zudem Schmauchspuren, also hat er sie auch mindestens einmal abgefeuert."

„Wahrscheinlich hat er die Waffe mitgenommen, weil er damit rechnen musste, dass sich Morgan Baxter bei Annabelle aufhält", vermutete Graham.

„Die beiden haben vorher miteinander telefoniert. Das stimmt. Das geht aus dem Anrufprotokoll des Handys Ihres Bruders eindeutig hervor."

„Wenn Sie schon so gut über uns Bescheid wissen, dann wissen Sie auch, was Morgan Baxter unserer Familie angetan hat. Wundert es Sie wirklich, dass sich mein Onkel bewaffnet hat?"

„Dennoch wirft das kein gutes Licht auf ihn. Zumal die Pistole illegal in seinen Besitz gekommen ist."

„Welches Motiv sollte Rowan denn gehabt haben, Annabelle umzubringen?", fragte Siobhan.

„Das will ich ja von Ihnen wissen!"

Cybill sprang auf. „Glauben Sie etwa, wir belasten meinen Onkel?"

Turpin verschränkte die Arme vor der Brust. „Sollte er unschuldig sein, hat er auch nichts zu befürchten."

„Sie sollten sich vielmehr Gedanken darüber machen, was Morgan Baxter dort zu suchen hatte."

„Laut seiner Aussage waren sie ein Paar. Annabelle Forbes hat ihn während der Haft regelmäßig besucht.“

„Da haben Sie es! Er war es, der Annabelle auf Onkel Rowie und mich angesetzt hat“, ereiferte sich Cybill.

Turpin legte die Stirn in Falten. „Auf Sie? Wie soll ich das denn verstehen?“

Plötzlich wirkte Cybill verunsichert. Sie drehte sich zu Siobhan um, die ihr aufmunternd zunickte. „Ich denke, wir sollten dem Inspektor helfen.“

„Na schön.“ Cybill seufzte und setzte sich wieder. Danach erzählte sie davon, wie Morgan Baxter ihrem Ex-Freund Colin aufgelauert hatte und wie er rein zufällig im *The Hive* erschienen war. Auch von ihrer Begegnung am Campus und dem Zusammentreffen mit Annabelle berichtete sie.

„Und Sie gehen davon aus, dass Miss Forbes im Auftrag Ihres Vaters handelte?“

„Er ist nicht mein Vater!“, zischte sie.

Siobhan legte ihr die Hand auf die Schulter. Cybill schloss die Augen und atmete tief durch. „Ja, genau das denke ich.“

„Hat sie das gesagt?“

„Nein, aber es ist offensichtlich. Warum sollte Annabelle ausgerechnet jetzt wieder auf der Bildfläche erscheinen?“

„Nun, das kann durchaus Zufall sein.“

„Zufall?“, echote Cybill. „Ist es auch Zufall, dass Fia Cumming ausgerechnet jetzt mit einem Kind von Rowan um die Ecke kommt? Was sind Sie denn für ein Bu... äh ... Polizist?“

Turpins Miene versteinerte und Siobhan verstärkte ihren Griff um Cybills Schulter.

„Ich fürchte, dass wir Ihnen nicht weiterhelfen können, Inspektor“, mischte sich Graham ein.

„Ja, den Eindruck habe ich auch. Wirklich sehr schade.“

„Warum sollte mein Onkel Annabelle Forbes umbringen? Nach fünf Jahren!“

„Sie würden sich wundern, zu was Menschen aus Eifersucht imstande sind.“ Turpin klang wie ein Lehrer, der zu einer begriffsstutzigen Schülerin sprach. „Wie Sie eben selbst gesagt haben, sie hatten fünf Jahre keinen Kontakt. Und plötzlich erscheint sie wieder, will sich aussprechen und erwähnt, dass sie mit Morgan Baxter liiert ist. Wie ich den Akten entnehmen konnte, waren sie das schon zu dem Zeitpunkt, als Miss Forbes noch offiziell mit Ihrem Onkel verlobt war. Ich finde, da kann man als gehörnter Liebhaber durchaus mal rotsehen.“

Cybill wurde bleich. Ihre Unterlippe fing an zu zittern.

„Mein Onkel ist hier das Opfer!“, flüsterte sie mit bebender Stimme.

„Eines der Opfer! Aber das bedeutet nicht, dass er nicht gleichzeitig auch Täter sein kann.“

„Was ist mit Fia Cumming?“, sprach Siobhan schnell weiter. „Glauben Sie, dass Rowan auch sie umgebracht hat?“

„Zumindest müssen wir in Erwägung ziehen, dass er Beihilfe geleistet hat. Jonathan Kincaid hat zwar auf ihn nicht so extrem reagiert wie auf Ihre Frau, und auf dem Brieföffner fanden wir keine weiteren Fingerabdrücke, aber er hätte ebenso ein Motiv gehabt wie Mrs Kincaid.“

„Und warum sollte er dann die einzige Frau umbringen, die ihm ein Alibi geben könnte?“

„Eben das möchte ich herausfinden.“ Turpin griff in die Innentasche seine Jacketts und förderte ein schmales silbernes Etui zutage. Er klappte es auf und entnahm ihm mehrere Visitenkarten. „Sollte Ihnen noch etwas einfallen …“

„Ja, ja“, schnappte Cybill, nahm die Karte aber entgegen. „Dann melden wir uns.“

Er nickte. „Ich wünsche Ihnen eine gute Nacht. Versuchen Sie ein wenig zu schlafen.“ Turpin verabschiedete sich und traf Anstalten zu gehen, als ihm anscheinend noch etwas einfiel.

„Ach, äh … Fia Cumming und Annabelle Forbes … kannten sich die beiden eigentlich?“

Siobhan schaute Cybill an, die wiederum Graham musterte. Der hob die Schultern. „Meines Wissens nach nicht.“

Auch die Frauen schüttelten die Köpfe.

Turpin nickte, als hätte er mit einer solchen Antwort gerechnet. „Also heißt der gemeinsame Nenner Rowan Kincaid.“

„Der gemeinsame Nenner heißt Morgan Baxter“, rief Cybill außer sich und sprang auf. Dieses Mal konnte sie nicht verhindern, dass etwas von dem Milchkaffee überschwappte und auf den Boden klatschte. „Warum erzählen Sie uns nicht, was seine Version der Ereignisse ist?“

„Tut mir leid, aber das unterliegt dem Datenschutz.“ Er nickte ihnen ein letztes Mal zu und ging.

Cybill ballte die freie Hand zur Faust. „Arschloch!“

Doch Detective Inspector Turpin war bereits außer Hörweite.

249

Kapitel 23

„Ich war gerade auf der Toilette, als ich hörte, wie es an der Tür klingelte. Annabelle ging hin, um zu öffnen."

„Wussten Sie, dass sie vorher mit Rowan Kincaid telefoniert hatte?"

„Ja, sie sagte es mir. Und sie sagte auch, dass sie furchtbare Angst hätte."

„Waren Sie deshalb in ihrer Wohnung?"

„Ja, sie wollte auf keinen Fall mit ihm alleine sprechen."

„Sie hatten sich also auf der Toilette versteckt?"

„Nein, das ergab sich zwangsläufig so. Aber als ich hörte, wie er hereinkam, beschloss ich, zunächst abzuwarten."

„Und der Cricketschläger?"

„Den hatte ich mitgebracht. Ich wusste ja nicht, wie Rowan drauf war. Der kann schon aufbrausen, wenn er sich ungerecht behandelt fühlt."

„Hatte er denn Grund dazu?"

„Nun ja, ich bin ... ich meine ... ich war mit Annie ... oh Gott ..."

„Schon gut, Mister Baxter. Wie war das mit dem Cricketschläger? Wo stand er, als Sie ins Badezimmer gingen?"

„Draußen vor der Tür."

„Vor der Tür des Badezimmers?“

„Ja. Ich konnte damit ja schlecht auf Toilette gehen.“

„Und weiter?“

„Ich hörte Annie und Rowan miteinander sprechen. Er war wütend und schrie sie an.“

„Konnten Sie verstehen, was genau er sagte?“

„Nein, nicht wirklich.“

„Obwohl er schrie und sie nur durch eine dünne Tür voneinander getrennt waren?“

„Die Spülung rauschte. Die braucht in diesen alten Häusern eine Ewigkeit. Außerdem redete er schnell und Annie schluchzte. Aber ich glaube, er sagte so etwas wie: *Ich lass mich nicht mehr verarschen.*“

„Und wann haben Sie eingegriffen?“

„Gleich darauf, als der erste Schuss fiel.“

„Sie sind aus dem Badezimmer gerannt, als geschossen wurde?“

„Ja, das sagte ich doch gerade.“

„Warum nicht früher?“

„Weil alles so furchtbar schnell ging, Herrgott noch mal.“

„Na schön. Was ist dann passiert?“

„Ich riss die Tür auf und griff nach dem Cricketschläger. In diesem Moment fiel der zweite Schuss. Annie ... oh Gott ... Annie stürzte ...“

„Und Sie haben Rowan Kincaid niedergeschlagen.“

„Ja ... nein!“

„Was denn nun, Mister Morgan? Ja oder nein?“

„Der erste Schlag ging daneben. Er duckte sich und ich stolperte an ihm vorbei. Im Umdrehen habe ich ihn dann im Gesicht getroffen. Er stürzte.“

„Und Sie haben noch einmal zugeschlagen?“

„Natürlich! Was dachten Sie denn? Annie ... Annie lag am Boden. Da war überall Blut ... ich wusste ja nicht, ob er noch mal aufsteht. Und dann kamen ja auch schon Ihre Kollegen.“

„Wussten Sie, dass Annabelle Forbes und Rowan Kincaid sich vorher getroffen hatten?“

„Ja, aber erst nachdem er sie angerufen hatte. Also kurz bevor ...“

„... Sie ihn niederschlugen.“

„Er Annie tötete.“

„Wussten Sie, dass Rowan Kincaid Zweifel an Ihrem Alibi hatte, was den Zeitpunkt des Todes von Fia Cumming betrifft?“

„F... Fia Cumming?“

„Ja, kennen Sie diese Frau?“

„Natürlich kenne ich sie. Sie war ein Dienstmädchen der Kincaids. Vor ... ja, es müssten jetzt ziemlich genau zehn Jahre her sein.“

„Daran erinnern Sie sich?“

„Selbstverständlich. Hat damals reichlich Wirbel verursacht. Sie bezichtigte Rowan Kincaid, sie vergewaltigt zu haben.“

„Damals waren Sie aber schon von Shona Kincaid geschieden.“

„So was kriegt man trotzdem mit.“

„Glauben Sie es?“

„Dass Rowan sie vergewaltigt hat? Damals nicht. Aber nachdem, was heute passiert ist ...“

„Wie ist Ihr Verhältnis zu Fia Cumming gewesen?“

„Ich ... wir kannten uns. Ich hatte ihr geholfen, nachdem sie so abgestürzt war. Die Drogen, wissen Sie ...“

„Das war sehr nobel von Ihnen, Mister Morgan.“

„Sie wusste ja nicht, wohin. Nachdem die Klage abgeschmettert wurde, war sie vollkommen abgebrannt."

„In den Akten wurde eine Abfindung von fünfzigtausend Pfund erwähnt. Ich würde das nicht unbedingt nichts nennen."

„Davon wusste ich nichts."

„Sie wissen nicht, wo das Geld abgeblieben ist?"

„Nein, sie kontaktierte mich erst, als sie schon pleite war und an der Nadel hing."

„Danke, Mister Morgan, das wäre vorerst alles." Inspektor Turpin beugte sich vor und deaktivierte die Sprachdatei. Anschließend lehnte er sich zurück, schlug die Beine übereinander und musterte Mister Borthwick.

„Zufrieden?"

Der alte Anwalt wiegte den Kopf. „Er klang recht überzeugend. Obwohl ..."

Turpin horchte auf. „Obwohl?"

„Kam Ihnen das nicht seltsam vor? Ich meine, stellen Sie sich das doch mal vor: Sie werden von ihrer Freundin, oder meinetwegen auch Frau, angerufen, weil sie Angst vor ihrem Ex-Lover hat. Sie stehen im Badezimmer oder Nebenraum und hören einen Schuss."

„Ja und?"

„Würden Sie sofort herausstürmen und geistesgegenwärtig zum Angriff übergehen?"

„Er hatte Angst um seine Freundin."

„Die blutend am Boden lag! Korrigieren Sie mich, wenn ich falsch liege, aber soweit ich weiß, ist Morgan Baxter Tanzschullehrer, kein ausgebildeter Einzelkämpfer oder Soldat."

„Völlig korrekt."

„Und dann die Sache mit Fia Cumming.“

„Was ist damit?“

„Er wusste sofort, wer sie war.“

Turpin deutete auf das Notebook. „Wie er schon sagte, er hatte sich um sie gekümmert.“

„Aber wusste angeblich nichts von der Abfindung?“ Alan Borthwick legte die Arme auf den Schreibtisch. „Inspektor Turpin, ich an Ihrer Stelle würde mir die Bücher von Morgan Baxter mal genauer ansehen.“

„Das steht Ihnen natürlich frei.“

„Und dann ist da noch der Fall Shona Kincaid.“

„Was soll damit sein?“

„Was ist, wenn sich herausstellt, dass Jonathan nicht der Sohn von Rowan Kincaid ist?“

„Was dann?“

„Dann haben Ihre Hauptverdächtigen kein Motiv mehr.“

„Was aber nichts an der Tatsache ändert, dass Fia Cumming die Kincaids erpresst hat.“

„Na und? Ohne einen erwiesenen Vaterschaftstest ist das gar nichts wert. Warum sollte Shona Miss Cumming umbringen, bevor der Vaterschaftstest gemacht wurde?“

„Eine Kurzschlusshandlung?“

Alan Borthwick schüttelte den Kopf. „Nicht Shona.“

„Bei allem Respekt, Mister Borthwick. Aber Sie dürften in diesem Fall kaum objektiv sein.“

„Mag sein. Aber gerade weil ich die Kincaids kenne, weiß ich, dass Shona keine Mörderin ist.“

„Was macht Sie da so sicher?“

„In diesem Fall wäre Morgan Baxter das Opfer gewesen. Gute Nacht, Inspektor!“

Shona lag in ihrer Zelle und starrte mit brennenden Augen an die Decke. Mister Borthwick hatte sie besucht und ihr von Rowans Schicksal erzählt. Es war absurd. Noch gestern waren ihre einzigen Sorgen gewesen, dass Siobhan ein Kind großziehen wollte und ob ihr Bruder Vater eines neunjährigen Autisten war, für den er womöglich Unterhalt zahlen musste. Und keine vierundzwanzig Stunden später stand sie unter Mordverdacht, Rowan lag mit gebrochenem Schädel auf der Intensivstation und Morgan Baxter lachte sich ins Fäustchen.

Ihr Anwalt hatte ihr zwar versichert, dass er nichts unversucht lassen würde, um ihre Unschuld zu beweisen, doch sie kannte ihren Ex-Mann gut genug, um zu wissen, dass es ihm nichts ausmachte unterzugehen, wenn er sie und ihre Familie dadurch mit ins Verderben riss. Allein die Vorstellung, dass er ebenfalls hier einsaß, vielleicht sogar direkt nebenan, machte sie wahnsinnig. Sie fragte sich, wie es wohl Cybill, Siobhan und Graham ging? Vor allem für ihre Tochter musste der heutige Tag grauenhaft gewesen sein. Umso dankbarer war Shona dafür, dass Cybill nicht allein war.

Mein Gott, was hätten sie bloß ohne Siobhan getan? Bereits vor fünf Jahren, als Lady Morag gestorben war und sie mit der Tablettenvergiftung im Krankenhaus gelegen hatte, hatte sie sich um Cybill gekümmert. Schon damals war Siobhan eine bessere Mutter gewesen, als sie jemals sein würde. Die aktuelle Situation war der beste Beweis. Wie eine Idiotin war sie Morgan auf den Leim gegangen. Nicht eine Sekunde hatte sie daran gedacht, dass sie auch Cybill gegenüber eine

Verantwortung hatte. Und jetzt lag sie in einer Gefängniszelle, während ihr Bruder um sein Leben kämpfte und konnte nicht einmal für ihr einziges Kind da sein.

Was wohl ihre Mutter dazu sagen würde? Nun, im Prinzip hätte sie sich kaum ein Urteil erlauben dürfen, immerhin hatte sie ihren eigenen Mann umgebracht. Shona lachte bitter. Ironischerweise war das ihr eigentliches Versäumnis gewesen.

Das Licht in der Zelle erlosch. Die Dunkelheit stülpte sich wie ein Sack über Shona Kincaid. Sie schrak zusammen, bis sie begriff, dass die Nachtruhe eingekehrt war.

„Oh Mum. Sei froh, dass du dieses Elend nicht mehr mitansehen musst. Ich habe versucht, stark zu sein. Glaub mir, ich habe mich wirklich bemüht. Aber ich kann es nicht mehr." Ihre Stimme versagte. „Hörst du, Mum? Ich kann nicht mehr!"

Shona drehte sich auf die Seite, zog die Beine an und ließ den Tränen freien Lauf.

„Warte, warte, warte! Was? Deine Mum soll jemanden umgebracht haben?"

Cybill schluckte, doch der Druck in ihrer Kehle wollte nicht weichen, daher nickte sie bloß. Über das Smartphone konnte Kenny es trotzdem sehen, ebenso wie Billies Tränen, für die sie sich jedoch nicht schämte. Nicht vor Kendra.

„Und dein Onkel liegt mit Schädelbasisbruch im Krankenhaus?"

Wieder nickte Cybill.

„Okay, ich komm rüber."

„Nein!", würgte sie hervor, nur um rasch hinzuzufügen: „Ich meine ... ist nicht nötig. Siobhan ist hier und ... es ändert doch nichts."

Kenny verzog die Lippen. „Oh Billie. Aber ... scheiße, ich weiß nicht, was ich sagen soll."

„Das brauchst du auch nicht. Ich ... ich wollte bloß, dass du Bescheid weißt."

„Danke, ich drück Rowan die Daumen, dass er es schafft. Und dass dieser Albtraum bald vorüber ist. Kacke, die Bullen können doch nicht ernsthaft glauben, dass deine Mum jemanden umbringt."

„Sag das denen. Dieser Inspektor Turpin ist ein Arsch. Der sucht nur nach der einfachsten Erklärung. Für ihn passt das wunderbar zusammen. Fia hat uns erpresst und Mum bringt sie dafür um. Genau dasselbe mit Annabelle und Rowan."

Kenny schüttelte den Kopf. „Boah, ich hätte nie gedacht, dass dein Vater so weit gehen würde."

„Echt nicht?" Cybill lachte gallig. „Glaubst du, er hätte mir auch nur eine Träne hinterhergeweint, wenn es mich damals erwischt hätte?"

„Stimmt auch wieder. Du ..."

Es klopfte an Cybills Zimmertür. „Warte mal, Kenny." Sie wischte sich die Tränen aus dem Gesicht. „Ich glaub, das ist Siobhan." Lauter rief sie: „Ist offen!"

Tatsächlich war es ihre Stiefmutter, die eintrat. Sie trug bereits ihren Pyjama.

„Hey, können wir morgen weitersprechen?", fragte Cybill ihre beste Freundin.

„Klar, Süße. Mach dir nicht zu viele Gedanken. Ich weiß, das ist leicht gesagt, aber versuch es trotzdem. Meld dich, ja?"

„Ja, okay. Bis bald. Und danke, Kenny."

„Kein Problem", hauchte sie. „Hab dich lieb, Billie."

Das Display erlosch und Cybill wälzte sich herum, um Siobhan anzuschauen, die noch immer in der offenen Tür stand und sie traurig anlächelte.

„Gibt's was Neues?"

Das Lächeln erlosch und Siobhan schüttelte den Kopf. „Leider nicht." Sie deutete mit dem Kinn auf Cybills Smartphone. „War das Kendra?"

„Ja, wieso?"

„Ach, nichts. Es freut mich einfach, dass du jemanden zum Reden hast. Ich meine ... so spät."

Cybill richtete sich auf und setzte sich im Schneidersitz auf das Bett. Siobhan trat näher und nahm neben ihr Platz.

„Ich hab ihr 'ne WhatsApp geschickt und sie hat sofort angerufen." Cybill bemerkte, wie sich der Blick ihrer Stiefmutter veränderte.

„Das hat nichts zu bedeuten. Sie ist meine beste Freundin."

Siobhan hob die Arme. „He, ich hab nichts gesagt."

„Aber gedacht."

„Selbst das nicht. Momentan gelten meine Gedanken ausschließlich deiner Mum und Rowan."

Cybill senkte den Kopf. „Entschuldige ..."

Eine Hand legte sich auf ihr Knie. „Du brauchst dich nicht zu entschuldigen. Es ist gut, wenn du auch an was anderes denken kannst."

„Eben nicht. Kenny wollte vorbeikommen, aber ich hab ihr gesagt, das sei nicht nötig."

„Das hätte mir nichts ausgemacht", erwiderte Siobhan. Eine Spur zu schnell und hastig, wie Cybill fand.

„Wirklich?", fragte sie. „Und wer würde dich dann trösten?"

Auch in Siobhans Augen schimmerte es feucht. Cybill stemmte sich aus dem Schneidersitz hoch und warf sich der älteren Frau in die Arme. Minutenlang hielten sie sich fest, weinten, bis Siobhan das Mädchen sanft zurückdrückte.

„Das klingt jetzt vielleicht ein wenig schräg, aber willst du heute Nacht bei mir schlafen?"

Da Cybill wieder mal nicht sprechen konnte, nickte sie lediglich.

„Wie geht es Grandpa?"

Cybill lag in jener Hälfte des Doppelbettes, in der Shona für gewöhnlich schlief. Zuerst hatte es sich für Siobhan seltsam angefühlt, doch die Wahrheit war, dass sie kein Auge zugemacht hätte und vermutlich verrückt geworden wäre, wenn sie neben einer leeren Betthälfte hätte schlafen müssen. Und Cybill war schließlich nicht irgendwer. Von ihren eigenen Eltern abgesehen, war sie diejenige, die ihr neben Shona am meisten auf der Welt bedeutete. Das war Siobhan nie bewusster gewesen, als in jenem Moment, als sie ihre Stieftochter umarmt hatte und sie sich gegenseitig Trost gespendet hatten.

„Graham hat noch einen Whisky getrunken und ist zu Bett gegangen."

„Meinst du, er kann schlafen?"

„Ich glaube, darüber müssen wir uns keine Gedanken machen. Graham ist Kummer gewohnt."

„Trotzdem wird er sich Sorgen machen. Es sind doch seine Kinder."

„Graham ist zu einer anderen Zeit groß geworden. Denk nur an deine Großmutter. Die beiden stammen aus einer Generation, in der es nicht gerade en vogue war, Gefühle zu zeigen.“

„Aber …“

Cybill kam nicht mehr dazu, ihren weiteren Sorgen Ausdruck zu verleihen, denn just in diesem Augenblick meldete sich Siobhans Handy. Die beiden Frauen blickten sich für zwei Sekunden wortlos an, dann fuhr Siobhans Hand zum Smartphone.

„Das ist das Krankenhaus“, krächzte sie nach einem Blick aufs Display.

Cybill richtete sich im Bett auf und beobachtete mit angespannter Miene, wie Siobhan das Gespräch annahm.

„Mrs Kincaid? Hier spricht Doktor Hughes.“

Siobhan hielt den Atem an. Plötzlich dehnten sich die Sekunden wie Kaugummi. Bitte, bitte, bitte, lass es zur Abwechslung mal eine gute Nachricht sein.

Bevor die Ärztin weitersprechen konnte, musste sie sich räuspern. „Wie befürchtet, kam es zu einer Ruptur der Arteria menigica media, was zu einer Blutung zwischen Schädelknochen und Hirnhaut führte.“

Am liebsten hätte Siobhan die Ärztin unterbrochen, doch dazu war sie nicht in der Lage. Ihre Stimmbänder waren wie gelähmt.

„Wir konnten den Druck auf das Gehirn entlasten und der Patient hat die Operation auch den Umständen entsprechend gut überstanden. Allerdings ist er noch nicht vollständig über den Berg. Jetzt kommt es darauf an, ob noch weitere subdurale Hämatome vorliegen.

Das können wir jedoch erst feststellen, nachdem die Schwellung abgeklungen ist."

„Wann ... wann wird das sein?", presste Siobhan mühsam hervor.

„Ich schätze, dass wir in den nächsten achtundvierzig Stunden eine zuverlässige Prognose stellen können."

Achtundvierzig Stunden!

Obwohl sie im Bett saß, begann sich das Zimmer um Siobhan herum zu drehen. Das war eine verdammte Ewigkeit.

„Danke, Doktor", erwiderte sie dennoch. Was hätte sie auch anderes sagen sollen? „Haben Sie vielen Dank. Ich nehme an, dass Rowan noch immer bewusstlos ist?"

„Ja, wir werden ihn vorerst noch weiter im Koma behalten. Zu seiner eigenen Sicherheit."

„Selbstverständlich. Nochmals danke, Doktor Hughes."

„Keine Ursache. Gute Nacht."

Die Ärztin legte auf und Siobhan starrte verdattert auf das Handy. Sie war sich sicher, dass die Abschiedsfloskel nur eine reflexhafte Bemerkung gewesen war, dennoch klang sie in ihren Ohren wie der blanke Hohn.

Cybill schaute ihre Stiefmutter erwartungsvoll an. „Was ist? Geht es Onkel Rowie gut?"

Siobhan hob die Schultern. „Das weiß ich nicht. Die Operation war erfolgreich. Aber noch hat er es nicht geschafft. Wir müssen achtundvierzig Stunden warten, dann wissen wir mehr."

„Zwei volle Tage?" Cybills Haut nahm die Farbe des blütenweißen Lakens an. „Oh Gott." Sie zog die Beine an und vergrub das Gesicht in den Händen.

Siobhan streichelte zärtlich ihren Rücken. Mehr konnte sie nicht für ihre Stieftochter tun.

Kapitel 24

titelte *The Scotsman* am nächsten Morgen in fetten Buchstaben. Darunter stand:

Mindestens eine Tote und ein Schwerverletzter nach Schusswechsel in Mehrfamilienhaus

Das Gebäude war sogar abgebildet worden, zum Glück ohne Rowans Aston Martin auf dem Bürgersteig. Der Artikel selbst war nicht besonders lang, da bislang keine Fakten ans Tageslicht gekommen waren. Der Commissioner hatte eine Nachrichtensperre verhängt. So wurde auch kein Zusammenhang mit dem Vorfall in Leith hergestellt, der lediglich im Lokalteil kurz und knapp Erwähnung fand.

Die Rede war von einem Polizeieinsatz und einer Frau, die tot in ihrer Wohnung aufgefunden worden war. Im Gegensatz zum Restalrig-Artikel wurde hier noch nicht einmal von einem Verbrechen ausgegangen. Die Randnotiz endete mit der üblichen Phrase, dass die Ermittlungen andauerten. Im Falle der Schießerei versprach *The Scotsman* jedoch seinen Leserinnen und Lesern, sie auf dem Laufenden zu halten.

„Wenigstens werden Shona und Rowan nicht erwähnt", murmelte Graham, am Küchentisch sitzend.

„Als ob das eine Rolle spielt", erwiderte Cybill. Lustlos stocherte sie in ihrem Porridge herum.

„Es mag momentan Wichtigeres geben, trotzdem müssen wir auch an die Reputation denken."

Siobhan sah ihrer Stieftochter an, dass sie zu einem Protest ansetzen wollte und sprang ihrem Schwiegervater bei. „So ist es. Zumal wir davon ausgehen müssen, dass dies auch zu Morgan Baxters Plan gehört. Ihm kann es egal sein, was die Zeitungen über ihn berichten. Er hat nichts mehr zu verlieren. Im Gegensatz zu deiner Mutter und deinem Bruder."

„Deshalb ist es wichtig, dass wir vorsichtig sind mit dem, was wir erzählen", ermahnte Graham seine Enkelin, die den Satz prompt in den falschen Hals bekam.

„Glaubst du, ich tratsch überall herum, dass meine Mutter im Knast sitzt?"

„Nein, natürlich nicht", beschwichtigte Siobhan. „Was Graham meint, ist, dass wir mit keinem Außenstehenden darüber sprechen sollten, um kein unnötiges Risiko einzugehen."

„Das schließt auch Emily, Belinda und Kendra mit ein", fügte Graham hinzu. „Nicht weil wir ihnen misstrauen. Aber eine unbedachte Bemerkung reicht schon, um den Stein ins Rollen zu bringen."

Cybill wurde blass. Nicht aus Wut, wie Siobhan erkannte, sondern weil sie sich ertappt fühlte.

„Ich denke, Kendra und ihre Eltern werden wissen, was sie erzählen dürfen und was nicht. Die Lachlans sind unsere Freunde", erinnerte Siobhan.

„Mag sein", entgegnete Graham. „Trotzdem ..."

Der Türgong hallte durch das Vestibül bis in den Speiseraum. Die drei übrig gebliebenen Familienmitglieder wechselten erstaunte Blicke. Wer wollte so früh etwas von ihnen? Es war schließlich nicht mal halb neun. Dass Siobhan und Cybill schon wach waren, lag allein daran, dass sie ohnehin kaum ein Auge zugetan hatten. Irgendwann war Siobhan in einen unruhigen Dämmerschlaf versunken, aus dem sie wie gerädert erwacht war, nachdem Cybill es nicht mehr im Bett ausgehalten hatte und unter die Dusche gegangen war.

Unten angekommen hatte Graham sie bereits erwartet, der Emily und Belinda zumindest über die Abwesenheit von Shona und Rowan in Kenntnis gesetzt hatte. Die beiden Frauen hatten die Nachricht von Rowans Verletzung mit Fassung aufgenommen, auch wenn Emily sofort angeboten hatte, ihren in vier Wochen anstehenden Abschied zu verschieben, falls es nötig sein sollte. Davon hatten jedoch weder Graham noch Siobhan etwas wissen wollen.

Cybill sprang auf, um zur Tür zu gehen, doch Belinda kam ihr zuvor und ließ die Besucherin ein, mit der Siobhans Stieftochter in der Tür fast zusammenstieß.

„Kenny!“

„Billie!“, rief die junge Frau und nahm ihre Freundin in den Arm. „Ich habe es zu Hause nicht länger ausgehalten. Ich habe dir geschrieben, aber du hast nicht geantwortet.“

„Das Handy liegt oben“, entschuldigte sich Cybill. „Kein Saft mehr.“

Kendra winkte ab. „Weißt du schon was Neues?“

Cybill nickte, blickte aber zunächst zu ihrem Großvater und Siobhan hinüber, als wollte sie sich deren

Erlaubnis einholen, ihre beste Freundin zu informieren. Die wiederum bekam erst jetzt mit, dass sich noch zwei weitere Personen im Speisesaal aufhielten.

Sie errötete. „Entschuldigung, Mister Johnston. Siobhan. Ich habe euch noch gar keinen guten Morgen gewünscht."

Siobhan wedelte mit der Hand. „Schon in Ordnung, Kendra. Der Morgen ist ja auch nicht besonders gut."

Kendra wurde bleich. „Soll das heißen …?"

„Nein", rief Cybill schnell und funkelte Siobhan wütend an. „Onkel Rowie hat die OP gut überstanden. Jetzt müssen wir warten, ob es noch weitere Blutungen gibt."

„Oh Gott. Und deine Mum?"

„Das wird sich im Laufe der Woche herausstellen", erklärte Siobhan. „Bis dahin können wir leider nicht viel machen."

„Falls ich irgendetwas für euch tun kann …"

„Danke, Kenny, das ist lieb. Aber ich wüsste nicht was."

„Ich schon", entgegnete Siobhan und musste lächeln, als Cybill überrascht die Augen aufriss. „Ich werde mich heute mit Graham um die Destillerie kümmern müssen. Das bedeutet, ich brauche jemanden, der die Galerie betreut."

Cybill sah aus, als würde sie in Ohnmacht fallen. „Siobhan, ich … ich …"

„Ich wüsste nicht, wer das besser könnte." Sie schob den Stuhl zurück und stand auf. Dicht vor ihrer Stieftochter blieb sie stehen. „Hör zu, du musst nur das Telefon auf mein Handy umstellen. Das meiste kann ich von hier erledigen. Du brauchst eigentlich nichts weiter zu tun, als die Galerie zu öffnen und potenzielle

Kunden zu beraten. Falls du dir das zutraust. Falls nicht, dann schließe einfach. Am besten für den Rest der Woche."

„Das wird nicht nötig sein, Siobhan", erwiderte Kendra an Cybills Stelle. Ihr Lächeln verriet, dass sie genau wusste, was Siobhan beabsichtigte. Nämlich Billie eine Aufgabe zu geben, die sie von ihren Sorgen ablenkte.

„Moment, und was ist mit den Pferden?"

„Was soll mit denen sein? Ich habe Mum und Dad gesagt, dass ich heute frei mache. Ich soll euch schöne Grüße bestellen. Sie machen sich natürlich auch Sorgen um Shona und Rowan."

Besteck klirrte, als Graham Messer und Gabel auf den Teller fallen ließ. Kendra lächelte schief. „Keine Bange, Mister Johnston. Ich habe Ihnen nur erzählt, dass Mister Kincaid überfallen wurde."

Siobhan nickte Graham über die Schulter zu und hob dabei die Brauen. *Siehst du?*

„Sag mal, was glaubst du, hat dein Vater vor, wenn er aus der Haft entlassen werden sollte?", fragte Kendra. Auf Siobhans Wunsch hin spielte sie Cybills Chauffeurin.

Die hatte nichts dagegen, denn auch ihr steckte die Nacht in den Knochen. Sie konnte froh sein, überhaupt ein Auge zugemacht zu haben, was mit Sicherheit nur daran lag, dass sie nicht alleine geschlafen hatte.

Außerdem war sie froh über Kendras Gesellschaft. Es tat gut, mit jemandem zu sprechen, der nicht direkt von den Ereignissen betroffen war. Trotzdem wurde sie von der Frage überrumpelt.

„Keine Ahnung. Wahrscheinlich wird er zur Presse laufen und denen seine Version der Ereignisse erzählen."

„Glaubst du, das ist alles?"

„Reicht das nicht?"

Kendra verzog die Lippen. „Bitte versteh mich nicht falsch. Ich will dir auch keine Angst einjagen. Aber falls es Morgan Baxter war, der Annabelle umgebracht hat ..."

„Er war es!", beharrte Cybill.

„Na gut, aber dann könnte Rowan ihn belasten, sobald er aufwacht."

Cybill erstarrte förmlich. Daran hatte sie tatsächlich noch gar nicht gedacht. Hastig holte sie das frisch aufgeladene Smartphone hervor und rief Siobhan an, um ihr davon zu erzählen.

„Keine Sorge, Cybill. So schnell wird Morgan Baxter nicht auf freien Fuß gelangen."

„Bist du dir da sicher?"

„Sollte das der Fall sein, wird Mister Borthwick uns informieren, glaub mir."

„Okay, wie du meinst." Sie beendete das Gespräch und erzählte Kendra davon.

„Sorry, Billie. Ich wollte wirklich nicht ..."

„Nein, schon gut. Du hast ja recht. Ich traue Morgan mittlerweile so ziemlich alles zu. Auch, dass er Fia Cumming umgebracht hat. Dieser Kerl ist ... ein Psychopath."

Sie verstummte und nagte an ihrer Unterlippe. Zum Glück hatte sie kaum etwas gegessen, sonst hätte sie sich in diesem Moment bestimmt übergeben.

„Ist alles in Ordnung, Billie?", fragte Kendra besorgt. Sie hatte längst mitbekommen, dass etwas mit ihrer besten Freundin nicht stimmte.

Sie nickte hastig. „Es … es ist nur … was … was, wenn ich genau so werde wie er?"

„Das ist doch Unsinn!"

„Ach ja? Du hast doch selbst gesagt, wie kaputt ich bin!" Sie kämpfte mit den Tränen.

„Herrje, das war doch nur so dahingesagt. Ganz ehrlich, Cybill, ich kenne kaum eine liebenswertere Person als dich. Außerdem habe ich noch nie etwas davon gehört, dass Psychopathie vererbbar wäre."

„Bist du sicher?"

„Na ja, ich habe mich damit nie wirklich beschäftigt. Aber … he, was machst du da?"

„Wonach sieht's denn aus?", knurrte Cybill. „Ich googele!"

„Ich halte das für keine gute …"

„Siehst du?" Cybills Stimme überschlug sich beinahe. „Psychopathie ist eine Persönlichkeitsstörung", las sie vor. „Eine von hundert Personen ist betroffen. Männer viermal häufiger als Frauen."

„Da hast du es."

„Zwillingsstudien beweisen, dass Vererbung eine Rolle spielt", würgte Cybill abschließend hervor.

Kendra seufzte. „Billie, das beweist überhaupt nichts. Eine Rolle spielen, bedeutet noch lange nicht, dass es ursächlich so sein muss."

„Aber es erhöht die Chancen. Hast du *Monster* gesehen?"

„Also das kannst du nun wirklich nicht vergleichen."

„Ich meine damit ja auch nur, dass es vielleicht gar nicht so abwegig ist. Ich komme ja nicht mal mit Männern aus.“

„Billie, wie lange kennen wir uns nun schon?“

„Unser ganzes Leben, würde ich sagen.“

„Ja, genau. Und ich habe noch nie irgendwelche Anzeichen von Psychopathie bei dir erlebt. Du hast zum Beispiel keine Tiere gequält oder so.“

„Ich weiß nicht, ob das so ein verlässliches Kriterium ist.“

„Billie, du bist nicht nur die Tochter deines Vaters, sondern auch die deiner Mutter. Es spielen noch viele weitere Aspekte eine Rolle.“

„Soll mich das jetzt beruhigen?“

„Also gut“, rief Kendra und schlug mit beiden Händen auf das Lenkrad. Sie konnte es sich leisten, da sie ohnehin vor einer Ampel standen. „Was schlägst du jetzt vor? Sollen wir statt in die Galerie lieber zum Baumarkt fahren und eine Kettensäge kaufen? Am besten noch eine Rolle Gaffer-Tape, eine Plane und etwas Löschkalk?“

„Kenny! Das ist nicht ...“

Ihr Handy bimmelte und Cybill stöhnte genervt, nachdem sie gesehen hatte, wer da zum denkbar ungünstigsten Zeitpunkt anrief.

„Wer ist es?“

„Na, wer schon? Colin natürlich.“

„Ich sagte doch, du hättest ihn blockieren sollen“, murmelte Kendra und fuhr wieder an.

Cybill antwortete nicht, sondern nahm das Gespräch an. Auch, oder in erster Linie, um sich abzulenken. „Hey, Colin.“

„Cybill, endlich. Du ... du hast dich gar nicht mehr gemeldet.“

„Ich hatte echt Stress, wenig Zeit. Außerdem wüsste ich nicht, was wir noch zu bereden hätten.“

„Dein Vater hat mich einfach angesprochen. Was hätte ich denn machen sollen?“

„Lass mich überlegen ... ihn stehenlassen? Ihn ignorieren? Ihm sagen, dass er seine Tochter in Ruhe lassen soll?“

„Woher willst du wissen, dass ich das nicht getan habe?“

Obwohl ihr nicht danach zumute war, musste sie lachen. „Echt jetzt? Deshalb bist du wohl auch stiften gegangen, als du mich hast kommen sehen.“

„Cybill, bitte. Können wir nicht in Ruhe darüber reden?“

„Ich dachte, das tun wir gerade.“

„Ich meine persönlich. Von Angesicht zu Angesicht. Wir könnten uns auf einen Kaffee treffen. Oder ich komme vorbei ...“

„Das hättest du wohl gerne, wie? Sorry, Colin, aber momentan hab ich echt keinen Kopf für irgendwelche Ausreden oder Erklärungen.“

„Cybill, ich vermisse dich.“

Sie zögerte kurz, horchte in sich hinein und fand einen Anflug von Mitleid. Mehr allerdings nicht. Höchstens vielleicht ein dumpfes Gefühl von Melancholie der gemeinsamen Zeiten wegen, aber kein echtes Bedauern. Keine Trauer, keinen Schmerz.

„Vermisst du mich denn gar nicht?“

Ihr Blick ging zu Kendra hinüber, die verbissen geradeaus schaute und sich bemühte, nicht allzu neugierig auszusehen. Schließlich gab sich Cybill einen Ruck. „Mach's gut, Colin!"

Kenny wandte den Kopf. „Na endlich. Und?"

Cybill zuckte die Achseln und starrte auf das Display. „Merkwürdig, aber ich spüre nichts. Vielleicht sollten wir doch zum nächsten Baumarkt fahren."

Es fühlte sich falsch an.

Siobhan saß hinter Shonas Schreibtisch, der mit jeder verstreichenden Minute zu wachsen schien und sie zu erdrücken drohte. Was tat sie hier eigentlich? Sie hatte doch gar keine Ahnung von Whisky! Klar, sie hatte in den letzten Jahren einiges aufgeschnappt und wusste mit Sicherheit mehr als der gewöhnliche Konsument, doch das prädestinierte sie noch lange nicht für das Bewirtschaften einer Destillerie.

Verflixt, reiß dich zusammen, ermahnte sie sich. Du leitest seit Jahren erfolgreich eine eigene Galerie. *Du weißt, wie man ein Geschäft führt. So unterschiedlich kann das doch nicht sein. Shona verkauft hochprozentigen Alkohol und du eben Bilder und Skulpturen.*

Dinge, die kein Mensch zum Überleben brauchte, die seine Existenz aber auf andere Weise bereicherten. So sehr, dass er dafür bereit war, mitunter ziemlich tief in die Tasche zu greifen. Und so weit lagen Vernissagen und Whisky-Verkostungen nun auch wieder nicht auseinander. Das Problem war nur: Wo sollte sie anfangen? Was lag an? Wie sollte sie Prioritäten setzen?

Das Klingeln des Telefons erlöste sie aus ihrem Dilemma. Es war Ewan, der natürlich stutzig wurde, als sich weder Shona noch Rowan meldeten. Vor allem

Letzteren vermisste er, da er seit einer halben Stunde
überfällig war.

Siobhan wich das Blut aus dem Kopf. Die Arbeiter! Sie
wussten vermutlich noch gar nichts vom Schicksal ihres Vorgesetzten. „Warten Sie einen Augenblick, Ewan.
Ich komme zu Ihnen raus.“

„Okay“, erwiderte er verblüfft. „Dann ... äh ... erwarten
wir Sie.“

Er legte auf und Siobhan vergrub das Gesicht in den
Händen.

„So schlimm?“, erklang von der Tür her Grahams
Stimme.

Siobhan richtete sich auf und ließ die Arme sinken.
„Noch schlimmer“, antwortete sie.

Dann erklärte sie ihrem Schwiegervater das Dilemma.

„Wenn du willst, begleite ich dich.“

„Das würde mir tatsächlich helfen. Vielen Dank!“

„Kein Problem. Wollen wir den Rolls-Royce nehmen?“

Im ersten Moment wollte Siobhan ablehnen, doch
dann hielt sie inne. Ein schmales Lächeln huschte über
ihre Lippen. „Warum eigentlich nicht? Wenn Sie so
freundlich wären, den Wagen vorzufahren ...“

Graham grinste, er deutete sogar eine Verbeugung an.
„Sehr wohl, Ma’am!“

Kapitel 25

Kurz nach dem Lunch rief Mister Borthwick an und bat Siobhan und Graham, bei ihm in der Kanzlei vorbeizuschauen. „Ich nehme an, dass Sie ohnehin vorhatten, Shona und Rowan zu besuchen."

Siobhan errötete, da sie es bislang versäumt hatte, Mister Borthwick über den Zustand ihres Schwagers zu informieren. Das holte sie umgehend nach, kaum dass sie mit Graham die Räumlichkeiten der Kanzlei betreten hatte.

Der alternde Anwalt nahm die Information mit der Gelassenheit eines britischen Gentlemans zur Kenntnis. „Es wird uns wohl nichts anderes übrigbleiben, als weiterhin die Daumen zu drücken."

„Zumindest so lange, bis Morgan Baxter wieder auf freiem Fuß ist", bemerkte Siobhan trocken.

Mister Borthwick nickte. „Sie fürchten, er will zu Ende bringen, was ihm in Miss Forbes Wohnung nicht gelungen ist?"

„Möglich. Auf jeden Fall wird er nichts unversucht lassen, den guten Ruf der Familie in den Schmutz zu ziehen. Sofern ihm das nicht schon gelungen ist."

Ein listiges Lächeln stahl sich auf die dünnen Lippen des Anwalts. „Ich an Ihrer Stelle würde die Flinte nicht so schnell ins Korn werfen."

Siobhan warf Graham einen fragenden Blick zu, doch ihr Schwiegervater konnte ebenfalls nur mit den Schultern zucken.

„Aber bitte, Mrs McLeary-Kincaid", sagte Mister Borthwick, wie immer um absolute Korrektheit bemüht. „Setzten Sie sich. Darf ich Ihnen etwas zu trinken anbieten?"

Siobhan, die momentan nicht empfänglich für irgendwelche Geheimniskrämereien war, verschränkte die Arme vor der Brust und musterte den Anwalt scharf. „Mister Borthwick, bei allem Respekt, aber ich würde gerne erfahren, warum wir so dringend kommen sollten."

„Nun", begann er und legte sogleich eine theatralische Pause ein, indem er umständlich auf seine Armbanduhr schaute. „Das würde ich Ihnen lieber zeigen, als lediglich erklären. Sagen Sie, haben Sie Cybill nicht mitgebracht?"

„Nein, Mister Borthwick. Davon haben Sie nichts gesagt. Ich nehme an, sie befindet sich noch in der Galerie."

„Bitte rufen Sie sie an!"

Siobhan hob die Hände und ließ sie wieder fallen. „Na schön. Wie Sie wollen." Sie zückte ihr Smartphone und rief Cybills Kontakt auf.

„Hey, Siobhan. Was gibt's?"

„Wenn ich das mal wüsste."

„Wie ... wie meinst du das denn?"

„Ich stehe hier bei Mister Borthwick, der mich bat, so schnell wie möglich zu ihm zu kommen. Und jetzt will er einfach nicht mit der Sprache herausrücken.

Zumindest nicht, solange du nicht hier bist. Also schließ die Galerie und komm vorbei."

„Darf Kendra mitkommen?"

„Ich denke, da spricht nichts dagegen, wenn du deine Freundin mitbringst." Bei den letzten Worten sah sie Mister Borthwick an, der langsam nickte.

Siobhan beendete das Gespräch. „Zufrieden?"

„Oh, noch zufriedener wäre ich, wenn Sie es sich bequem machen würden."

Sie spürte Grahams Hand am Ellenbogen. Stumm deutete er auf die Besucherstühle und Siobhan ergab sich ihrem Schicksal. Sie ließ sich sogar einen Cappuccino andrehen. Sie hatte eben den ersten Schluck genommen, als die Tür geöffnet wurde.

Mister Borthwicks Sohn Gerald, der Junior-Chef, betrat das Büro seines Vaters. Dicht gefolgt von Inspektor Turpin sowie ...

„Shona!"

Siobhan schrie den Namen ihrer Frau. Zum Glück hatte sie die Tasse gerade abgestellt, sie wäre ihr ansonsten mit Sicherheit aus der Hand gefallen. Wie von der Feder geschnellt, sprang sie auf und flog ihrer Geliebten in die Arme.

In den folgenden Sekunden erlebte sie ein wahres Wechselbad der Gefühle. Sie lachte und weinte, bis ihr einfiel, dass sie ja nicht alleine im Büro waren.

„Entschuldigung." Verlegen strich sie über ihr Kleid und rückte von Shona ab, ohne ihre Hand loszulassen. Auch Graham umarmte seine Tochter. Er war nicht minder verblüfft als Siobhan, hatte sich aber deutlich besser im Griff.

Gerald Borthwick blickte verlegen auf seine Schuhspitzen, sein Vater dagegen machte aus seiner diebischen Freude keinen Hehl. Selbst Turpins Mundwinkel zuckten verräterisch.

Siobhan fuhr herum. „Mister Borthwick. Ich hoffe wirklich, dass Sie sich keinen schlechten Scherz mit uns erlauben, andernfalls kann er …", sie deutete auf den Inspektor, „… mich gleich mit verhaften, weil ich Sie dann nämlich eigenhändig umbringen werde."

„Siobhan!", entfuhr es Shona.

„Nein, nein, nein", rief der Anwalt und wedelte mit beiden Händen. „Ist schon in Ordnung. Ich kann Ihre Frau gut verstehen. Aber Sie sollte mich inzwischen gut genug kennen, dass ich mir niemals derartige Streiche erlauben würde. Bitte nehmen Sie wieder Platz, dann erkläre ich Ihnen alles in Ruhe. Gerald wird sicherlich noch genügend Stühle für Sie alle finden."

Sein Sohn nickte und holte aus dem Nebenraum zwei weitere. Graham und der Inspektor hatten sich kaum gesetzt, als der Türsummer ging.

„Gerald, sei so gut und mach auf!" Borthwick senkte verschwörerisch die Stimme. „Unser Anwaltsgehilfe hat schon Feierabend gemacht."

Schritte polterten über die Dielen. „Ich hoffe, es ist wichtig", rief Cybill, leicht genervt wie immer. Sie stampfte in das Büro und blieb wie angewurzelt stehen.

Shona schraubte sich aus dem Stuhl empor.

Zum zweiten Mal innerhalb weniger Minuten wurde sie fast von den Beinen gerissen. „Mum!"

Der Gefühlsausbruch war Shona sichtlich unangenehm. „Mein Gott, ihr tut ja gerade so, als sei ich von den Toten auferstanden." Nachdem sie die Worte ausgesprochen hatte, entschuldigte sie sich sogleich dafür. „Tut mir leid, das war unangemessen." Sie strich ihrer Tochter über den Kopf und begrüßte Kendra. Turpin sprang auf und bot Cybill seinen Platz an.

Da es im Büro eng geworden war, blieb er am Fenster stehen. Kendra setzte sich neben ihrer Freundin auf die Lehne.

Mister Borthwick zwinkerte den Ehefrauen zu. „Shona, haben Sie etwas dagegen, wenn Kendra anwesend ist?"

„Absolut nicht. Ob sie es gleich erfährt oder später von Cybill, spielt keine Rolle.

Ihre Tochter wurde rot und senkte den Kopf. Kendra strich ihr sanft über das Haar.

Der Anwalt setzte sich und schlug die Akte auf, die vor ihm auf dem Tisch lag. „Zunächst einmal darf ich verkünden, dass Shona heute auf Kaution auf freien Fuß gesetzt wurde."

„Auf Kaution?", echote Siobhan. „Soll das heißen, dass das Verfahren nicht aufgehoben wurde?" Bei den letzten Worten fixierte sie Turpin, der aber sogleich an Mister Borthwick verwies.

„Ich gehe stark davon aus, dass dies nur eine reine Formsache ist. Wie Sie wissen, mahlen die Mühlen der Justiz äußerst langsam. Tatsache ist jedoch ...", er legte eine Pause ein und reichte den Frauen das Formular eines Labors, „... dass Rowan Kincaid nicht der Vater von Jonathan Cumming ist, was dieser Vaterschaftstest einwandfrei belegt."

„Ich wusste es!", rief Cybill. Selbst Graham erlaubte sich ein erleichtertes Schnaufen.

„Mit anderen Worten, Shona hatte kein Motiv“, stellte Siobhan fest.

„So ist es“, fuhr Mister Borthwick fort. „Fia Cummings’ Forderungen waren völlig aus der Luft gegriffen und dienten offenbar nur dazu, Unruhe zu stiften.“

„Und was ist mit dem Brieföffner?“

„Das kriminaltechnische Labor hat festgestellt, dass die Abdrücke verwischt waren“, erklärte Turpin. „Es war also unwahrscheinlich, dass Shona ihn benutzt hat, um Fia zu erstechen.“

„Obwohl er im Wasser gelegen hat?“

Der Inspektor nickte. „Fingerabdrücke bestehen aus winzigen Fettrückständen, die sich durch den Kontakt mit Wasser zwar durchaus lösen können, aber in der Regel nicht verwischen. Dazu ist eine mechanische Kraft vonnöten. Beispielsweise ein Taschentuch oder Handschuhe. Warum hätte Shona Handschuhe tragen sollen, um eine Waffe zu benutzen, die sie aus ihrem eigenen Büro entwendet hat?“

„Und wieso hätte sie diese Waffe dann im Körper des Opfers stecken lassen sollen?“, fügte Siobhan hinzu.

„Eben!“

„Dann wurde Fia Cumming also tatsächlich von Morgan Baxter umgebracht?“, fragte Kendra.

„Oder von Rowan Kincaid“, erwiderte Inspektor Turpin.

„Unmöglich“, schnappte Shona. „Mein Bruder war bei Annabelle Forbes, als ich ihn anrief.“

„Die das aber nicht mehr bestätigen kann“, fügte Siobhan hinzu, woraufhin der Ermittler nickte.

„Allerdings stellt sich auch hier die Frage nach dem Motiv. Selbst wenn Rowan Kincaid impulsiv gehandelt haben sollte, widerspricht das der Verwendung des Brieföffners als Tatwaffe. Warum hätte er seine Schwester belasten sollen?"

„Und warum sollte er Fia Cumming erstechen, wenn er bei Annabelle Forbes eine Schusswaffe benutzt hat?"

„Fia Cumming wurde nicht erstochen", berichtigte Turpin. „Sie wurde ertränkt. Der Brieföffner wurde ihr post mortem in den Hals gerammt. Das hat die Obduktion einwandfrei erwiesen. Und was Annabelle Forbes betrifft, so haben wir auch hier berechtigte Zweifel, dass der von Morgan Baxter geschilderte Tathergang der Wirklichkeit entspricht."

„Inwiefern?", wollte Graham wissen.

„Abgesehen davon, dass er sich ein wenig zu detailliert an die Auseinandersetzung mit Rowan Kincaid erinnerte, gibt es auch Unstimmigkeiten bei den Schusskanälen und den Zeugenaussagen. Zum einen stimmen die Abstände nicht. Laut Morgan Baxter wurden beide Schüsse dicht hintereinander abgefeuert. Den Anwohnern nach zu urteilen, verstrich fast eine Minute zwischen den Detonationen. Selbst wenn wir die subjektive Zeitdehnung berücksichtigen, passen beide Aussagen nicht zusammen."

„Und was hat es mit den Schusskanälen auf sich?", fragte Shona.

„Das erste Projektil traf Annabelle Forbes im Stehen, aus circa zwei Metern Entfernung. Es durchschlug ihren Brustkorb und traf die dahinterliegende Wand. Das zweite Geschoss drang jedoch aus nächster Nähe in ihren Rumpf, als dieser bereits am Boden lag. Von dort wurde der Schuss auch abgegeben."

„Und was … was bedeutet das?“ Cybills Stimme zitterte leicht.

„Dass der Schuss abgefeuert wurde, nachdem Rowan bereits bewusstlos war“, hauchte Siobhan und Turpin nickte.

„Aber warum?“

„Wegen der Schmauchspuren“, erklärte der Beamte. „Wenn Sie eine Faustfeuerwaffe abfeuern, bleiben mikroskopische Rückstände durch den Pulverrauch an der Hand des Schützen zurück.“

„Es sei denn, er trägt Handschuhe“, schränkte Siobhan an.

„Genau, aber die hatte Rowan Kincaid nicht an. Wenn Morgan Baxter den Verdacht also auf Ihren Onkel lenken wollte, musste er noch einen Schuss abgeben.“

„Dieser Mistkerl!“, keuchte Shona. „Er hat sich für so schlau gehalten, nur um am Ende an seinem eigenen Perfektionismus zu scheitern. Das ist so typisch.“

„Aber welches Motiv hatte Morgan denn?“, fragte Siobhan.

„Rache“, erklärte Shona. „Es war Annabelle, die ihn vor fünf Jahren durch ihre Aussage belastete.“

„Einmal das …“, bestätigte Mister Borthwick, „… zum anderen aber war sie die Einzige, die sein Alibi für die Zeit des Mordes an Fia Cumming hätte widerrufen können. Und da sie ihn schon einmal verraten hatte, bestand das Risiko, dass sie dies auch ein zweites Mal tun würde.“

„Ein nüchtern denkender Mörder hätte sie vielleicht im Meer oder in einem Fluss versenkt. Irgendwo, wo man sie nicht so schnell finden würde. Doch Morgans Narzissmus war so groß, dass er dachte, zwei Fliegen mit einer Klappe schlagen zu können“, spann Turpin den Faden weiter.

„Mum und Onkel Rowie“, hauchte Cybill.

„Ganz genau.“

„Aber Jonathan Cumming hat Shona doch angeblich identifiziert“, warf Graham ein.

„Dazu komme ich jetzt.“ Turpin wedelte mit dem Finger. Er schien völlig in seinem Element zu sein. Wir fanden auf Annabelle Forbes’ Handy Fotos von der Vernissage, auf der auch Sie zugegen waren, Mrs Kincaid.“ Sein Augenmerk richtete sich auf Shona. „Übrigens sehr schicke cremefarbene Lederjacke.“

„Äh ... danke.“

Er grinste. „Die gleiche Jacke fand sich in einem Plastikbeutel im Schrank von Annabelle Forbes, zusammen mit einer schwarzen Perücke.“

„Annabelle hat sich für mich ausgegeben, um ... um Fia Cumming zu töten?“

„Nein, das war vermutlich Morgan Baxter. Wahrscheinlich sollte Annabelle nur den Jungen aus dem Weg räumen und ihn einschüchtern. Er ist Autist. Kaum anzunehmen, dass er Gesichter voneinander unterscheiden kann. Frisur und Kleidung genügten bereits.“

„Dabei hatte ich an dem Tag gar nicht diese Jacke an.“

„Mag sein, aber offenbar reichte die Frisur bereits aus. Vielleicht trug sie auch das gleiche Parfüm. Für Morgan Baxter war die Identifikation durch den Jungen nicht zwingend notwendig, sondern nur ein willkommener Bonus. Vielleicht wollte er dadurch auch nur Annabelle zur Mittäterin machen und sich ihre Loyalität sichern.“

„Aber warum musste Fia Cumming überhaupt sterben?“, fragte Siobhan. „Nur, damit er Shona aus dem Weg räumen kann?“

„Ist das so abwegig? Wir sprechen hier immerhin über einen Mann, der vor fünf Jahren seine einzige Tochter abfüllen und vergiften ließ, um Shona das Sorgerecht zu entziehen, damit er über Cybill an das Erbe herankommt.“

Bei diesen Worten horchte das Mädchen auf. Sie starrte Turpin an, als hätte sich dieser gerade in ein mannsgroßes Kaninchen verwandelt.

„Die Frage ist nur, ob wir ihm diese Morde auch wirklich nachweisen können.“ Shona klang skeptisch. „Jetzt, wo Annabelle und Fia tot sind.“

„Sie sollten Vertrauen und Geduld haben“, riet Mister Borthwick.

Shona schnaubte. „An beidem mangelt es mir gerade erheblich, wie Sie sich vorstellen können.“

„Nun, das sollte es nicht, denn wir haben uns Morgan Baxters Bücher einmal genauer angesehen. Und dabei sind wir auf eine interessante Begebenheit gestoßen.“

Sämtliche Anwesenden horchten auf, bis auf Mister Borthwick und Inspektor Turpin natürlich. Auch der Juniorchef Gerald schien Bescheid zu wissen.

„Und welche Besonderheit soll das sein?“, fragte Siobhan.

„Wussten Sie, dass Morgan Baxter vor knapp zehn Jahren kurz davor stand, alles zu verlieren?“

Shona und Siobhan schauten sich irritiert an. „Wie meinen Sie das?“

„Er war hoch verschuldet, die Tanzschule lief schlecht. In spätestens einem halben Jahr wäre er insolvent gewesen.“

„Und was ist dann passiert?“, fragte Kendra.

„Fia Cumming hat ihre Abfindung bekommen“, hauchte Shona.

„Genauso ist es!“ Alan Borthwick sah aus wie die sprichwörtliche Katze, die den Kanarienvogel verspeist hatte.

„Können wir das irgendwie beweisen?“

Die zufriedene Fassade des Anwalts begann zu bröckeln. „Nun ja, wir arbeiten daran.“

„Dann arbeiten Sie schneller“, sagte Shona. „Wenn mein Ex auf Kaution herauskommt und erfährt, dass mein Bruder und ich entlastet wurden, wird er durchdrehen. Der bringt es fertig und läuft Amok.“

„Dann darf er es eben nicht erfahren.“

Sämtliche Köpfe wandten sich Cybill zu, die still vor sich hin lächelte.

Kapitel 26

„In Ordnung, Mister Baxter. Sie dürfen gehen."

Morgan öffnete die Lider und blinzelte überrascht. Vor ihm, in der offenen Zellentür, stand dieser selbstgefällige Detective namens Turpin neben seinem Anwalt, der den Eindruck machte, als hätte er gerade den Coup seines Lebens gelandet.

„Was ist passiert?"

„Das wird Ihnen Mister Dunn auf dem Weg nach draußen sicherlich gerne erklären." Turpin stellte sich mit verschränkten Armen an die Wand und deutete auf die Tür. Allein die angespannte Kiefermuskulatur zeugte von dem Frust, den der Inspektor über die Entlassung schob.

Morgan Baxter genoss jede einzelne Sekunde. Er hatte damit gerechnet, dass er aus Mangel an Beweisen früher oder später würde gehen dürfen. Aber dass es Eric Dunn so schnell schaffen würde, das hatte er nicht zu hoffen gewagt.

„Sagen Sie mir, was los ist oder soll ich raten?", fragte er seinen Anwalt auf dem Weg ins Freie.

Dunn, ein schlanker Mann Anfang dreißig, der versessen darauf war, sich zu beweisen, zuckte mit den Achseln. „Rowan Kincaid ist außer Gefahr. Die Anklage wegen versuchten Totschlags wurde fallengelassen. Sie haben einwandfrei aus Notwehr gehandelt."

Morgan versuchte, sich seine Genugtuung nicht allzu deutlich anmerken zu lassen. Wenn Rowan außer Lebensgefahr war, bedeutete das aber auch, dass er entweder nicht vernehmungsfähig war oder sich nicht mehr an das, was bei Annabelle geschehen war, erinnern konnte.

„Wissen Sie, wo er hingebracht wurde?"

Dunn machte ein zerknirschtes Gesicht. „Warum wollen Sie das wissen, Morgan?"

„Er ist immer noch mein Schwager."

„Ich halte es für keine gute Idee, wenn Sie zu ihm gehen."

„Bitte, Mister Dunn ... Eric." Morgan legte die Handflächen aneinander. Ich will doch bloß wissen, wie es ihm geht. Im besten Falle, was ihn zu seiner Tat bewogen hat."

„Eben deshalb möchte ich Ihnen den Aufenthaltsort nicht verraten. Ich hoffe, Sie haben dafür Verständnis."

„Sicher." Morgan lächelte und ließ die Arme sinken. Er klopfte Mister Dunn auf die Schulter. Am liebsten hätte er ihm die Faust ins Gesicht gerammt. „Danke, Eric."

„Soll ich Sie irgendwo hinbringen?"

Im ersten Moment wollte Morgan ablehnen, dann überlegte er es sich anders. „Wenn Sie mich in der Stadt rauslassen könnten? In der Nähe des Campus?"

„Sicher, Mister Baxter."

Die School of Economics lag am Buccleuch Place, der von vierstöckigen grau-braunen Bauwerken gesäumt wurde. Die Straße bestand aus Kopfsteinpflaster und war nicht asphaltiert. Es pulsierte dort nicht unbedingt vor Leben, aber es herrschte zumindest reger Betrieb. Genug, um jemanden zu finden, der Auskunft geben konnte.

Trotzdem dauerte es fast eine Stunde, bis Morgan Baxter den jungen Mann erblickte, auf den es ihm ankam.

„Hi, Colin!“ Er setzte sein verbindlichstes Lächeln auf, als er Cybills Freund in Begleitung zweier Kommilitonen erblickte, die er auch schon im *The Hive* gesehen hatte.

„Mister Baxter“, ächzte der Junge. „Was tun Sie hier?“

„Nun, ich war zufällig in der Gegend und wollte mit dir sprechen.“

Colins Miene verschloss sich. „Ich habe Ihnen nichts zu sagen. B... Bitte gehen Sie.“

Was für ein Weichei. Morgan hatte Mühe, sich seine Verachtung nicht anmerken zu lassen. Stattdessen überwand er seine Abneigung und trat auf Colin zu. Einer seiner Kommilitonen rückte näher, der andere wich zurück.

In solchen Situationen zeigte sich stets, auf wen man sich im Ernstfall verlassen konnte und wer beim ersten Anzeichen von Problemen den Schwanz einzog.

„Hör zu, mein Junge. Ich weiß, dass es falsch war, dich zu bedrängen. Es ist einiges passiert, ich weiß nicht, ob Cybill es dir erzählt hat ...“

„Cybill hat Schluss gemacht“, keuchte Colin.

Das war allerdings eine Überraschung. Die Kleine war tougher, als er gedacht hatte. „Das tut mir leid. Das wollte ich nicht. Ich wollte nur, dass sie mir zuhört. Ich entschuldige mich, dass ich dich da mit reingezogen habe."

Colin schwieg.

Morgan richtete sich auf. „Wann hast du das letzte Mal mit ihr gesprochen?"

„Keine Ahnung. Vor zwei oder drei Tagen. Wieso?"

„Weißt du, dass ihr Onkel im Krankenhaus liegt?"

Er machte ein überraschtes Gesicht. „Nein, das wusste ich nicht. Was ist passiert?"

„Das ist eine lange Geschichte. Ich erzähle sie dir gerne, aber vorher musst du mir einen Gefallen tun, okay?"

Colin zögerte. Es war ihm anzusehen, wie er mit sich rang. Schließlich seufzte er und nickte.

Morgan Baxter ging nicht davon aus, dass Rowan Kincaid bewacht wurde. Selbst wenn er aus dem Koma erwacht war, würde er kaum in der Lage sein, irgendwohin zu gehen. Gut möglich, dass man jemanden zu seinem Schutz abgestellt hatte, doch auch damit rechnete er nicht ernsthaft. Wenn das wider Erwarten doch der Fall sein sollte, dann würde er eben wieder gehen. *Sorry, Constable, aber dieser Mann ist mein Schwager. Nichts für ungut.* Danach würde er sich umdrehen und das Krankenhaus verlassen. Möglicherweise war Rowan ja noch gar nicht imstande, irgendeinen Besuch zu empfangen. Auch damit musste er rechnen. Morgan wollte sich ja bloß ein Bild von der Lage machen.

Er ließ den Blick über die Fassade des Royal Infirmary schweifen. Es war bereits dunkel und die Straßenlaternen tauchten die weiße Front in orangefarbenes, warmes Licht. Noch konnte er umkehren, sich verkriechen und die Sache aussitzen. Oder die Stadt verlassen.

Morgan wusste, dass sein Plan auf tönernen Füßen stand. Mittlerweile dürfte selbst die Polizei wissen, dass Jonathan Cumming nicht Rowans Sohn war. Aber das spielte keine Rolle mehr. Er würde ohnehin nicht an das Erbe herankommen, das war ihm klar. Um eine neue Tanzschule zu errichten, fehlte ihm das nötige Kapital. Selbst wenn er es gehabt hätte, wer würde schon zu einem vorbestraften Tanzlehrer gehen?

Das Beste, worauf er hoffen durfte, war irgendein prestigeträchtiges Sozialhilfeprojekt, bei dem er schwer erziehbaren Rotzgören beibrachte, ihren Namen zu tanzen, um sie von der Straße zu holen, damit sie nicht in ein paar Jahren an der Nadel hingen. So wie Fia Cumming. Gott, wie hatte er es genossen, als er ihren Kopf unter Wasser gedrückt hatte.

Um ehrlich zu sein, hatte er nicht erwartet, dass sein Plan überhaupt so gut funktionieren würde. Ihm hätte schon gereicht, Shonas Ruf zu besudeln. Er mochte sich im freien Fall befinden, doch er würde Kincaid Hall und seine Bewohner mit in den Abgrund zerren, das hatte er sich in den letzten fünf Jahren geschworen und daran hielt er fest.

Mit diesem Gedanken betrat Morgan Baxter die Notaufnahme des Royal Infirmary und erkundigte sich am Empfang nach Rowan.

Die erschöpfte Frau, die deutlich älter aussah, als sie in Wirklichkeit vermutlich war, musterte ihn prüfend. „Sind Sie verwandt mit Mister Kincaid?"

„Nein, wir sind befreundet. Also ich ... äh ... war einmal sein Schwager."

Morgan wusste, dass er ein Risiko einging, andererseits war kaum davon auszugehen, dass sämtliches Krankenhauspersonal über ihn oder die Hintergründe der Tat informiert war. Das Schlimmste, was ihm jetzt noch passieren konnte, war, dass es eine Auskunftssperre gab.

„Mister Kincaid wurde auf die IMC verlegt. Erster Stock", sagte die Frau plötzlich, nachdem sie einen Blick auf ihren Flachbildschirm geworfen hatte.

„Äh ... IMC?"

„Intermedia Care. Das bedeutet, er braucht nicht mehr intensivmedizinisch betreut zu werden."

Morgan lächelte erleichtert. „Das ist ja fantastisch! Haben Sie vielen Dank, Sie haben mir den Tag versüßt."

Die Krankenschwester erwiderte sein Lächeln. Ein wenig verkrampft zwar, offenbar tat sie das nicht allzu oft, aber immerhin.

Morgan ließ sich noch den Weg erklären, dann verabschiedete er sich. Unangefochten erreichte er die Station, wo man ihm freundlich, aber bestimmt zu verstehen gab, dass die Besuchszeiten längst vorbei wären. Erst nachdem er glaubhaft versichert hatte, dass es ihm nicht eher möglich gewesen war, zu kommen, zeigte die Stationsschwester Einsicht. Mürrisch nannte sie ihm die Zimmernummer.

Morgan bedankte sich. Auf dem Weg über den nach Desinfektions- und Reinigungsmitteln riechenden Flur, schaute er sich misstrauisch um. Er musste schließlich nicht nur mit Polizisten rechnen, sondern auch mit Rowans Verwandten, allen voran dieser Kampflesbe Siobhan McLeary.

Vor der Tür blieb Morgan stehen. Ein letzter Blick nach rechts und links. Niemand nahm Notiz von ihm. Er legte die Hand auf die Klinke und öffnete die Tür.

Das Piepsen eines Überwachungsmonitors empfing ihn. Der Raum war abgedunkelt. Nur die Leiste an der Wand verströmte ein fahles, indirektes Licht. Die Gestalt im Bett rührte sich nicht. Ihr Gesicht war unter den weißen Verbänden nicht zu erkennen, trotzdem wirkte Rowan verhärmt und schwächlich.

Ein Eindruck, der nicht ungewöhnlich war. Menschen wirkten in Krankenhausbetten stets schwächer und verletzlicher, als sie es außerhalb waren – selbst, wenn sie nur zu Routineuntersuchungen aufgenommen wurden.

Rowan dagegen hatte ordentlich etwas abbekommen. Morgan war nicht zimperlich gewesen. Er hatte seine gesamte Wut in die Schläge hineingelegt. Sein Ex-Schwager wäre mit Sicherheit gestorben, wäre die Polizei nicht so schnell auf der Bildfläche erschienen.

Morgan schloss behutsam die Tür und tastete nach dem Riegel, fand ihn jedoch nicht. Die Tür ließ sich nicht von innen absperren.

„Rowan?", wisperte Morgan, erhielt aber keine Antwort.

Langsam schlich er näher. „Rowan, kannst du mich verstehen?"

Die Gestalt im Bett atmete schwer und hastig. Ein Blick auf den Überwachungsmonitor verriet Morgan, dass Rowans Puls deutlich schneller ging.

War das normal oder ein Zeichen dafür, dass er ihn trotz allem verstanden hatte? Möglicherweise war er auch schlicht und ergreifend nicht in der Lage, zu antworten.

Neben dem Bett blieb Morgan stehen. Er wollte sich eben über den Verletzten beugen, als er verblüfft innehielt.

Dunkelblonde Strähnen ragten zwischen den Bandagen hervor. Viel heller und länger als Rowans Haare. Morgan schrak zusammen, als er den Blick auf die Augen der im Bett liegenden Gestalt heftete. Sie standen offen! Trotz der schummerigen Beleuchtung erkannte er sie auf Anhieb wieder.

„Du!", ächzte er und wankte zurück.

Die Gestalt richtete sich auf und hob die linke Hand. Das Pulsoximeter glitt von ihrem Zeigefinger. Mit wenigen hastigen Bewegungen löste sie die Bandagen, die sie sich anscheinend nur provisorisch um den Kopf gewickelt hatte.

„Hi, Dad", sagte Cybill.

„Was ... was hat das zu bedeuten?" Morgan krächzte wie ein alter Rabe. Seine Gedanken überschlugen sich. Die blanke Wut übermannte ihn. „Soll das ein Scherz sein?"

Seine Tochter schüttelte den Kopf. „Oh nein, Daaad." Sie betonte das Wort derart übertrieben, dass ihm schlagartig klar wurde, was hier ablief. Aber vielleicht konnte er das Blatt ja doch noch zu seinen Gunsten wenden.

„Kein Scherz, so viel kann ich dir versichern. Warum bist du gekommen?"

„I... ich wollte sehen, wie es Rowan geht. Ich ... ich habe das hier nicht gewollt, verstehst du?"

Cybill nickte und richtete sich auf. Die Bettdecke rutsche von ihrem Oberkörper. Sie trug kein Krankenhaushemd, sondern einen Kapuzenpullover. „Das kann ich mir denken. Wenn es nach dir gegangen wäre, wäre Onkel Rowie nämlich tot, stimmt's?" Ihre Stimme zitterte vor kaum verhohlener Wut.

„Was redest du da für einen Unsinn?"

„Versuch es gar nicht erst abzustreiten. Wir wissen alles. Auch, dass du es warst, der Annabelle umgebracht hat." In ihren Augen schimmerten Tränen. „Warum?"

„Cybill, ich bitte dich! Wenn ich Annabelle umgebracht hätte, würde ich wohl kaum hier stehen." Glaubte sie ernsthaft, ihn so leicht aus der Reserve locken zu können? „Detective Turpin persönlich hat mich entlassen."

„Dass ich nicht lache."

„Welchen Grund sollte ich denn haben, Annabelle umzubringen? Ich habe sie geliebt." Er ließ seine Stimme zittern und schaffte es sogar, ein paar Tränen zu verdrücken.

„Geliebt? Du weißt doch gar nicht, was Liebe ist. Du hast mich vergiftet, nur um ..."

„Das haben Sie dir erzählt, nicht wahr?"

„Wag es ja nicht, es abzustreiten."

„Warum sollte ich mein einziges Kind ...?"

„Ich bin nicht dein einziges Kind!", schrie Cybill. „Hör endlich auf zu lügen!"

Morgan verengte die Augen. Er begriff nicht, was hier vor sich ging, doch dass Cybill und damit vermutlich auch die Polizei mehr wussten, als sie ihm gegenüber zugegeben hatten, gab ihm zu denken.

„Wovon sprichst du eigentlich?"

„Von Jonathan Cumming", zischte Cybill.

Morgan hatte das Gefühl, auf der Stelle zu Stein zu erstarren. Er ballte die Hände zu Fäusten.

„Ja, Dad! Wir wissen davon. Wir haben nämlich einen Geschwistertest gemacht. Und dreimal darfst du raten, was dabei herausgekommen ist. Jonathan und ich sind Halbgeschwister! Du warst es, der Fia Cumming vergewaltigt und geschwängert hat! Du warst es, der hinter ihrer Klage steckte! Und du warst es auch, der sie jetzt von neuem dazu angestiftet hat, Mum und Onkel Rowie zu erpressen! Wobei sie sogar noch ihre eigene Mordwaffe gestohlen hat." Ihre Unterlippe bebte. „Was bist du nur für ein Mensch?"

Plötzlich sah Morgan Baxter rot. Er streckte die Arme nach seiner Tochter aus, wollte sie würgen, ihr das Kissen aufs Gesicht drücken und sie zum Schweigen bringen. Morgan sah nicht mehr sein Kind vor sich, sondern einzig und allein seine Ex-Frau.

Cybill riss erschreckt die Augen auf. Sie versuchte auszuweichen, doch sie war viel zu langsam. Trotzdem gelang es Morgan nicht mehr, die Hände um ihre Kehle zu legen. Im selben Augenblick, als er sich über sie beugte, bohrte sich etwas Hartes in seinen Bauch.

Nur einen Atemzug später fuhr ein brennender Schmerz durch seinen Körper, der jede Nervenfaser, jeden Muskel in Brand setzte. Ein lautes Knistern erklang, während er von Krämpfen geschüttelt zu Boden ging.

Cybill starrte aus weit aufgerissenen Augen auf ihren Vater, der neben dem Bett lag. Arme und Beine zuckten unkontrolliert. Blasiger, rötlich verfärbter Schaum sickerte aus den Mundwinkeln. Schwacher Ozongeruch hing in der Luft.

Die Tür zum Bad wurde aufgestoßen. Inspektor Turpin und zwei uniformierte Polizisten, darunter die junge Frau, die sie bereits vom Revier her kannte, stürmten in das Krankenzimmer.

Cybills Arm mit dem Taser, den ihr Turpin zu ihrem eigenen Schutz überlassen hatte, war noch immer ausgestreckt.

Während sie im Bett gelegen und darauf gewartet hatte, dass Morgan Baxter auftauchte, hatte sie die Konfrontation mit ihrem Vater mindestens zwei dutzend Mal im Geiste durchgespielt. Fast alle hatten damit geendet, dass sie ihm 50.000 Volt durch den Körper jagte, auf den Lippen irgendeinen coolen Spruch wie *Hochmut kommt vor dem Fall!*, *Ich bin nicht deine Tochter!* oder *Das ist für Onkel Rowie!*.

Doch jetzt, wo es so weit war, drang bloß ein schwaches Wimmern über ihre Lippen. Turpin nahm ihr den Taser ab. Seine Stimme klang leise und gedämpft.

„Miss Kincaid? Cybill? Geht es Ihnen gut?"

Er beugte sich vor und wedelte mit der flachen Hand vor ihren Augen auf und ab. Endlich gelang es ihr, den Blick zu heben. Und plötzlich wurde ihr speiübel. Sie sprang aus dem Bett und rannte auf das Bad zu. Aus dem Augenwinkel bekam sie noch mit, wie sich die Tür zum Krankenzimmer öffnete und ihre Mutter mit Siobhan im Schlepp hereinkam. Dann warf sie sich vor der Toilettenschüssel auf den Boden und übergab sich schwallartig.

Zwei Hände schoben sich über ihre Schultern und hielten ihre Haare fest. Wie damals, als Grandma gestorben war. Da war es Siobhan gewesen und irgendwie erwartete sie auch dieses Mal, ihr Gesicht zu sehen, nachdem sie ihren Magen geleert hatte.

Doch es war Mum, die sie anlächelte und in den Arm nahm.

„Dass du auch immer deinen Willen durchsetzen musst …"

Kapitel 27

„Mich wundert nur, dass sich Inspektor Turpin und deine Mum überhaupt darauf eingelassen haben", sagte Kendra zwei Tage später.

Es war ein herrlich sonniger Herbsttag, wie geschaffen für einen Ritt durch die Pentland Hills. Und Cybill wüsste nicht, mit wem sie lieber hier gewesen wäre, als mit Devil, Swiftwind und Kenny.

„Ich kann eben sehr überzeugend sein. Außerdem wurde mein Erzeuger die ganze Zeit überwacht."

Kendra nickte versonnen. „Schätze, du musstest das einfach tun. Auch wenn ich es reichlich leichtsinnig von dir fand. Nach dem, was er deinem Onkel angetan hat. Von den beiden Frauen ganz zu schweigen. Was für ein Irrsinn, dass Fia und Annabelle sich so von ihm haben manipulieren lassen."

„So was kommt wohl häufiger vor, als man denkt. Immerhin stehen die Chancen gut, dass sie seine letzten Opfer gewesen sind. Noch einmal wird er den Ausschuss nicht um den Finger wickeln können, so viel steht fest. Dieses Mal wandert er wegen Mordes hinter Gitter."

„Und was ist mit Colin?"

„Was soll mit ihm sein?" Cybill verzog die Lippen und beobachtete Devils auf- und abwippenden Kopf. „Du kannst ihn haben, wenn du willst."

„Danke, ich verzichte." Kenny lachte und Cybill wurde es warm ums Herz.

Sie ist wirklich wunderschön, dachte sie und bewunderte das kastanienbraune Haar ihrer besten Freundin, das im Licht der Sonne glänzte. Ihr Herz klopfte schneller.

„Hey, Erde an Cybill. Jemand da?"

„Was?" Sie schreckte hoch. „Ich ... hast du was gesagt?"

„Ja, ich habe gefragt, wie es Jonathan geht?"

„Jonathan?"

„Deinem Halbbruder!" Kenny verdrehte die Augen.

„Ach so." Cybill kicherte. „Der ist wieder bei seinen Pflegeeltern untergebracht."

„Ist vermutlich das Beste so."

„Keine Ahnung." Cybill zuckte mit den Achseln. „Kann auch sein, dass er ins Heim muss."

Sie schwiegen und hingen ihren Gedanken nach, bis Kendra plötzlich zusammenzuckte. Sie hielt ihr Smartphone in der Hand. „Ach du Schreck! Jetzt müssen wir uns aber beeilen, sonst kommen wir zu spät zur Willkommen-zurück-Onkel-Rowie-Feier!"

Kendra zog Swiftwind an den Zügeln herum und ging in den Trab über. Cybill benötigte nur zehn Sekunden, um zu ihrer Freundin aufzuschließen. Sie stieg in die Steigbügel und beugte sich leicht nach vorne.

„Was meinst du? Wer zuerst bei Kincaid Hall ist?"

Kendra schüttelte den Kopf. „Also wirklich, Billie. Wie alt bist du? Vierzehn?"

Cybill legte die Stirn in Falten. „Okay", dehnte sie. „Dann eben nicht."

„Außerdem ist das Galoppieren hier verboten." Sie streckte den Arm aus und deutete den Weg zurück. „Hast du das Schild nicht gelesen?"

Automatisch folgte Cybill der Richtung, in die Kendras ausgestreckter Finger wies. Devils Schnauben mischte sich in das schneller werdende Hämmern von Swiftwinds Hufen.

Sie zerbiss einen Fluch zwischen den Zähnen und drehte sich um. Kendra und ihr Pferd waren längst in einer Staubwolke verschwunden. Cybill drückte die Fersen in Devils Flanken, der auf dieses Signal nur gewartet zu haben schien. Wie von der Sehne geschnellt, preschte er los und nahm die Verfolgung auf.

Rowan ließ sich in die Polster des Rolls zurücksinken und schloss die Augen. „Was bin ich froh, wenn wir zu Hause sind und ich die Beine hochlegen kann." Er stöhnte leise. „Endlich wieder in einem richtigen Bett mit einer vernünftigen Matratze liegen. Keine bevormundenden Krankenschwestern und endlich wieder ordentliches Essen."

Graham räusperte sich verlegen.

Rowan hob die Lider und beäugte seinen Vater misstrauisch von der Seite. „Was ist?"

„Ach, nichts. Ich wundere mich nur, dass du etwas gegen bevormundende Krankenschwestern hast. Ich hätte gedacht, du genießt die Zeit."

„Dazu müsste ich schon masochistisch veranlagt sein. Ich glaube, denen macht es Spaß, ihre Patienten zu quälen."

„Nun ja, jetzt kannst du dich ja erst mal erholen. Ich glaube, Emily hat sogar extra ihr berühmtes Irish Stew gemacht."

„Mein Gott, was soll nur werden, wenn sie nicht mehr da ist?"

„Du wirst schon nicht verhungern. Außerdem hat Emily Belinda das Rezept dagelassen."

„Wenn es nur eine Frage des Rezeptes wäre ..." Er seufzte und schloss wieder die Augen. Obwohl der Schädelbruch gut verheilt war, spürte er bisweilen noch immer ein leises Pochen hinter den Schläfen. An den Vorfall mit Annabelle konnte er sich genauso wenig erinnern, wie an Shonas Verhaftung oder auch an Jonathan Cumming. Der gesamte Tag schien wie mit einem riesigen Radiergummi aus seiner Erinnerung gelöscht worden zu sein.

In den ersten Tagen nach dem Erwachen wusste er nicht einmal, dass Morgan entlassen worden war und Emily die Kündigung eingereicht hatte. Selbst die kurze Affäre mit Annabelle hatte er völlig vergessen und verdrängt. Ebenso wie Fia Cummings' Erpressung.

Die Nachricht vom Tod der beiden Frauen hatte ihn dennoch geschockt. Der von Annie natürlich deutlich mehr als Fias. Als er jedoch gehört hatte, was wirklich geschehen war, war eine kleine Welt für ihn zusammengebrochen. Insbesondere als er erfuhr, dass er mit einer geladenen Waffe zu Annabelle gefahren sein sollte, um sie zu einem Geständnis zu zwingen. Oder tatsächlich, um Morgan Baxter umzubringen, wie Cybill gemutmaßt hatte? Selbst rückblickend wusste Rowan darauf keine Antwort und vielleicht war das auch besser so.

Immerhin wurde die Anklage gegen ihn fallengelassen. Dafür wanderte Morgan zurück ins Gefängnis. Für den Mord an Fia Cumming lagen zwar nur Indizienbeweise vor, doch die Widersprüche in den Aussagen zum Tathergang im Fall Annabelle Forbes, zusammen mit den Zeugenaussagen und den ballistischen Untersuchungen, ergaben einwandfrei, dass nur er der Täter sein konnte.

Und schließlich war da noch der Angriff auf Cybill. Kaum zu glauben, dass sie tatsächlich den Lockvogel für ihren Vater gespielt und ihm fünfzigtausend Volt in den Balg gejagt hatte. Allein dafür hätte er ihr am liebsten einen ganzen Stall voller Devil-Bronzen geschenkt.

Morgan Baxter würde jedenfalls für sehr lange Zeit ins Gefängnis wandern und den Knast erst als alter Mann verlassen. Rowan hingegen musste sich lediglich für den unerlaubten Besitz einer Schusswaffe verantworten.

Der Rolls-Royce wurde abrupt abgebremst und Rowan schreckte hoch. Da war er doch tatsächlich noch einmal eingeschlafen. Verwirrt blinzelnd schaute er sich um und stellte verblüfft fest, dass sie vor der Freitreppe von Kincaid Hall standen.

„Sind wir schon da?"

Graham schmunzelte. „Man sollte meinen, dass du in den letzten drei Wochen mehr als genug Schlaf nachgeholt hättest."

„Aber was machen wir hier? Warum halten wir vor dem Eingang?"

„Oh, ich wusste nicht, dass du durch den Schornstein kriechen wolltest."

„Sehr witzig, Dad! Du weißt genau, was ich meine. Warum fährst du nicht in die Garage?"

Graham zuckte mit den Achseln. „Ach, ich dachte, du wolltest vielleicht lieber durch den Vordereingang gehen. Von dort aus hast du es auch nicht so weit in den Speiseraum."

„In den Speiseraum?" Rowan verengte die Lider zu schmalen Schlitzen. „Was geht hier vor?"

„Was soll denn vorgehen?", murmelte Graham nervös. „Gar nichts geht vor. Du siehst Gespenster."

„Cybill und Siobhan. Sie haben eine Überraschungsparty geplant, nicht wahr?"

„Bitte tu wenigstens so, als wärst du überrascht und würdest dich freuen."

„Bei meinem Glück platzt mir gleich ein Aneurysma im Schädel."

„ÜBERRASCHUNG!"
Immerhin hatten sie nicht ganz Penicuik eingeladen. Außer der Familie, inklusive Emily und Belinda, waren nur noch die Lachlans nebst Kendra anwesend.

Sie alle standen im Hintergrund, unter dem Porträt von Lady Morag Kincaid, vor dem eine Girlande hing, die aus den Worten *WILLKOMMEN ZURÜCK* bestand.

Obwohl Rowan den Braten gerochen hatte, blieb er wie vom Donner gerührt stehen. Nicht, weil er ein so guter Schauspieler war, sondern weil ihn diese Wiedersehensfreude tatsächlich rührte.

Vor ihnen auf dem Tisch stand eine Torte, deren Schokoladenglasur im Schein der Wandbeleuchtung glänzte. Eine einzelne große Kerze brannte darauf.

Cybill und Kendra schritten an den Seiten der gedeckten Tafel entlang und hakten sich bei ihm unter.

„Bereit für ein Stück Geburtstagstorte?“, fragte seine Nichte und zwinkerte ihm zu.

„Wer hat denn Geburtstag?“

Sie strich ihm über den Arm. „Na du natürlich, Lieblingsonkel. Immerhin bist du von den Toten auferstanden. Gewissermaßen.“

Kendra und Cybill führten ihn an der Tafel vorbei und setzten ihn an das Kopfende.

„Ich denke, du weißt, was jetzt zu tun ist“, raunte Siobhan.

Rowan drehte sich halb herum. „Den Kuchen essen?“

Sie schlug ihm gegen die Schulter.

„Autsch!“

Dann blies er die Kerze aus, woraufhin die anderen applaudierten. Anschließend musste er die Torte anschneiden. Shona beugte sich über seine Schulter. „Die hat übrigens Belinda gebacken. Extra für dich. Und bevor du fragst, es ist keine Irish Stew-Torte.“

„Wie schade. Ich bin trotzdem sicher, dass sie fantastisch schmecken wird.“

Shona strich ihm über den Rücken. „Schneide die Stücke nicht zu groß, wir wollen noch Platz für den Hauptgang lassen.“

„Wie du befiehlst, Schwesterherz.“ Er verteilte die Stücke auf die Teller, die ihm die Mädchen reichten. Auch Emily und Belinda wurden aus der Küche geholt. Wenn man genau hinsah, konnte man bereits die leichte Wölbung unter Belindas Brust erkennen. Rowan lobte die Torte in höchsten Tönen, woraufhin sie errötete.

Der Hauptgang bestand aus Emilys Irish Stew und als Kaffee und Whisky gereicht wurden, erhob sich Rowan, um einen Toast auszusprechen.

„Ich kann euch gar nicht sagen, wie sehr ich mich darüber freue, dass ihr alle gekommen seid und dass ich wieder bei euch sein darf. Es fühlt sich tatsächlich ein wenig so an, als ob ich neu geboren wurde. Gibt es eine bessere Gelegenheit, mit alten Gewohnheiten zu brechen, die Vergangenheit hinter sich zu lassen und neu anzufangen? Ich denke nicht. Deshalb lasst uns die Gläser erheben und zusammen auf das Leben anstoßen!"

„Hört, hört!", rief Graham.

„Irgendwann bring ich ihn dafür um", knurrte Shona, allerdings so leise, dass nur er und Siobhan sie verstanden.

„Apropos Leben ...", fügte Rowan hinzu. „Habe ich eigentlich schon erwähnt, wie froh ich darüber bin, dass Belinda bei uns bleibt? Und mach dir keine Sorgen um den Erziehungsurlaub, bring das Kind einfach mit zur Arbeit."

Nachdem sich das Gelächter gelegt hatte, fuhr er fort: „Der alte Kasten kann ein wenig Leben vertragen, jetzt, wo meine Lieblingsnichte die meiste Zeit in Edinburgh weilt und der Kunstwelt den Kopf verdreht."

„Oh, ich glaube, da brauchst du dir keine Sorgen zu machen, Brüderchen", sagte Shona. Sie legte ihre Hand auf Siobhans Arm und schaute ihr tief in die Augen. „Aber du hast recht. Dein Kind, liebe Belinda, ist hier jederzeit willkommen. Für einen Spielkameradin oder einen Kameraden ist bereits gesorgt."

Für einen Moment herrschte Stille. Es war Cybill, die als Erste die Sprache wiederfand. „Heißt das, was ich denke, dass es das heißt?"

Siobhans Augen schwammen in Tränen der Freude. Sie nickte. „Ich bin schwanger!"

Cybill sprang auf und warf sich ihrer Stiefmutter in die Arme. „Oh, ich freue mich ja so für dich!" Sie hob den Kopf, um ihre Mutter über Siobhans Schulter hinweg anzusehen. „Und für dich natürlich auch."

Nachdem alle Anwesenden Siobhan gratuliert hatten, trat Rowan zu seiner Schwägerin. Ihm war aufgefallen, dass sie ihren Whisky Graham untergeschoben hatte. „Das ist das schönste Geschenk, was du mir machen konntest."

Shona trat zwischen sie und legte die Arme um ihre Frau und ihren Bruder. „Und ich finde, nach all dem, was wir durchgemacht haben, haben wir uns ein wenig Glück verdient."

Da konnte Rowan ihr nur beipflichten. Das Licht der Liebe und des Lebens hatte die Schatten über Kincaid Hall endgültig vertrieben.

Epilog

„Hast du dir das wirklich gut überlegt?", fragte Kendra ihre beste Freundin. „Ich meine, soll ich nicht doch lieber mit reinkommen? Wer weiß, wie er reagiert?"

Cybill warf einen Blick aus dem Seitenfenster des Mini. Grübelnd nagte sie an ihrer Unterlippe. Schließlich schüttelte sie den Kopf. „Nein, das muss ich alleine tun." Sie drehte sich um. „Aber es bedeutet mir viel, dass du mich bis hierher begleitet hast, Kenny. Ich weiß nicht, ob ich sonst den Mut aufgebracht hätte." Sie lächelte traurig. „Aber trotz allem gehört er nun mal zur Familie. Irgendwie."

Kendra nickte langsam. „Das kann ich verstehen. Ich wollte auch nur, dass du weißt, egal, wie du dich auch entscheidest, ich werde dich unterstützen." Sanft strich sie Cybill eine Haarsträhne aus dem Gesicht und kraulte ihren Nacken.

„Ich bleibe nicht lange", sagte Cybill unvermittelt und stieg hastig aus dem Wagen. Ihre Gefühle waren ohnehin schon in Aufruhr, auf weitere Komplikationen konnte sie momentan verzichten.

Verflixt und zugenäht, Kendra und sie kannten sich bereits ihr ganzes Leben. Sie waren beste Freundinnen, das durfte sie nicht aufs Spiel setzen. Um sich abzulenken, konzentrierte sie sich auf den Weg, der vor ihr lag.

Man konnte ihr wahrlich nicht vorwerfen, sich diesen Schritt nicht gründlich überlegt zu haben. Aber sie war es ihm einfach schuldig. Shona und Rowan hatte sie ebenso wenig eingeweiht wie Siobhan. Aus Angst, jemand könnte ihr den Entschluss ausreden. Nur Kendra wusste Bescheid.

Natürlich hatte Cybill ihren Besuch angekündigt. Zu ihrer Überraschung war ihr Anliegen nicht auf taube Ohren gestoßen. Noch bevor sie klingeln konnte, wurde die Tür aufgezogen.

Cybill wurde freundlich empfangen und in ein Zimmer geführt, in dem er scheinbar teilnahmslos auf dem Boden saß. Sie wusste, dass er ihr Eintreten registriert hatte, obwohl es ihm nicht gelang, sie mit den Augen zu fixieren. Sein Blick verlor sich in imaginären Welten.

Eine Hand hatte er gehoben und bewegte rhythmisch die Finger, als lauschte er einer Melodie, die nur er zu hören vermochte.

Cybill schluckte den Kloß in ihrem Hals herunter und ging vor ihm in die Hocke, die Arme lässig auf die Knie gestützt. Sie traute sich nicht, ihn anzufassen. Noch nicht.

„Hallo, Jonathan", flüsterte sie. „Mein Name ist Cybill. Ich bin deine Schwester."

ENDE